宋词三百首

新编

王爽◎主编

中国言实出版社

图书在版编目(CIP)数据

宋词三百首新编 / 王爽主编. -- 北京：中国言实出版社, 2019.12
ISBN 978-7-5171-3270-7

Ⅰ. ①宋… Ⅱ. ①王… Ⅲ. ①宋词一选集 Ⅳ. ①I222.844

中国版本图书馆 CIP 数据核字（2019）第 263609 号

出 版 人 王昕朋
总 监 制 朱艳华
责任编辑 张 强
责任校对 史会美
出版统筹 胡 明
封面设计 杨 光

出版发行 中国言实出版社
地 址：北京市朝阳区北苑路 180 号加利大厦 5 号楼 105 室
邮 编：100101
编辑部：北京市海淀区北太平庄路甲 1 号
邮 编：100088
电 话：64924853（总编室） 64924716（发行部）
网 址：www.zgyscbs.cn
E-mail：zgyscbs@263.net
经 销 新华书店
印 刷 三河市鑫鑫科达彩色印刷包装有限公司
版 次 2020 年 1 月第 1 版 2020 年 1 月第 1 次印刷
规 格 880 毫米×1230 毫米 1/32 15.5 印张
字 数 300 千字
定 价 58.00 元 ISBN 978-7-5171-3270-7

前　言

中国是一个诗歌的国度，最早的诗歌总集《诗经》成书于春秋时期，距今已有两千多年的历史。之后，兴盛于有唐一代的诗、起源于唐而兴盛于宋的词、起源于宋而兴盛于元的曲，三种文学形式接续关联，共同构架起了传统文化的三座高峰，也构成了中华民族的重要文化标识。

《诗经》反映了西周初年到春秋中叶约500年间的社会生活，共311首，在内容上分为《风》《雅》《颂》三部分：《风》收录的是周代各地的歌谣，《雅》收录的是周人的正声雅乐，《颂》收录的是周天子和各地贵族在宗庙祭祀时演唱的乐歌。《诗经》广泛采用赋、比、兴的表现手法，对后世文学创作产生了非常深远的影响。

唐朝是古典诗歌发展的“黄金时代”，它继承了汉魏民歌、乐府传统，扩展了五言、七言形式的运用，将古典诗歌所特有的音律和谐、文字精炼的艺术特色，提升到了前所未有的高度。在唐朝近300年的时间里，涌现出的诗人有两千多位，流传下来的作品近五万首。鲁迅曾高度称赞唐诗的成就：“我以为一切好诗，到唐已被做完。”

词是一种新型格律诗，因其句子有长有短，便于歌唱，又称曲子词、乐府、长短句等。词以生动的意象、流畅的韵律、凝练的结构，深受后代文人的喜爱。宋词是中国古典文学皇冠上光辉夺目的明珠，与唐诗并称双绝，是中国文学史上一座不可逾越的高峰。

曲盛行于元代，有着诗、词所不具备的特点，诗词传情达意比较含蓄，而曲则大多直露浅白，嬉笑怒骂皆成文章，因而更加贴近百姓生活。元曲不仅是文人咏志抒怀的工具，也是人民群众喜闻乐见的艺术形式，它与唐诗、宋词鼎足并立，成为我国文学史上一座重要的里程碑。

阅读与欣赏古诗词，可以了解诗人的内心世界：或是无情揭露当时社会制度的黑暗；或是描写边塞风情来抒发强烈的爱国情怀；或是歌颂祖国瑰丽的山河；或是将笔触转向个人世界，抒发人生的际遇、抱负，表达人间的亲情、友情或爱情。正所谓"伟人英雄，歌以咏志；达官巨贾，诵以怡情；志者学人，习以修身"，不同身份的人都能在诗词中找到自己所需要的东西，彰显了中华民族优秀传统文化的魅力。可以说，古诗词滋养了一代又一代人，陶冶了人的情操，提高了人的审美能力，增强了中华民族的向心力和凝聚力。

为了帮助广大读者更好地阅读和欣赏古诗词，我们参阅了多种唐诗、宋词、元曲的优秀选本，辑成《诗经全解》《唐诗三百首新编》《宋词三百首新编》《元曲三百首新编》。在编辑过程中，我们尽可能做到版本权威可靠、注释详细准确、译文精当优美、赏析生动深刻，力争做到集思想性、知识性、艺术性、可读性于一体。

由于编者水平有限，书中不足之处在所难免，欢迎广大读者批评指正！

目 录

范仲淹

张　先

晏　殊

张　昪

宋 祁

叶清臣

欧阳修

李师中

韩 缜

司马光

王安石

黄庭坚

晁端礼

李之仪

朱　服

秦　观

米　芾

赵令畤

贺　铸

晁补之

黄 机

聂胜琼

朱淑真

辛弃疾

史达祖

程 垓

卢祖皋

刘克庄

淮上女

方 岳

李好古

吴文英

黄孝迈

点绛唇

王禹偁

感　兴

雨恨云愁，江南依旧称佳丽。水村渔市，一缕孤烟细[①]。

天际征鸿，遥认行如缀[②]。平生事，此时凝睇[③]，谁会凭阑意[④]。

①烟：炊烟。

②行如缀：排列整齐，如同连在一起。

③凝睇（dì）：凝视。睇，斜视的样子。

④会：理解。阑：亦作“栏”。

王禹偁（chēng）（954—1001），字元之，济州钜野（今山东巨野）人，历任右拾遗、翰林学士等职。诗文清新平易，颇受后人推崇。

白话译文

细雨绵绵，阴云层层，让人愁恨堆积，但雨中的江南仍然很清丽。水边村落，江畔渔市，一缕细细的炊烟正在慢慢升起。

一行整齐的鸿雁向天际飞去，远远望去好像连缀在一起。回想这一生，此时此刻，我凭栏凝望远行的鸿雁，谁能理解我此时的心意？

酒泉子

潘　阆

长忆观潮[①]，满郭人争江上望[②]。来疑沧海尽成空，万面鼓声中[③]。

弄潮儿向涛头立，手把红旗旗不湿。别来几向梦中看，梦觉尚心寒[④]。

①长：通“常”，常常。

②满郭：满城。郭，城外围筑的墙。

③鼓声：比喻潮声。

④觉：醒来。心寒：感到惊心动魄。

潘阆（làng）（？—1009），字梦空，号逍遥子，大名（今属河北）人。性格疏狂，曾两次坐事亡命。真宗时释其罪，任滁州参军。有诗名，风格似孟郊、贾岛。亦工词。

白话译文

我常常想起在钱塘江观潮的情景，满城的人都争着向江上望去。潮水涌来时，仿佛大海都被掏空了，潮声像千万面鼓同时击打，震耳欲聋。

弄潮的健儿站在风口浪尖上，手里拿着的红旗没有被水打湿。此后几次梦到观潮的情景，梦醒时仍然感到惊心动魄。

相思令

林 逋

吴山青[①]，越山青[②]，两岸青山相对迎。争忍有离情。

君泪盈，妾泪盈，罗带同心结未成[③]。江边潮已平[④]。

①吴山：指钱塘江北岸的山。钱塘江曾是吴越两国的分界线，江北为吴国，江南为越国。

②越山：指钱塘江南岸的山。

③同心结：将罗带系成连环回文样式的结子，象征定情。

④潮已平：指江水已涨到与岸平齐。

林逋（bū）（968—1028），字君复，钱塘（今浙江杭州）人。幼时好学，恬淡好古。长大后漫游江淮间，后隐居杭州西湖孤山。终生不仕不娶，酷爱植梅养鹤，故有“梅妻鹤子”之称。其诗词淡远清丽，多反映其隐居生活。

白话译文

钱塘江北岸青翠的吴山，钱塘江南岸青翠的越山，它们整天含情脉脉地互相凝视，却怎么忍心面对人世间的离情。

你的泪水充满了眼眶，我的泪水充满了眼眶，同心结尚未结成之时就要分离。我们的泪水犹如已涨到与岸平齐的江水，即将倾泻而下。

木兰花

钱惟演

城上风光莺语乱，城下烟波春拍岸。绿杨芳草几时休？泪眼愁肠先已断。

情怀渐觉成衰晚，鸾镜朱颜惊暗换[1]。昔年多病厌芳尊[2]，今日芳尊惟恐浅。

①鸾镜：传说鸾鸟不叫，只有见了同类才叫，有人悬一面镜子让它照，鸾看见自己的身影，悲鸣冲天而死。后人多用“鸾镜”来表示临镜而生悲。

②芳尊：酒杯，也指美酒。

钱惟演（977—1034），字希圣，临安（今浙江杭州）人，吴越王钱俶之子，随父降宋。历任太仆少卿、翰林学士、枢密副使等职，官终崇信军节度使。博学能文，为“西昆体”骨干诗人，与杨亿、刘筠齐名。晚年为西京留守时，对欧阳修、梅尧臣等人有提携之恩。

白话译文

城上春光明媚，莺歌燕舞，乱成一片；城下烟波浩渺，春水荡漾，拍打堤岸。绿杨芳草何时才会消失？我泪眼蒙眬，愁肠百结，肝肠寸断。

我已变得老气横秋，情怀渐渐衰减，更吃惊地发现镜中的自己已改换容颜。一直以来我体弱多病害怕举杯，而如今却唯恐酒杯斟得不满。

名句赏析

昔年多病厌芳尊，今日芳尊惟恐浅

这两句是全词的收尾，分量十足，使整首词境界全出，将借酒浇愁这一司空见惯的题材赋予新意，敏锐而恰切地抓住词人对“芳尊”态度的前后变化，从而形成强烈反差，由景入情，画龙点睛，传神地表达了一个政治失意者的悲观情绪。

雨霖铃

柳　永

寒蝉凄切。对长亭晚，骤雨初歇。都门帐饮无绪，留恋处、兰舟催发①。执手相看泪眼，竟无语凝噎。念去去、千里烟波②，暮霭沉沉楚天阔③。

多情自古伤离别，更那堪冷落清秋节。今宵酒醒何处？杨柳岸、晓风残月。此去经年④，应是良辰好景虚设。便纵有千种风情，更与何人说？

①兰舟：船的美称。

②去去：重复“去”字，表示行程遥远。

③暮霭：傍晚的云气。楚天：南方的天空。

④经年：年复一年。

柳永（987？—1053?），原名三变，字景庄，后改名柳永，字耆卿，因排行第七，又称“柳七”。福建崇安人。出身官宦世家，官至屯田员外郎，世称“柳屯田”。为人放荡不羁，终身潦倒。其词多描绘城市风光与歌伎生活，尤长于抒写羁旅行役之情。他是北宋第一个专业写词的人，词风婉约，慢词最多，发展了铺叙手法，对宋词的发展产生了深远的影响。他的词作流传非常广泛，有“凡有井水饮处，皆能歌柳词”之说。

《白话译文》

秋后的蝉鸣凄楚而急切。傍晚（我）面对长亭，一阵急雨刚刚停歇。在京城外设帐饯别，却没有心情喝酒，正在依依不舍之时，船上的人催着上船。紧握双手互相瞧看，泪眼婆娑，千言万语哽咽在喉，难以言说。想到这次远行，千里迢迢，烟波渺渺，被沉沉夜雾笼罩的南方天空一望无边。

自古以来，多情人最怕面对离别，更何况是在这秋风瑟瑟的季节。当我酒醒时我将身在何地？恐怕是在杨柳岸边，晨风吹面，残月当头。这一走将分别多年，哪怕是良辰美景，也将形同虚设。即使有万千的情意，又能对谁倾诉？

《名句赏析》

今宵酒醒何处？杨柳岸、晓风残月

这两句进一步推想别后的凄凉，妙就妙在以景写情，真正做到了“一切景语皆情语”。“杨柳”是中国古代送别诗中描写最多的一个意象，人一看到杨柳，脑海中就会浮现出赠柳惜别的情景，心中就会泛起一缕缕离愁别绪。晓风凄冷，残月难圆，更是将分离的悲凉气氛推向了高潮。

红窗迥

柳　永

小园东，花共柳，红紫又一齐开了。引将蜂蝶燕和莺，成阵价、忙忙走[①]。

花心偏向蜂儿有，莺共燕，吃他拖逗[②]。蜂儿却入、花里藏身，胡蝶儿、你且退后[③]。

①成阵价：成群成片地。忙忙走：飞来飞去。

②吃：被。拖逗：招惹，勾引。

③胡蝶：即蝴蝶。

白话译文

小园的东边，红花绽放，绿柳回春，到处都是万紫千红的景象，引得蜜蜂、蝴蝶、燕子和黄莺飞来飞去，一片忙乱。

花儿偏偏心向着蜜蜂，燕子、黄莺被逗弄得团团转。蜜蜂飞到花里藏身，它说："蝴蝶，你暂且退到一边。"

望海潮

柳　永

东南形胜[①]，三吴都会[②]，钱塘自古繁华。烟柳画桥，风帘翠幕[③]，参差十万人家。云树绕堤沙[④]，怒涛卷霜雪，天堑无涯[⑤]。市列珠玑[⑥]，户盈罗绮竞豪奢。

重湖叠巘清嘉[⑦]。有三秋桂子[⑧]，十里荷花。羌管弄晴[⑨]，菱歌泛夜[⑩]，嬉嬉钓叟莲娃。千骑拥高牙[⑪]。乘醉听箫鼓，吟赏烟霞。异日图将好景[⑫]，归去凤池夸[⑬]。

①形胜：地势险要、山川壮美的地方。

②三吴：即吴兴、吴郡、会稽三郡。

③风帘翠幕：遮蔽门窗的帘子，青绿色的帷幕。

④云树：高耸入云的树木。

⑤天堑：天然形成的隔断交通的大壕沟，这里特指钱塘江。

⑥珠玑：珠宝，这里泛指珍贵的商品。玑，不圆的珠子。

⑦重湖：西湖以白堤为界分为里湖和外湖，所以也叫重湖。叠巘（yǎn）：重重叠叠的山峰。巘，小山峰。清嘉：清秀美好。

⑧三秋：秋季，也指秋季第三个月，即农历九月。

⑨羌管：即羌笛，这里泛指各种乐器。弄：吹奏。

⑩菱歌泛夜：采菱夜归的船上一片歌声。菱，菱角。泛，漂流。

⑪高牙：牙旗，此处特指高官孙何。

⑫异日图将好景：日后把这里的景致描绘出来。异日，他日。

图，描绘。

⑬凤池：即凤凰池，皇宫禁苑中的池沼，此处代指朝廷。

白话译文

杭州是三吴的都会，地理位置非常重要，自古以来就十分繁华。如烟的柳树，华美的桥梁，挡风的帘子，翠绿的帷幕，高高低低的楼阁，约有十万户人家。高耸入云的树木环绕沙堤，汹涌的潮水卷起白色的浪花，天然的江河一望无垠。市场上的商品琳琅满目，每家都存满了绫罗绸缎，竞相斗富。

里湖、外湖与重重叠叠的山峦清秀美好。秋天桂花飘香，夏天荷花十里。晴天乐器交鸣，采菱夜归的船上歌声一片，钓鱼的老翁、采莲的少女都笑逐颜开，千名骑兵簇拥着长官。乘醉听吹箫击鼓，歌咏和观赏湖光山色。日后把这里的景致描绘出来，回京时好向人们夸耀。

名句赏析

三秋桂子，十里荷花

“三秋”意指桂花花期长，芳香四溢，长久不散；“十里”意指湖中荷花种植面积大，一到夏天真可谓“接天莲叶无穷碧，映日荷花别样红”了。这两句词高度凝练，把西湖以至整个钱塘最美的特征概括出来，堪称千古佳句。相传此词传到金国，金主完颜亮读到“三秋桂子，十里荷花”后对近侍说：“南朝江山，何其锦绣！当挥军直下，与卿等共赏其景!”第二年便发兵攻打南宋。

曲玉管

柳　永

陇首云飞[①]，江边日晚，烟波满目凭阑久[②]。一望关河萧索[③]，千里清秋，忍凝眸。杳杳神京[④]，盈盈仙子，别来锦字终难偶[⑤]。断雁无凭，冉冉飞下汀洲[⑥]，思悠悠。

暗想当初，有多少、幽欢佳会，岂知聚散难期，翻成雨恨云愁。阻追游。每登山临水，惹起平生心事，一场消黯[⑦]，永日无言[⑧]，却下层楼。

①陇首：亦称陇坻、陇坂，为今陕西与甘肃交界处的险塞。这里指山岭。

②凭阑：即凭栏。

③关河：关塞河流。

④杳杳：遥远渺茫的样子。神京：京都，这里指汴京。

⑤锦字：书信的美称。难偶：难以相遇。

⑥冉冉：慢慢，渐渐。汀：水中或水边之平地。

⑦消黯：黯然销魂。

⑧永日：整日。

白话译文

山岭之上，暮云纷飞；江边夜晚，暮霭沉沉。满目烟波浩渺，凭栏很久，注视远方。只见山河清冷萧条，清秋万里凄凉，让人不堪久望。遥远的汴京，有位体态轻盈的佳人。分手以来再也没有收到她的书信。我望断南飞的大雁，却没有等来音讯，它们渐渐飞下汀洲，让人怅惘。

回想当初，有多少美好的幽会，谁知聚散不由人，当时的欢乐，反而变成今天的离愁别恨。我们无法相见，只能相互思念。每当登山临水之时，都会勾起我的回忆，让我黯然销魂，整天默默无言，独自走下楼去。

蝶恋花

柳　永

伫倚危楼风细细[①]，望极春愁[②]，黯黯生天际[③]。草色烟光残照里[④]，无言谁会凭阑意[⑤]。

拟把疏狂图一醉[⑥]，对酒当歌，强乐还无味[⑦]。衣带渐宽终不悔[⑧]，为伊消得人憔悴[⑨]。

①伫倚危楼：长时间倚靠在高楼的栏杆上。伫，长时间站立。危楼，高楼。

②望极：极目远眺。

③黯黯：心情沮丧。生天际：从天边升起。

④烟光：飘忽缭绕的云霭雾气。

⑤会：理解。

⑥拟把：打算。疏狂：狂放不羁，不拘礼法。

⑦强：勉强。

⑧衣带渐宽：指人逐渐消瘦。

⑨消得：值得。

白话译文

我倚靠在高楼的栏杆上很长时间，丝丝微风迎面吹来，极目远眺，春愁满怀，沮丧的情绪从天边升起。夕阳西照，草色迷蒙，默默无言，谁能理解我此时倚靠栏杆的心情？

本想放荡不羁一醉方休，对酒当歌，但终究是强颜欢笑，毫无兴味。我日渐消瘦却始终不曾懊悔，为了她我情愿瘦弱无力精神憔悴。

名句赏析

衣带渐宽终不悔，为伊消得人憔悴

这首词写的“春愁”，究竟“愁”什么，词人迟迟不肯说破，直到最后两句才真相大白，原来是相思之苦。相思是一种折磨，一种痛苦，但这种痛苦又带着一丝甜蜜，为了意中人，哪怕被相思折磨得瘦弱不堪、精神颓废也在所不惜。一个“终”字，使得一个对爱情忠贞不渝的形象跃然纸上。这两句把人间对爱情的理想追求表达得淋漓尽致，荡气回肠，成为千百年来脍炙人口的佳句。

采莲令

柳　永

月华收[1]，云淡霜天曙[2]。西征客、此时情苦。翠娥执手送临岐[3]，轧轧开朱户[4]。千娇面、盈盈伫立，无言有泪，断肠争忍回顾[5]？

一叶兰舟，便恁急桨凌波去[6]。贪行色、岂知离绪[7]。万般方寸[8]，但饮恨，脉脉同谁语？更回首、重城不见[9]，寒江天外，隐隐两三烟树[10]。

①月华收：指月亮落下，天色将明。

②曙：黎明时的天色。

③翠娥：美丽的女子，这里指恋人。临岐：岐路分别。

④轧轧：象声词，开门声。

⑤争：即“怎”。

⑥恁：如此。

⑦行色：赶路的神态，这里指路程。

⑧方寸：心情，心绪。

⑨重城：高城。

⑩隐隐：隐约。

白话译文

月亮收敛了光辉，霜冷云淡，黎明时分。西行的游子，此时的心情最为苦痛。恋人紧握着我的手，为了送我走上分别的岔路，她打开了朱红的大门。千娇百媚、婀娜多姿的她久久地站着，一言不发，泪落如雨，这令人心碎的情景我怎忍回头看？

我乘坐一叶小舟，急着划桨在江波之上匆匆远去。原只为贪赶路程，怎料到离愁别绪汹涌而至。我只得心怀怨恨，一片痴情不知向谁倾诉。再回首，高城远遁，清冷的江水一片茫茫，只能隐约看到天边有两三棵烟雾笼罩的树。

名句赏析

寒江天外，隐隐两三烟树

全词通篇都在写离别之苦，最后，词人以写景作结，清冷的江水一片茫茫，只能看到烟雾笼罩的两三棵树，把此前所铺排的种种情绪推向了高潮。况周颐《蕙风词话》中说："盖写景与言情，非二事也。善言情者，但写景而情在其中，此等境界，惟北宋词人往往有之。"本词的结句正体现了这一特点，它在情景结合方面，达到了很高的境界。

少年游

柳　永

长安古道马迟迟[1]，高柳乱蝉嘶[2]。夕阳鸟外[3]，秋风原上[4]，目断四天垂[5]。

归云一去无踪迹[6]，何处是前期[7]。狎兴生疏[8]，酒徒萧索[9]，不似少年时。

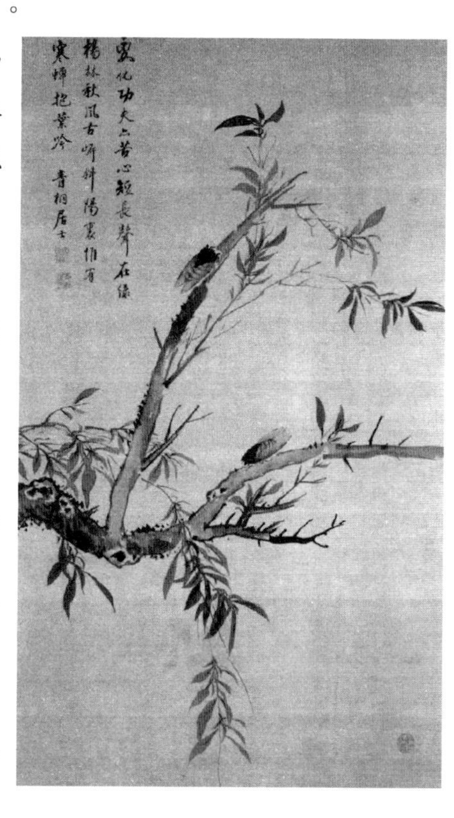

①马迟迟：马行缓慢的样子。

②嘶：一作“栖”。

③鸟：一作“岛”。

④原上：即乐游原上，在长安西南。

⑤四天垂：天幕从四方垂下，即夜幕降临。

⑥归云：飘逝的云彩。

⑦前期：往日的约定或志向。

⑧狎兴：游乐的兴致。狎，亲昵而轻佻。

⑨酒徒：酒友。萧索：零散，冷落。

白话译文

在长安古道上骑马缓缓而行，高高的柳树上秋蝉胡乱嘶鸣。原野上夕阳残照，秋风劲吹，放眼四望，夜幕已经降临。

飘逝的云彩一去不回，往日的期待在何处？游乐的兴致已经衰减，过去的酒友也所剩无几，现在的我已不像年轻的时候了。

名句赏析

狎兴生疏，酒徒萧索，不似少年时

这三句直写词人晚年时心情的落寞。早年失意之时尚能借着“浅斟低唱”来加以排遣，而如今对这些早已麻木，兴致大减，当年与他一起恃酒狂放的酒友们也所剩无几。曾经的自己是那么年少轻狂，如今志向与感情却全部落空，于是便只剩下了“不似少年时”的悲哀与感叹。

忆帝京

柳　永

薄衾小枕凉天气，乍觉别离滋味。展转数寒更[①]，起了还重睡。毕竟不成眠，一夜长如岁。

也拟待、却回征辔[②]；又争奈、已成行计[③]。万种思量，多方开解，只恁寂寞厌厌地[④]。系我一生心，负你千行泪。

①展转：同“辗转”，翻来覆去。数寒更：因睡不着而数着寒夜的更点。

②征辔（pèi）：代指远行的马。

③行计：出行的打算。

④恁（nèn）：如此，这么。厌厌：同“恹恹”，精神不振的样子。

白话译文

秋夜里凉意阵阵，旅馆里被薄枕小，让人不禁生发出离别的滋味。离愁萦绕，辗转反侧，只好默默数着寒夜里的更声，起来后又睡下，就这样始终无法入睡，度夜如年。

也曾想过勒马回去，可既然已经踏上征程，又岂能返回原地。一路之上，千思万绪涌上心头，只能想尽各种办法宽慰排解，最后就这样寂寞无聊地挨过去。我的心一生一世为你牵挂，却辜负了你那数不清的眼泪。

玉蝴蝶

柳　永

望处雨收云断，凭阑悄悄，目送秋光。晚景萧疏，堪动宋玉悲凉[①]。水风轻、蘋花渐老[②]，月露冷、梧叶飘黄。遣情伤[③]。故人何在，烟水茫茫。

难忘。文期酒会[④]，几孤风月[⑤]，屡变星霜[⑥]。海阔山遥，未知何处是潇湘[⑦]。念双燕、难凭远信[⑧]，指暮天、空识归航[⑨]。黯相望。断鸿声里[⑩]，立尽斜阳[⑪]。

---

①堪：可以。宋玉悲凉：指宋玉《九辩》，引申为悲秋。

②蘋花：一种浮萍，夏秋间开白花。

③遣情伤：使人伤感。遣，使得。

④文期酒会：文人墨客一同饮酒赋诗的聚会。期，约。

⑤几孤风月：辜负了多少良辰美景。几，多少回。孤，通“辜”，辜负。风月，清风明月，借指良辰美景。

⑥屡变星霜：经过了好几年。星霜，年月。

⑦潇湘：湘江的别称，这里指思念之人的居住地。

⑧双燕：指传递书信的使者。

⑨暮天：傍晚。归航：返航的船。

⑩断鸿：失群的孤雁。

⑪立尽斜阳：在夕阳下站立很久，直到太阳落山。

《白话译文》

我悄悄地倚栏远望，雨已停息，云已消散，目送秋色远逝。秋天的晚景萧瑟凄凉，不禁让人兴发宋玉悲秋之叹。轻风拂过水面，蘋花渐渐凋残，冷月将露水冻结，枯黄的梧桐叶片片飘散。此情此景，让人伤怀。我的老朋友们，你们都在哪里？眼前只有秋水一片，烟雾茫茫。

文人的雅集，纵情的欢宴，如今仍历历在目，难以忘怀。离别后辜负了多少风花雪月、良辰美景，这样过了一年又一年。海是如此之宽，山是如此之远，何时才有重逢之日？想那双飞的燕子，难以靠它给故人传送书信；遥指傍晚苍茫的天际，辨识归来的航船，却是过尽千帆皆不是，一切都是妄想。我黯然远望，只见斜阳已尽，孤雁的哀鸣仍在天际飘荡。

《名句赏析》

念双燕、难凭远信，指暮天、空识归航

这几句词写因不能与故友相见而产生的无奈怅惘的心理，从而折射出自己长年羁旅、怅惘不堪的心境。自己想要与故友联络，而眼前双飞的燕子是无法给故友传递书信的，表达了无人可托的无奈。看到从天际而来的归舟，以为是故人归来，却是过尽千帆皆不是，一切都是妄想。一个“空”字，把思念友人、急盼友人归来的情感推向了高潮。

安公子

柳　永

梦觉清宵半[①]，悄然屈指听银箭[②]。惟有床前残泪烛，啼红相伴[③]。暗惹起、云愁雨恨情何限。从卧来、展转千余遍[④]。任数重鸳被，怎向孤眠不暖[⑤]。

堪恨还堪叹，当初不合轻分散[⑥]。及至厌厌独自个[⑦]，却眼穿肠断。似恁地、深情密意如何拚[⑧]。虽后约、的有于飞愿[⑨]。奈片时难过[⑩]，怎得如今便见。

①梦觉：梦醒。

②银箭：计时的箭漏。

③啼红：蜡烛的红泪。

④展转：同“辗转”。

⑤怎向：怎奈。

⑥不合：不该。

⑦厌厌：同“恹恹”，

精神不振的样子。

⑧拚（pàn）：舍弃。

⑨的（dí）有：的确有。于飞：比翼双飞，比喻夫妻和睦。

⑩片时：片刻。

白话译文

半夜里从梦中惊醒，静静地数着箭漏之声。只有床前即将燃尽的垂泪红烛与自己相伴。内心生出无限的离别之痛、相思之苦。从躺在床上到现在已辗转反侧了千余遍。怎奈孤枕难眠，盖了数重鸳鸯被也无法感到温暖。

真是让人悔恨，又让人叹息，当初不应该和他轻易分手。到如今孤独寂寞，精神萎靡，望眼欲穿，肝肠寸断。如此情深义重，怎能说放弃就放弃。如果日后相聚，我发自真心地希望能够和他比翼双飞，和睦相处。但眼前的相思之苦实在难挨，怎样才能与他立刻相见？

八声甘州

柳 永

对潇潇、暮雨洒江天，一番洗清秋。渐霜风凄紧，关河冷落[1]，残照当楼。是处红衰翠减[2]，苒苒物华休[3]。惟有长江水，无语东流。

不忍登高临远，望故乡渺邈[4]，归思难收。叹年来踪迹，何事苦淹留[5]。想佳人、妆楼颙望[6]，误几回、天际识归舟。争知我、倚阑干处，正恁凝愁。

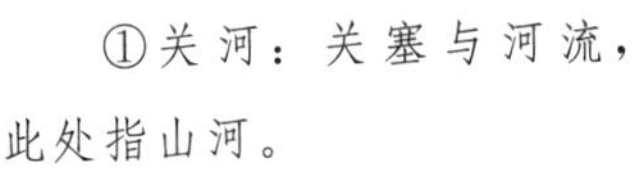

①关河：关塞与河流，此处指山河。

②是处红衰翠减：到处花草凋零。是处，到处。

③苒苒：同“荏苒”，

形容时光消逝。物华：美好的景物。休：衰残。

④渺邈：同“渺渺”，遥远的样子。

⑤淹留：长期停留。

⑥颙（yóng）望：抬头远望。

白话译文

傍晚，看急雨从天空洒落江面，经过一番清洗，洗出一片清秋。渐觉萧瑟的秋风一阵紧似一阵，山河清冷萧条，落日余晖斜照高楼。到处是残花败草，一切美好的景物逐渐衰残。只有长江水，默默无声向东流淌。

不忍心登高眺望，眺望那遥远的故乡，回家的念头难以消散。可叹这几年来漂泊不定，何必苦苦滞留在异国他乡？想起佳人，正在闺楼上抬头远望，多少次错把远处驶来的船当作我的归舟。她怎知我正独倚栏杆，愁思浓重。

名句赏析

渐霜风凄紧，关河冷落，残照当楼

这三句词烘托了凄凉、萧索的气氛：萧瑟的秋风一阵紧似一阵，连关山江河都吹冷了，落日余晖斜照高楼，氛围同样也是冷的。这三句词所描绘出的景色苍茫辽阔，境界雄浑高远，勾勒出深秋雨后的悲凉图景，也渗透了天涯游子的悲思情怀，景中有情，情景交融，连对柳词颇有微词的苏轼也赞叹：“世言柳耆卿曲俗，非也。如《八声甘州》云：‘霜风凄紧，关河冷落，残照当楼。’此语于诗句，不减唐人高处。”

鹤冲天

柳　永

黄金榜上[①]，偶失龙头望[②]。明代暂遗贤[③]，如何向[④]。未遂风云便[⑤]，争不恣游狂荡[⑥]。何须论得丧？才子词人，自是白衣卿相[⑦]。

烟花巷陌，依约丹青屏障[⑧]。幸有意中人，堪寻访。且恁偎红翠[⑨]，风流事、平生畅。青春都一饷[⑩]。忍把浮名，换了浅斟低唱。

①黄金榜：指录取进士的金字题名榜。

②龙头：古时称状元为龙头。

③明代：政治清明的时代，一作“千古”。遗贤：抛弃了贤能之士。

④如何向：向何处。

⑤风云：风云际会，指得到好的机遇。

⑥争不：怎不。

⑦白衣卿相：指自己才华横溢，即使不当官，也像卿相一样尊贵。白衣，指平民。

⑧丹青屏障：彩绘的屏风。

⑨偎红翠：指狎妓。

⑩饷：片刻。

白话译文

在金榜之上，我只是一不小心与状元擦肩而过。即使在政治清明的时代，也有怀才不遇的贤士，我今后怎么办？既然得不到好的机遇，何不纵情玩乐。何必在意功名的得失？做一个才子词人，即使不入仕途，也不亚于公卿将相。

在烟花柳巷之地，有摆放着彩绘屏风的绣房。幸运的是那里有我的意中人，值得我去追求寻访。与她们相依相偎，享受风流的生活，才是我平生最大的快乐。青春就是那么一瞬，我宁愿把功名，换成浅浅的一杯酒和低回婉转的歌唱。

名句赏析

忍把浮名，换了浅斟低唱

词人将“浮名”和“浅斟低唱”对比，认为青春易逝，与其忙于功名利禄，还不如纵情花酒，风流快活。这种思想虽然有及时行乐的消极一面，然而词人的“浅斟低唱”，并不是单纯的把酒听歌，还包括谱写新词。换句话说，就是进行新词的创作活动，这对宋词的发展有着深远的影响。而且，词人对功名的看破也只是一种自我安慰，否则如果真的把“浮名”“换了浅斟低唱”，为什么他又一再去参加科举考试呢？

渔家傲

范仲淹

秋　思

塞下秋来风景异，衡阳雁去无留意①。四面边声连角起②，千嶂里③，长烟落日孤城闭④。

浊酒一杯家万里，燕然未勒归无计⑤。羌管悠悠霜满地，人不寐，将军白发征夫泪。

①衡阳雁去：即“雁去衡阳”。相传北雁南飞，到湖南的衡阳为止。

②边声：边塞特有的声音。角：古代军中的一种乐器。

③千嶂：像屏障一般的群山。

④长烟：荒漠上的烟，因为很少刮风，烟又高又直。

⑤燕然未勒：指边患未平，功业未立。据史书记载，汉和帝时窦宪大破北匈奴追击北单于，出塞三千里，登燕然山，刻石记功而返。

范仲淹（989—1052），字希文，吴县（今江苏苏州）人，北宋政治家、文学家。曾任秘阁校理、陕西经略安抚副使、参知政事等。他在陕西守卫边塞多年，西夏不敢来犯，说他“胸中自有万甲兵”。仁宗庆历三年（1043），范仲淹针对朝政的弊病提出“十事疏”，被仁宗采纳后陆续推行，史称“庆历新政”。不久后新政遭到保守派的反对而中断，范仲淹被贬为陕西四路宣抚使，后在赴颍州途中病逝。范仲淹工于诗词散文，朱熹称他为“有史以来天地间第一流人物”。

白话译文

一到秋天，边塞风光就会非常奇特，大雁南飞衡阳，无半点留恋之意。军号与四面八方各种声音同时响起。重峦叠嶂里，长烟直上，夕阳斜照，孤城紧闭。

饮一杯浊酒，想起万里之遥的家乡。但边患未平，功业未立，又怎敢盘算回家的日期？羌笛的声音悠扬，寒霜铺满大地。征人们久久不能入睡，将军和战士们又长了些许白发，流下了思乡的热泪。

名句赏析

四面边声连角起，千嶂里，长烟落日孤城闭

这三句词写塞外傍晚时分的景象，军号与四面八方各种声音同时响起，渲染了一种凄凉悲壮的气氛。在群山的环抱中，长烟直上，夕阳西下，孤城紧闭。千嶂、长烟、落日、孤城，这是静；边声、号角则是伴以声响的动。动静结合，描绘出一幅充满肃杀之气的战地风光，形象地展示了边塞风景之“异”。本词气象开阔，沉郁雄浑，字里行间都体现出词人的英雄气概，开苏辛豪放词之先河。

苏幕遮

范仲淹

碧云天，黄叶地。秋色连波，波上寒烟翠①。山映斜阳天接水②，芳草无情，更在斜阳外③。

黯乡魂④，追旅思⑤。夜夜除非，好梦留人睡。明月楼高休独倚，酒入愁肠，化作相思泪。

①波上寒烟翠：江波上弥漫着苍翠的寒烟。

②山映斜阳天接水：斜阳映山，远水接天。

③芳草无情，更在斜阳外：芳草不懂人情，一直延绵到夕阳照射不到的地方。“芳草”，常暗指故乡。

④黯乡魂：因思念家乡而黯然伤神。

⑤追旅思：羁旅的愁思纠缠不休。追，追随，这里有纠缠不休的意思。

白话译文

天上，碧云飘浮；地上，黄叶飘零。浓浓的秋色与远处的碧波相连，碧波上弥漫着苍翠的寒烟。斜阳映照远山，水天相接，芳草不懂人情，一直延绵到夕阳照射不到的地方。

思念家乡，黯然神伤；羁旅愁思，难以排遣。每天夜里只有做个好梦，才能得到片刻的安慰。不愿在月明之夜独倚高楼远望，只有将苦酒倒入愁肠，却滴滴都化成了相思之泪。

名句赏析

芳草无情，更在斜阳外

“芳草”本没有情感，却被人为地赋予了情感。一是因为芳草铺向斜阳之外的远方，而那里正是故乡所在；二是因为芳草枯萎了，来年还会新绿，而人却一年年老去，谁知道来年春绿之时，人们是否还能看得见呢？李贺有诗“天若有情天亦老”，自然界的永恒与人生的短暂，怎能不让人唏嘘？

剔银灯

范仲淹

与欧阳公席上分题[①]

昨夜因看蜀志，笑曹操孙权刘备。用尽机关，徒劳心力，只得三分天地。屈指细寻思，争如共、刘伶一醉。

人世都无百岁。少痴骙、老成尪悴[②]。只有中间，些子少年，忍把浮名牵系。一品与千金，问白发、如何回避？

①欧阳公：即欧阳修。

②痴骙（ái）：不慧，愚蠢。尪（wāng）悴：衰弱，憔悴。

白话译文

昨天夜里读《三国志·蜀志》，不禁嘲笑曹操、孙权和刘备，他们机关算尽，不过是枉费心力，只落得个三分天下。仔细一想，与其这样瞎折腾，还不如像刘伶那样，喝他个酩酊大醉。

人生一世，没几个能活到一百岁。小的时候不懂事，老了又衰弱憔悴。只有中间那段年华最宝贵，怎么忍心用来追名逐利。就算是官至一品、富有千金，试问谁能躲过年老白发的命运？

御街行

范仲淹

秋日怀旧

纷纷坠叶飘香砌[①]。夜寂静，寒声碎[②]。真珠帘卷玉楼空[③]，天淡银河垂地[④]。年年今夜，月华如练[⑤]，长是人千里。

愁肠已断无由醉[⑥]。酒未到，先成泪。残灯明灭枕头敧[⑦]，谙尽孤眠滋味[⑧]。都来此事[⑨]，眉间心上，无计相回避。

①香砌：洒满落花的台阶。

②寒声碎：寒风吹动落叶时发出的细微声音。

③真珠：珍珠。

④天淡：天空清澈无云。

⑤月华：月光。练：白色的丝织品。

⑥无由：无法。

⑦明灭：灯光摇曳，忽明忽暗。敧（qī）：倾斜，歪。

⑧谙尽：尝尽。

⑨都来：算来。

白话译文

凋零的树叶纷纷飘落在散发清香的石阶上，夜深人静，只能听得见窸窣的落叶声。卷起珠帘，华丽的楼阁上空无一人，天色清明，银河的尽头与大地相连。年年今夜，月色如白绸一样皎洁，心上人却常常远隔千里。

愁肠已断，想要借酒浇愁，酒未入肚，先已变成泪水。深夜里残灯忽明忽暗，只好斜靠枕头，饱尝孤眠的滋味。你看这满怀的愁绪，不是蹿上眉间，便是潜入心底，我根本无法将它回避。

名句赏析

都来此事，眉间心上，无计相回避

这三句直抒胸臆，用平易浅白的语言诉说悠长曲折的相思，算来这种满怀的愁绪是无法回避的，不是在心头萦绕，就是在眉头攒聚。愁，聚集在内为愁肠愁心，表现在外为愁眉愁脸。词人将愁想象为能行于体内体外的“气”，可谓妙笔，具体而又形象。李清照的“此情无计可消除，才下眉头，却上心头”（《一剪梅》）即从这里脱胎，深得词评家的赞誉。

千秋岁

张　先

数声鶗鴂[①]，又报芳菲歇[②]。惜春更把残红折。雨轻风色暴，梅子青时节。永丰柳[③]，无人尽日花飞雪[④]。

莫把幺弦拨[⑤]，怨极弦能说。天不老，情难绝。心似双丝网，中有千千结。夜过也，东窗未白孤灯灭[⑥]。

①鶗鴂（tíjué）：即子规，杜鹃。

②芳菲：花草，也指春时光景。

③永丰柳：泛指垂柳。唐时洛阳永丰坊西南角荒园中有一株垂柳被冷落，白居易有诗云：“永丰西角荒园里，尽日无人属阿谁。”

④花飞雪：指柳絮。

⑤把：持，握。幺弦：发音细小的琴弦。

⑥孤灯灭：一作“凝残月”。

张先（990—1078），字子野，乌程（今浙江湖州）人。曾任吴江知县、永兴军通判、渝州知州，官至都官郎中。与柳永齐名，擅长小令，也作慢词，是使词由小令发展到慢词的重要人物。其词语言凝练，意象丰富，意韵恬淡，在两宋婉约词史上影响巨大。

白话译文

几声杜鹃的鸣啼，又报告烂漫的春光将要逝去。惜春之人想要将那残花攀折。一阵细雨，一阵狂风，正是梅子发青的暮春时节。那永丰坊的柳树，即便无人关注，也终日飘飞着柳絮。

不要拨动幺弦，如果哀怨太深琴弦也能诉说。天如果不会老，真情就永远不会断绝。多情的心就像那双丝网，中间有无数个结。夜已尽，天尚未亮，孤灯先灭。

名句赏析

天不老，情难绝。心似双丝网，中有千千结

“天不老，情难绝”化用李贺的“天若有情天亦老”，但含意却完全不同，这里肯定地说天是不会老的，那么真情也就永无断绝的时候。“心似双丝网，中有千千结”中的“丝”与“思”谐音双关。在情网里，千千万万个结把彼此牢牢地系在一起，谁想破坏它都是徒劳的。这是全词的核心句，情感的抒发也到了高潮。

诉衷情

张　先

花前月下暂相逢，苦恨阻从容[1]。何况酒醒梦断，花谢月朦胧。

花不尽，月无穷。两心同。此时愿作，杨柳千丝，绊惹春风[2]。

①苦恨：甚恨，深恨。

②绊惹：牵缠。

白话译文

晚上在花前月下约会，可很快就被阻止了，痛恨那些干涉我们的人。酒醒了，美梦也断了，春花已经凋谢，明月也黯淡无光。

但愿花长开，月长圆，我们永远心心相印。此时，希望我是杨柳的枝条，永远与春风缠绵。

一丛花

张　先

伤高怀远几时穷[①]？无物似情浓。离愁正引千丝乱[②]，更东陌、飞絮蒙蒙[③]。嘶骑渐遥[④]，征尘不断，何处认郎踪？

双鸳池沼水溶溶[⑤]，南北小桡通[⑥]。梯横画阁黄昏后[⑦]，又还是、斜月帘栊[⑧]。沉恨细思，不如桃杏，犹解嫁东风[⑨]。

①伤高：登高的感慨。怀远：对远方征人的怀念。穷：穷尽，了结。

②千丝：很多柳条。

③东陌：东边的道路，此处指分别之地。飞絮蒙蒙：飞絮如蒙蒙细雨一样。

④嘶骑：马的嘶鸣声。

⑤溶溶：水流动的样子。

⑥小桡（ráo）：小桨，这里指小船。

⑦梯横：梯子横放，即撤掉了。

⑧栊（lóng）：窗。

⑨嫁东风：原意是随东风飘去，即吹落，这里用其比喻义“嫁”。

《白话译文》

在高楼上凝望远方，无限感伤，怀念远在天边的他，这种事什么时候才有个尽头？世上没有什么东西能比爱情更加浓重。离愁别恨就像万千的柳条一样纷乱不已，还有那东街上飘飞的柳絮，更加让人心乱如麻。想当初，你骑着嘶鸣的马儿越跑越远，一路上尘土飞扬，你让我到哪里去寻找你的踪迹呢？

池水溶溶，一对鸳鸯正在纵情嬉戏，池南池北，小船儿来来往往。黄昏后，闺楼上你曾经多次登过的梯子已经撤去，我仍然还是独自一人面对那弯斜月、旧日帘栊。怀着深深的怨恨，我反复思量自己的遭遇，我还不如那桃花杏花，至少它们还能及时嫁给东风，随风而去。

《名句赏析》

沉恨细思，不如桃杏，犹解嫁东风

这三句词化用李贺《南园十三首》（之一）中的“可怜日暮嫣香落，嫁与春风不用媒”之句，意思是怀着深深的怨恨，仔细想想自己的遭遇，甚至还不如桃花杏花，它们快要凋谢的时候还知道嫁给东风，找到归宿，而自己却只能在形单影只中耗尽青春。说“桃杏犹解”，言外之意是怨嗟自己不能掌握自己的命运，没能抓住“嫁东风”的时机，以致无所归宿。

青门引

张　先

乍暖还轻冷，风雨晚来方定。庭轩寂寞近清明，残花中酒[1]，又是去年病。

楼头画角风吹醒[2]，入夜重门静。那堪更被明月，隔墙送过秋千影。

①中（zhòng）酒：酒酣，酒醉。

②画角：绘有彩色图案的管乐器，古代军营中多用。

白话译文

春天变暖，却仍有一丝微寒，风雨绵绵，寒意阵阵，直到傍晚才安定下来。庭院里寂静冷清，又快到清明节了，面对着点点落花借酒消愁，酒后的不适与心情的苦闷跟去年一样。

城楼上角声哀怨，晚风凄冷，使我彻底清醒。入夜后重门紧闭，四下里寂静无声。最难以忍受的是，尽管门扉紧锁，月光还是隔着墙把秋千的影子送了进来。

天仙子

张　先

时为嘉禾小倅①，以病眠，不赴府会②。

水调数声持酒听③，午醉醒来愁未醒。送春春去几时回？临晚镜，伤流景④，往事后期空记省⑤。

沙上并禽池上暝⑥，云破月来花弄影⑦。重重帘幕密遮灯。风不定，人初静，明日落红应满径⑧。

①嘉禾：郡名，治所在今浙江嘉兴。倅（cuì）：副职，张先时任秀州通判。

②不赴府会：未去官府上班。

③水调：曲调名。

④流景：如流水般逝去的光阴。

⑤后期：以后的约会。记：记忆，思念。省：省悟。

⑥并禽：成对的鸟儿，这里指鸳鸯。暝：暮色笼罩。

⑦弄：摆弄。

⑧落红：落花。

白话译文

手执酒杯听人唱《水调》歌，午后醒来醉意全消，但愁意丝毫未减。送走了春天，春天何时还会再回来？傍晚时照镜细看，感叹如流水般逝去的年华，如烟往事在日后空自让人沉吟。

夜晚鸳鸯在池边并眠，晚风突起，霎时间明月冲破云层，花枝在月光下舞弄自己的影子。一重重帘幕密密地遮住了灯光，风还没有停息，人们刚刚睡去。经过这场晚风，明天园中小路上定然铺满落花。

名句赏析

云破月来花弄影

张先诗词中写“影”的名句很多，尤以“云破月来花弄影”“帘押残花影”“堕絮飞无影”最为得意，故号“张三影”，而这三句中“云破月来花弄影”最被传诵。夜晚来临，天上云雾重重，词人正要回去休息。就在此时，突然风起，月亮瞬间冲破云层，地上花枝摇曳，花影婆娑，展示了一幅层次清晰、情趣盎然的画面。“云破”是“月来”的条件，“花弄影”又是“月来”的结果，处处暗示“风”的存在，却没有直接写风，构思可谓缜密。此词闻名于世的主要原因在于炼字，一个“弄”字尤能传出活泼的生机，使全词为之生辉。王国维《人间词话》：“‘红杏枝头春意闹’，著一‘闹’字而境界全出；‘云破月来花弄影’著一‘弄’字而境界全出矣。”

醉垂鞭

张　先

双蝶绣罗裙[①]，东池宴，初相见。朱粉不深匀[②]，闲花淡淡春。

细看诸处好，人人道，柳腰身。昨日乱山昏，来时衣上云。

①双蝶绣罗裙：罗裙上绣着双飞的蝴蝶。

②朱粉不深匀：施淡妆。

白话译文

东池的酒宴上与你初次相遇，当时你穿的是绣有双蝶的罗裙。娇美的脸上仅仅涂着淡淡的白粉，就像一朵娇美的花，恬淡而优雅地沐浴着春风。

仔细端详，你的优点实在太多，人人都夸赞你细柳般的腰身。你就像从昏暗的乱山中飘然而出的神女，衣服上还带着浮动的白云。

菩萨蛮

张　先

忆郎还上层楼曲，楼前芳草年年绿[①]。绿似去时袍，回头风袖飘。

郎袍应已旧，颜色非长久。惜恐镜中春[②]，不如花草新。

①楼前芳草年年绿：化用王维《山中送别》："春草明年绿，王孙归不归。"

②镜中春：指镜中女子的容颜如春光般姣好。

《白话译文》

思念情郎，登楼遥望，楼前的芳草年年新绿。这绿色就像他离去时所穿衣服的颜色，当时他频频回首，衣袖随风飘飘。

分别数年，他的衣服恐怕已经破旧了吧，颜色也已经暗淡了吧。真的害怕镜中的青春容颜也一年一年地衰老，不像花草那样年年返青。

破阵子

晏　殊

燕子来时新社[①]，梨花落后清明。池上碧苔三四点，叶底黄鹂一两声。日长飞絮轻[②]。

巧笑东邻女伴[③]，采桑径里逢迎[④]。疑怪昨宵春梦好[⑤]，元是今朝斗草赢[⑥]。笑从双脸生。

①新社：即春社，时间在立春后、清明前。社日是古代祭土地神的日子，有春、秋两社。

②日长：指春天昼长。

③巧笑：形容少女美好的笑容。

④逢迎：相逢。

⑤疑怪：诧异、奇怪。这里是“怪不得”的意思。

⑥斗草：古代一种游戏。

晏殊（991—1055），字同叔。临川（今属江西抚州）人。十四岁时以神童入试，赐进士出身，历官右谏议大夫、集贤殿学士、同中书门下平章事兼枢密使、礼部尚书、刑部尚书、户部尚书、观文殿大学士知永兴军节度使、兵部尚书。晏殊为宋初江西词派的领袖，尤擅小令，语言清丽，情致缠绵，音调谐美，与其子晏几道，被称为“大晏”和“小晏”，又与欧阳修并称“晏欧”。

白话译文

燕子飞来时正赶上春社，梨花的飘落预示清明的来临。池塘上浮动着点点青苔，绿叶下传来几声黄莺的啼鸣。春天的白昼渐渐延长，晴空中柳絮纷飞。

在采桑的路上巧遇笑意盈盈的东村女伴。怪不得我昨晚做了个美梦，原来是预兆我今天斗草获胜啊。脸上笑容更加灿烂了。

名句赏析

疑怪昨宵春梦好，元是今朝斗草赢。笑从双脸生

在采桑的路上，少女们相逢，兴高采烈、有说有笑的。然后她们一块儿玩斗草的游戏，主人公获胜了，她忽然想起昨天夜里做的那个好梦，认为那原来是“斗草赢”的兆头，脸上的笑容更加灿烂。词中没有正面描写斗草的活动，只用一笔写出人物的内心活动，表现了这位少女的青春活力，以及纯洁无瑕的心灵，给人以美的享受。

浣溪沙

晏　殊

一曲新词酒一杯，去年天气旧亭台。夕阳西下几时回？

无可奈何花落去，似曾相识燕归来。小园香径独徘徊。

白话译文

作一首新词喝一杯美酒，与去年一样的天气，一样的亭台。那西沉的落日何时还会升起？

花儿总要凋谢让人无奈，翩翩的燕子好像旧识一样归来。在芬芳的小路上我独自徘徊。

名句赏析

无可奈何花落去，似曾相识燕归来

这两句词浑然天成，为中国古典诗词中最脍炙人口的名句之一。花的凋谢，春的消逝，时光的流逝，都是不可抗拒的自然规律，再怎么惋惜留恋也无济于事。然而在这暮春时节，还有令人欣慰的事物重现，那翩翩归来的燕子就像是去年曾在此处安巢的老相识。这两句词蕴含着这样一个哲理：万事万物都不是一成不变的单色调，一切美好的事物都有其消逝的时候，但消逝的同时还会有其他美好事物的重现，只不过这种重现并不是原封不动的重现，只是“似曾相识”罢了。

清平乐

晏　殊

金风细细[1]，叶叶梧桐坠。绿酒初尝人易醉，一枕小窗浓睡。

紫薇朱槿花残，斜阳却照阑干。双燕欲归时节，银屏昨夜微寒[2]。

①金风：秋风。

②银屏：银饰屏风。

白话译文

秋风轻轻拂过，梧桐树落叶飘飘。浅酌一杯晶莹的绿酒，却不胜酒力，在小窗前沉沉地进入梦乡。

紫薇和朱槿已经凋残，夕阳正在斜照着楼上的栏杆。双燕即将归来，昨天夜里，那银饰的屏风还有些微寒。

浣溪沙

晏　殊

一向年光有限身[①]，等闲离别易销魂[②]。酒筵歌席莫辞频[③]。

满目山河空念远，落花风雨更伤春。不如怜取眼前人[④]。

①一向：一晌，一霎时，片刻。年光：时光。有限身：有限的生命。

②等闲：平常，普通。销魂：极度悲伤或极度快乐。

③莫辞频：不要因为频繁而推辞。

④怜：珍惜，怜爱。取：语气助词。

白话译文

时光如梭，人生苦短，离别虽是司空见惯之事，却最容易让人悲伤。所以无论歌宴酒席多么频繁，也不要推辞。

放眼辽阔的山河，再怎么思念远方的亲友也是枉然；看到风雨打落了繁花，更会伤春不止。所以还不如趁现在的好时光，多多珍惜眼前的人。

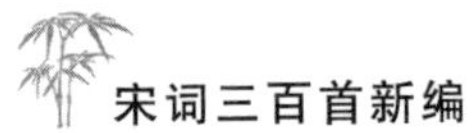

名句赏析

满目山河空念远，落花风雨更伤春

这两句为设想之词：到了登临之时，放眼辽阔的河山，徒然地思念远方的亲友；看到风雨打落了繁花，才发现春光易逝，更会伤春不止。此二句写山河时，气象辽阔，意境苍茫；写落花时，柔情万种，不胜怜惜。词人以健笔写闲情，兼有刚柔之美，使词意显得不那么凄厉哀伤。吴梅《词学通论》认为这两句比“无可奈何花落去，似曾相识燕归来”胜过十倍而人未知之，虽有所偏颇，却是独具慧眼。

木兰花

晏　殊

池塘水绿风微暖，记得玉真初见面①。重头歌韵响琤琮②，入破舞腰红乱旋③。

玉钩阑下香阶畔④，醉后不知斜日晚。当时共我赏花人，点检如今无一半⑤。

①玉真：仙女，借指美丽的女子。

②重（chóng）头：词中前后阕句式音韵完全相同曰“重头”，如《木兰花》。琤琮（chēngcóng）：玉器撞击之声，形容音乐铿锵悦耳。

③入破：唐宋大曲末段称作“破”，入破即“破”段的第一遍。红乱旋：穿着红裙的舞女旋转飞舞。

④玉钩：帘钩的美称。香阶：飘有花香的台阶。

⑤点检：查点。

《白话译文》

微风送暖，池塘里碧波漫漫，记得在这里与那位佳人初次相见。酒席上觥筹交错，穿着红裙的她，在美妙的音乐中翩翩起舞，让人目不暇接。

在这白玉帘钩和栏杆下面，飘着落花芬芳的台阶旁边，我喝得酩酊大醉，竟然没有觉察到日暮已至。当时和我一起赏花的人，如今点检一下，大多数已经远离自己，再也不能相见了。

清平乐

晏　殊

红笺小字，说尽平生意。鸿雁在云鱼在水，惆怅此情难寄。

斜阳独倚西楼，遥山恰对帘钩。人面不知何处，绿波依旧东流。

白话译文

铺开红笺，写满了密密麻麻的小字，说的都是我平生对你的倾慕之意。雁飞云端，鱼翔水底，万般情意无以传递，让人惆怅不已。

夕阳西下，独倚西楼，遥远的群山恰好与帘钩相对，阻碍视野。不知佳人身在何处，唯有一江绿水，依旧无语东流。

名句赏析

人面不知何处，绿波依旧东流

绿水，或曾映照过如花的人面，如今，流水依然在眼前流淌，而佳人却不知身在何处，唯有这一片相思之情，伴随流水，悠悠东去。这两句词巧妙化用唐代崔护《题都城南庄》中的诗句“人面不知何处去，桃花依旧笑春风”，略加变化便成新词，给人以言有尽而意无穷之感。

木兰花

晏　殊

春　恨

绿杨芳草长亭路[1]，年少抛人容易去。楼头残梦五更钟[2]，花底离愁三月雨。

无情不似多情苦，一寸还成千万缕[3]。天涯地角有穷时，只有相思无尽处。

①长亭路：送别的路。古代驿路上十里一长亭，五里一短亭。

②残梦：未做完的梦。

③一寸：指心。千万缕：形容心情紊乱。

白话译文

在杨柳青青、芳草萋萋的长亭古道上，那个少年轻易地离我而去。楼上，五更的钟声惊醒了我的残梦；心头，离愁别恨就像娇花遭遇三月的春雨。

无情人没有多情人那么多的苦恼，一寸芳心化作斩不断的万缕愁丝。天涯海角虽然遥远，但也总有个尽头，只有相思却是缠缠绵绵，没有穷尽。

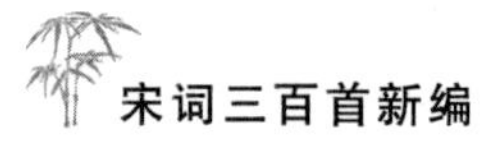

《名句赏析》

楼头残梦五更钟，花底离愁三月雨

这两句词极写相思之苦，哀怨之切。每天夜里，她辗转难眠，好不容易进入了梦乡，但很快就被五更的钟声惊醒；而窗外细雨迷蒙，打落了片片花瓣，更是让人无限感伤。这两句词不仅对仗工整，更表现了一种幽怨婉转的意境，把三月的细雨，五更的残梦，楼头的寂寥，花下的伤怀，连同所有的情感融为一体，耐人寻味。

喜迁莺

晏　殊

花不尽，柳无穷，应与我情同。觥船一棹百分空①，何处不相逢。

朱弦悄，知音少，天若有情应老②。劝君看取利名场，今古梦茫茫。

①觥（gōng）船：大酒杯。一棹（zhào）：划桨一次，喻指饮酒一次。

②天若有情应老：化用李贺《金铜仙人辞汉歌》："衰兰送客咸阳道，天若有情天亦老。"

白话译文

鲜花绿柳无尽无穷，就像我对你的情意种种。让我们倾尽杯中的美酒，不必感伤，人生何处不能相聚相逢。

你走以后我少了一位知己，那朱弦瑶琴又能弹给谁听。天若有情也会变老，你我凡人怎可太过多情。劝君此后看淡利禄功名，自古以来宦海茫茫，终归一梦。

踏莎行

晏　殊

小径红稀[①]，芳郊绿遍，高台树色阴阴见[②]。春风不解禁杨花[③]，蒙蒙乱扑行人面。

翠叶藏莺，朱帘隔燕[④]，炉香静逐游丝转[⑤]。一场愁梦酒醒时，斜阳却照深深院。

①红稀：花儿稀少，暗指晚春时节。

②阴阴见：暗暗显露。阴阴，隐约。

③不解：不懂得。

④翠叶藏莺，朱帘隔燕：莺儿、燕子都深藏不见。莺燕暗喻“伊人”。

⑤游丝转：烟雾旋转上升，像游动的青丝。

白话译文

小路边的花儿稀稀落落，郊野却被萋萋芳草占遍，绿树掩映下，远处的高楼台榭若隐若现。春风不知道去管一管杨花柳絮，让它们迷迷蒙蒙地向人脸上乱扑一通。

黄莺藏在翠绿的树叶里，燕子被红色的窗帘挡在后面，安静的炉香像游丝般袅袅升腾。酒醉后做了一场愁梦，醒来时，夕阳正斜照着深深的庭院。

名句赏析

一场愁梦酒醒时，斜阳却照深深院

这两句词写暮春傍晚，酒醒梦觉，只见夕阳斜照深深的朱门院落。这里点明“愁梦”，说明梦境与春愁有关。梦醒后斜阳仍照深院，暗有白昼渐长愁闷难以消遣之意，反衬出主人公的寂寥、抑郁之情。全词除“一场愁梦酒醒时”，都是写景，景致清丽，景中寓情，达到不露痕迹的程度。

踏莎行

晏　殊

祖席离歌[①]，长亭别宴，香尘已隔犹回面[②]。居人匹马映林嘶[③]，行人去棹依波转[④]。

画阁魂消[⑤]，高楼目断，斜阳只送平波远。无穷无尽是离愁，天涯地角寻思遍[⑥]。

①祖席：古代出行时祭祀路神叫“祖”，故称送行宴席为“祖席”或“祖饯”。

②香尘：地上有很多落花，尘土都带有香气，所以称“香尘”。

③居人：留在家里的人，与下句的“行人”相对。

④棹：船桨，借指船。

⑤画阁：装饰华美的居室，指女子闺房。

⑥寻思：不停地思索。

白话译文

长亭里设下饯行的酒宴，酒席上唱着别离的悲歌。芳香的飞尘阻断了彼此的视线，但离人仍频频回头看上几眼。送行人的马在林间嘶鸣，行人的船随着江波渐行渐远。

画阁上我黯然销魂，高楼上我望眼欲穿，唯见斜阳护送着江波直到天边。世间无穷无尽的只有离愁，它带着我的思虑飞遍了海角天涯。

名句赏析

无穷无尽是离愁，天涯地角寻思遍

这两句词写别后的离愁与思量，自上句“平波远”三字化出。主人公放纵自己的思绪，让它随波而去，绕遍天涯。由眼前的夕阳护送秋波，引出无穷无尽的离愁，再用“天涯地角”强化，情透纸背，意境深远。至此，全词从饯别的酒宴到依依惜别，再到别后无穷无尽的相思，画面完整优美，将情感一步步推向高潮。

蝶恋花

晏　殊

槛菊愁烟兰泣露[①]，罗幕轻寒[②]，燕子双飞去。明月不谙离恨苦[③]，斜光到晓穿朱户[④]。

昨夜西风凋碧树，独上高楼，望尽天涯路。欲寄彩笺兼尺素[⑤]，山长水阔知何处。

①槛：窗户下或长廊旁的栏杆。

②罗幕：丝罗制成的帷幕。

③谙：熟悉，理解。

④朱户：犹言朱门，指富贵人家。

⑤彩笺：彩色的纸，这里指题咏之作。尺素：古人写信用长约一尺的素绢，这里代指书信。

白话译文

栏杆旁边，几丛菊花被薄雾笼罩，满面愁容；兰叶上露珠晶莹，仿佛在低声抽泣。罗幕里空气微寒，一双燕子飞向远方。明月不懂得人的离愁别恨，把清冷的月光斜斜地射进屋中直到天亮，让人彻夜难眠。

昨天夜里，西风劲吹，碧树的叶子凋零殆尽。我独自登上高楼，看他走过的那条路消失在天边。想寄一封书信倾诉心中的相思之苦，可是山水迢迢，我朝思暮想的他现在何处？

采桑子

晏　殊

时光只解催人老[①]，不信多情[②]。长恨离亭，泪滴春衫酒易醒。

梧桐昨夜西风急，淡月胧明[③]。好梦频惊，何处高楼雁一声？

①只解：只知道。

②不信：不理解。

③胧明：微明，模糊不清。这里指月光不明。

《白话译文》

时光只知道催人变老，却不理解人世间的情感。人们在长亭送别时离恨满怀，泪水沾湿了衣襟。即使借酒浇愁，酩酊大醉，但也醒酒太快，离愁又会重新涌上心头。

昨天夜里，西风劲吹，梧桐叶在风中哗哗作响，月光幽暗朦胧。我的美梦不断被惊醒，不知从高楼的何处传来一声大雁的凄鸣。

《名句赏析》

好梦频惊

这句词虽然只有四个字，却具有极强的概括力。每当好梦来临，正要走向完美结局时，也许是由于外界环境的影响，或者是现实给人梦中以真实世界的暗示，好梦就会突然中断，于是词人惊醒，各种愁恨又会涌上心头，思绪万千。当词人再次因为疲倦而终于入梦之后，刚才的情况又会重新出现。就这样反反复复，好梦难成。“频”字说明词人的睡眠很浅，时断时续，反映了词人内心深处的焦虑和不安；“惊”字则反映了美梦与现实之间的巨大反差，反映了词人对现实的不满。这句词是本词的点睛之笔，体现了词人笔法空灵、感情含蓄的艺术特色。

满江红

张　昇

无利无名，无荣无辱，无烦无恼。夜灯前、独歌独酌，独吟独笑。况值群山初雪满，又兼明月交光好。便假饶百岁拟如何，从他老。

知富贵，谁能保。知功业，何时了。算箪瓢金玉[①]，所争多少。一瞬光阴何足道，便思行乐常不早。待春来携酒殢东风[②]，眠芳草。

①箪瓢：即箪食瓢饮，形容生活清苦，安贫乐道。

②殢（tì）：困扰，滞留。

张昇（biàn）（992—1077），字杲卿，韩城（今陕西韩城）人。曾任御史中丞、参知政事、枢密使等职。

白话译文

不被名利束缚，不去计较荣辱，没有烦恼侵扰。夜晚在灯前独自放歌，自斟自饮，纵情吟咏，恣意欢笑。何况此时群山刚刚被雪覆盖，白雪与明月交相辉映，心情畅快无比。即使活一百岁又能如何，还不是一样要老。

谁能永保富贵，建立多少功业才算终了，清贫与富有有多大差别？在短暂的人生面前都不足为道，不如抓紧时间行乐趁早。等到春天来时，带上酒馔将东风挽留，醉眠在芳草。

木兰花

宋　祁

东城渐觉风光好，縠皱波纹迎客棹[1]。绿杨烟外晓寒轻，红杏枝头春意闹。

浮生长恨欢娱少[2]，肯爱千金轻一笑[3]？为君持酒劝斜阳，且向花间留晚照。

①縠（hú）皱：有皱纹的纱。

②浮生：人生短暂，就像浮于水面的泡沫。

③肯爱：岂肯吝惜。一笑：特指佳人之笑。

宋祁（998—1061），字子京，安州安陆（今湖北安陆）人，后徙居开封雍丘（今河南杞县）。天圣二年（1024）与兄宋庠同举进士第，时称“二宋”。曾官龙图阁学士、工部尚书、翰林学士承旨等。与欧阳修等合修《新唐书》。其词语言工丽，构思新颖，因《木兰花》词中有“红杏枝头春意闹”句，世称“红杏尚书”。

白话译文

城东的风光让人感觉越来越美好，湖面泛起了皱纱般的粼粼波纹，迎接客船的到来。绿杨垂柳被烟雾笼罩着，拂晓尚有一丝微寒，怒放的红杏花在枝头上喧闹，春意盎然。

总是抱怨人生苦短欢娱太少，岂肯因吝惜千金而轻视佳人的一笑？为你我举杯劝说夕阳，请在百花丛中留下一抹晚霞夕照。

名句赏析

红杏枝头春意闹

杏花是春季开花最早的果树，当杨柳尚被烟雾笼罩之时，杏花已经怒放枝头春意盎然了。红杏开花本是悄无声息的，但作者借用通感的手法，用一个“闹”字将它人格化了。这个“闹”字可以让人联想到死气沉沉的冬天终于结束，大地回春，万物萌动，百花盛开，万紫千红，蜂蝶翩翩，莺歌燕舞，从而将充满生机的大好春光描绘得活灵活现，呼之欲出。王国维在《人间词话》中评价道：“著一‘闹’字而境界全出。”

贺圣朝

叶清臣

留　别

满斟绿醑留君住[①]，莫匆匆归去。三分春色二分愁，更一分风雨。

花开花谢，都来几许[②]。且高歌休诉。不知来岁牡丹时，再相逢何处。

①绿醑（xǔ）：泛着绿色光泽的上等美酒。

②都来：总共。

叶清臣（1000—1049），字道卿，长洲（今属江苏苏州）人。历任太常寺奉礼郎、翰林学士、权三司使等职。知永兴军时，修复三白渠，溉田六千顷，功绩显著，为人称颂。

白话译文

斟满绿色的上等美酒，请你再停留一些时间，不要就这样匆匆离去。如果将春色分为三分，其中二分都是离愁别绪，另一分更是凄风苦雨。

花开花谢，相思之情又有多少？不如痛饮高歌，不再提起伤心之事。来年牡丹盛开的时候，我们又将在哪里重逢？

生查子

欧阳修

去年元夜时[①]，花市灯如昼。月上柳梢头，人约黄昏后。

今年元夜时，月与灯依旧。不见去年人，泪满春衫袖[②]。

①元夜：农历正月十五夜，即元宵节、上元节。

②春衫：年少时穿的衣服，可指代年轻时的自己。

欧阳修（1007—1072），字永叔，号醉翁、六一居士。吉州永丰（今江西吉安）人。宋仁宗天圣八年（1030）进士。历任翰林学士、枢密副使、参知政事等职。曾与宋祁合修《新唐书》，并独撰《新五代史》。

欧阳修在中国文学史上有非常重要的地位，为“唐宋八大家”之一，是北宋“古文运动”的领袖。他荐拔和指导了王安石、曾巩、苏洵、苏轼、苏辙等文学家，对他们的散文创作产生了很大的影响。苏轼对欧阳修给予了极高的评价：“论大道似韩愈，论事似陆贽，记事似司马迁，诗赋似李白。”欧阳修的词柔婉清丽，清新明快，一方面受南唐词影响，一方面又自成风格，在词的发展史上起着承前启后的作用。

《白话译文》

去年元宵夜，花市上灯光明亮如同白昼。月儿悄悄爬上了柳树梢头，我们在黄昏之后甜蜜约会。

今年元宵夜，月亮与灯光如以前一样明亮。可是去年的情人不在身边，相思之泪湿透了我的衣袖。

《名句赏析》

月上柳梢头，人约黄昏后

这两句词写的是一对恋人甜蜜约会的情景。“黄昏后”，说的是约会的时间；“人约”，点明双方并非萍水相逢，即便尚未私订终身，至少也是两情相悦。“月上柳梢头”，既是对“黄昏后”这一时间概念的形象展示，也交代了约会的地点和环境，富于诗情画意。值得注意的是，词人没有正面描写双方约会时的情景，仅用“人约黄昏后”一笔带过，制造了一种朦胧清幽、婉约柔美的意境，让人称道。

朝中措

欧阳修

送刘仲原甫出守维扬①

平山阑槛倚晴空②，山色有无中。手种堂前垂柳，别来几度春风？

文章太守，挥毫万字，一饮千钟③。行乐直须年少④，尊前看取衰翁⑤。

①刘仲原甫：刘敞，字原甫，嘉祐元年（1056）被任命为扬州太守，欧阳修给他饯行，并作了这首词相送。维扬：扬州的别称。

②平山：欧阳修于庆历八年（1048）任扬州知府，在扬州蜀冈山上建有平山堂，并在堂前栽种一株柳树，名曰“欧公柳”。

③千钟：千杯。

④直须：应当。

⑤衰翁：词人自称。此时作者已年逾半百。

白话译文

晴空万里，平山堂凌空矗立，远山朦胧，若有若无。我在堂前亲手栽种的那棵柳树，我与它已经几年未见了。

这位刘太守，下笔就是万言，一饮就是千杯。趁着青春年少及时行乐吧，你看那坐在酒杯前的老头儿已经不行了。

蝶恋花

欧阳修[①]

庭院深深深几许？杨柳堆烟，帘幕无重数。玉勒雕鞍游冶处[②]，楼高不见章台路[③]。

雨横风狂三月暮，门掩黄昏，无计留春住。泪眼问花花不语，乱红飞过秋千去[④]。

①一说本词为冯延巳作。

②玉勒：玉制的马衔。雕鞍：精雕的马鞍。游冶处：指歌楼妓院。

③章台：汉长安街名，常用来指歌伎聚居之地。

④乱红：各种花片纷纷飘落的样子。

白话译文

庭院深深，到底有多深？杨柳依依，飞扬起片片烟雾，一重重帘幕不知有多少层。香车宝马如今在哪里游冶，登楼向远处凝望，却看不见章台路。

暮春三月，雨骤风狂，关上门想把黄昏景色掩闭，却没有办法留住春光。我泪眼汪汪问落花，落花默默无言，零零落落飞到秋千之外。

名句赏析

泪眼问花花不语，乱红飞过秋千去

这两句词写女子的痴情与绝望。“泪眼问花”，其实是含泪自问。“花不语”，也并非没有回答，“乱红飞过秋千去”比语言更清楚地昭示了她面临的命运。花如人，人如花，二者同样难以避免被抛弃的命运。“乱红”既是实景，又是女子悲剧命运的象征。这种借客观事物的反应来烘托、反衬人物主观情感的写法，深婉不迫，曲折有致，真切地表现了生活在幽闭状态下的贵族少妇难以言说的痛苦。

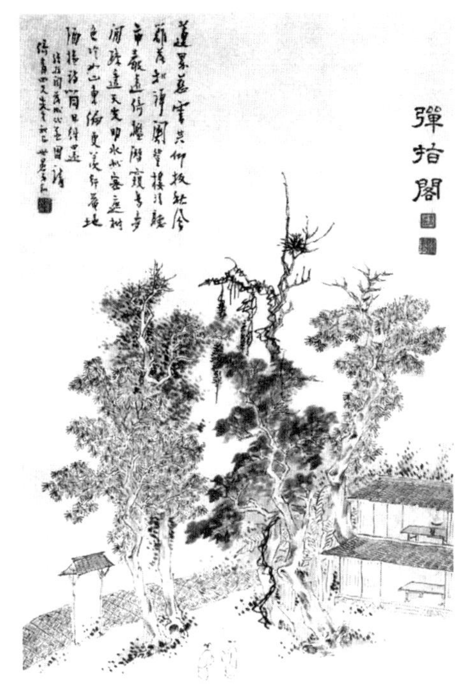

木兰花

欧阳修

尊前拟把归期说，未语春容先惨咽[1]。人生自是有情痴，此恨不关风与月。

离歌且莫翻新阕[2]，一曲能教肠寸结。直须看尽洛城花[3]，始共春风容易别。

①春容：美丽的容颜。

②翻新阕：按旧曲填新词。

③洛城花：指牡丹。洛阳盛产牡丹。

白话译文

饯别酒宴上，想把自己回来的日子说一说，没想到话未出口，佳人就花容凄惨，低声呜咽。人本来就是有感情的，所以才会生出离愁别恨，而这种愁恨与春风和明月无关，它们不过是人们寄托情感的媒介。

暂且不要翻唱新的歌词了，因为仅仅一曲就足以让人愁肠寸结。此时只需要把洛阳城的牡丹看得兴尽意满之后，才能淡然无憾地与归去的春风告别。

浪淘沙

欧阳修

把酒祝东风[1]，且共从容。垂杨紫陌洛城东[2]。总是当时携手处[3]，游遍芳丛。

聚散苦匆匆，此恨无穷。今年花胜去年红。可惜明年花更好，知与谁同？

①祝：祈祷，祈求。

②紫陌：指洛阳郊野的道路。洛阳曾是东周、东汉的都城，据说用紫色土铺路，故称。

③总是：大多是，都是。

白话译文

我端起酒杯，祈求东风放慢脚步，也希望你能留下，与我共享美好春光。洛阳城的东郊，路旁已是杨柳依依，景色宜人。往年此时此地，我们携手相伴，在花丛中赏花游乐。

人生苦短，相聚离散总是这样仓促，让人无限感伤。今年的花儿比去年美丽。明年的花儿还会胜过今年，可是面对美景，谁来与我一同观赏呢？

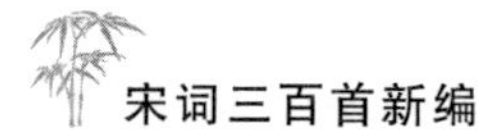

名句赏析

今年花胜去年红。可惜明年花更好，知与谁同

这三句词将三年的花加以比较，层层推进，以惜花写惜别，构思新颖，是本词的绝妙之笔。词人去年此时曾与友人在此地一起赏花。久别重逢，今年的花儿比去年开得更好，本应一同尽情观赏，然而人世间相聚离散总是太匆匆，怎能不使人痛惜？来年这花儿还将比今年的更加繁盛，然而自己与友人天各一方，明年此时不知与谁再来共赏此花啊！可见词人与友人的情谊之深，并进一步抒发了对人生聚散无常的感叹。

渔家傲

欧阳修

近日门前溪水涨，郎船几度偷相访。船小难开红斗帐[1]，无计向，合欢影里空惆怅[2]。

愿妾身为红菡萏[3]，年年生在秋江上。重愿郎为花底浪，无隔障，随风逐雨长来往。

①红斗帐：红色斗形小帐。

②合欢：并蒂而开的莲花。

③菡萏（hàndàn）：荷花。

白话译文

近日来门前溪水涨满，情郎几度偷偷划船相访。然而船儿太小，无法挂上红斗帐，实在无计可施，只能在并蒂莲下窘迫惆怅。

我愿意成为红芙蓉，年年长在秋江上。再愿情郎是花下水浪，双方没有障碍和阻挡，任凭风吹雨打，也能长相来往。

踏莎行

欧阳修

候馆梅残[①]，溪桥柳细，草薰风暖摇征辔[②]。离愁渐远渐无穷，迢迢不断如春水。

寸寸柔肠[③]，盈盈粉泪[④]，楼高莫近危阑倚[⑤]。平芜尽处是春山[⑥]，行人更在春山外。

①候馆：迎宾候客的馆舍。

②草薰：小草散发出阵阵清香。征辔：行人坐骑的缰绳。

③寸寸柔肠：柔肠寸断，极言其愁。

④盈盈：泪水充溢眼眶的样子。粉泪：泪水流到脸上，与胭脂和在一起。

⑤危阑：高楼的栏杆。阑，通“栏”。

⑥平芜：向前延伸的平旷草地。芜，草地。

白话译文

客舍的梅花日渐凋零，清澈的溪水从小桥下悄悄流过，河边细软的柳条随风轻摆，暖暖的春风中带着青草的芬芳，远行的人跃马扬鞭，踏上征程。走得越远离愁越是浓烈，就像那春水一样迢迢不断。

柔肠寸断，泪流满面，千万不要登上高楼凭栏远望。楼前是一片繁茂的原野，原野的尽头就是隐隐的春山，而远行的人更远在那重重的春山之外，渺不可寻。

名句赏析

平芜尽处是春山，行人更在春山外

这两句词重复写“春山”，意义深刻。“春山”是登楼远望的思妇目力所能达到的极限，也是她的想象所能达到的极限，在更远的地方，她所思念之人的情况如何，她不得而知。词句中透出了她的一往情深，她的深情已越过重重春山的阻隔，伴随着渐行渐远的征人直到天涯，情意深长而又哀婉凄绝，让人感动不已。唐圭璋在《唐宋词简释》中评价道：“平芜已远，春山则更远矣，而行人又在春山之外，则人去之远，不能目睹，惟存想象而已。写来极柔极厚。”

渔家傲

欧阳修

花底忽闻敲两桨，逡巡女伴来寻访[①]。酒盏旋将荷叶当[②]。莲舟荡，时时盏里生红浪。

花气酒香清厮酿[③]，花腮酒面红相向。醉倚绿阴眠一饷[④]，惊起望，船头阁在沙滩上[⑤]。

①逡巡：顷刻。

②旋：随即。

③清厮酿：清香之气混在一起。

④饷：片刻。后作“晌”。

⑤阁：同“搁”。

白话译文

花丛中突然传来两声敲桨的声响，女伴顷刻间驾驶小船来到身旁。二人并船后拿出美酒佳酿，随后摘下荷叶当作酒杯，二人迫不及待将美酒品尝。莲舟轻轻摇荡，酒中映入了姑娘们红晕的脸庞，就好像红红的波浪。

荷花的清香与美酒的清香混在一起，鲜艳的荷花与娇艳的俏脸红颜相向。喝醉后在荷叶的绿荫中小憩一晌，突然惊醒后起来观望，原来船头早已搁浅在沙滩之上。

诉衷情

欧阳修

清晨帘幕卷轻霜，呵手试梅妆[①]。都缘自有离恨，故画作远山长[②]。

思往事，惜流芳[③]。易成伤。拟歌先敛[④]，欲笑还颦[⑤]，最断人肠。

①呵手：因天寒而呵气暖手。试梅妆：试着描画梅花妆。

②远山：指远山眉。形容把眉毛画得又细又长，好像水墨画中的远山形状。比喻离恨的深长。

③流芳：流逝的年华。

④敛：收敛表情。

⑤颦：蹙眉，忧愁的样子。

白话译文

清晨起来，卷起帘幕，庭院满地清霜。天气冷，呵气暖手，试着描画梅花妆。只因心中离恨幽幽，故意把双眉描成远山的式样，浅淡而又细长。

思想往事，痛惜芳华流逝，容易让人伤情。想要唱歌却先收敛表情，想要微笑却又皱起眉头，真是最令人断肠的事情。

名句赏析

拟歌先敛，欲笑还颦，最断人肠

这三句词刻画了歌女迫于生计而卖唱的痛苦心情。“拟歌先敛，欲笑还颦”写得活灵活现，不但描绘出人物的姿态，而且传达出人物的神情，透露出歌女不得不强颜欢笑的苦闷。“最断人肠”隐含了词人对歌女遭遇的同情，言简意赅。此词将歌伎的怨嗟和悲苦刻画得栩栩如生、呼之欲出，给人留下了深刻的印象，展现出词人丰富的生活体验和深厚的艺术功力。

望江南

欧阳修

江南蝶，斜日一双双。身似何郎全傅粉[①]，心如韩寿爱偷香[②]。天赋与轻狂。

微雨后，薄翅腻烟光。才伴游蜂来小院，又随飞絮过东墙。长是为花忙。

---

①何郎全傅粉：三国时魏国有个美男子叫何晏，皮肤白皙，就像敷了粉一样，故曰“傅粉何郎”。

②韩寿爱偷香：东晋有个美男子叫韩寿，被权臣贾充的女儿贾午倾慕，贾午偷其父西域奇香赠予韩寿。贾充知道此事后，就将女儿嫁给韩寿。后以“韩寿偷香”比喻男女偷情。

白话译文

江南的蝴蝶，成双成对地在夕阳下翩翩飞舞。蝴蝶的身体就像经过精心涂粉的美何晏，它的采蜜习性又像爱偷香的俏韩寿。它天生轻浮又放浪。

下过小雨后，蝴蝶的翅膀沾水发腻，透过双翅的阳光显得朦朦胧胧。它刚刚与蜜蜂相伴飞进小院，又随着柳絮越过东墙。总是为了鲜花而奔忙。

木兰花

欧阳修

别后不知君远近，触目凄凉多少闷。渐行渐远渐无书，水阔鱼沉何处问[①]。

夜深风竹敲秋韵[②]，万叶千声皆是恨。故攲单枕梦中寻[③]，梦又不成灯又烬[④]。

①水阔鱼沉：代指音信不通。古有鱼雁传书之说。

②秋韵：指秋风吹着竹叶发出的声响。

③攲：倾斜。

④烬：灯芯烧尽成灰。

白话译文

自从分别以后，不知你走了多远，到了何方。触目所及，景物凄凉，心中有无尽的苦闷。你越走越远，音信也越来越稀疏，最后石沉大海。水面辽阔，鱼游深底，我又能向何处去打听你的消息？

深夜里风吹竹叶，萧萧不停，每一片叶子的声响都在诉说着怨恨。我斜倚单枕，希望能在梦中与你相遇，谁知梦没有做成，灯芯又燃成灰烬。

《名句赏析》

渐行渐远渐无书，水阔鱼沉何处问

“渐行渐远渐无书”，一句之内用了三个“渐”字，一方面写出了空间距离的拉大，道路遥远，交通不便，通信不易；另一方面也暗示了心中距离的拉大，随着时间的流逝，对方的感情也渐渐消失，态度越来越冷淡。思妇盼望书信，而行人偏偏没有书信寄来，一盼一无之间的对比，彰显了二人对待爱情态度的反差。“水阔鱼沉何处问”，水面辽阔，鱼游深底，我又能向何处去打听你的消息？“何处问”三个字，将思妇欲求无路、欲诉无门的不可名状的愁苦，抒写得极为深婉痛切。

采桑子

欧阳修

平生为爱西湖好，来拥朱轮[①]。富贵浮云，俯仰流年二十春[②]。

归来恰似辽东鹤[③]，城郭人民，触目皆新，谁识当年旧主人？

①朱轮：涂红漆的车轮。古代显贵所乘的车子。

②俯仰：转瞬。二十春：欧阳修曾为颍州太守，宋仁宗皇祐二年（1050）从颍州离任，改知应天府。神宗熙宁四年（1071）退休归颍州。

③辽东鹤：晋陶潜《搜神后记》："丁令威，本辽东人，学道于灵虚山。后化鹤归辽，集城门华表柱。时有少年，举弓欲射之。鹤乃飞，徘徊空中而言曰：'有鸟有鸟丁令威，去家千年今始归。城郭如故人民非，何不学仙冢垒垒。'遂高上冲天。"

白话译文

我因为喜爱西湖的风光美妙，所以才来颍州做太守。可荣华富贵就像过眼云烟，不知不觉二十年过去了。

这次归来，就像化鹤归来的丁令威，城郭依旧，百姓皆新，到处都是过去所未曾见的，有谁还能认得我这个当年的太守啊！

菩萨蛮

李师中

子规啼破城楼月[①]，画船晓载笙歌发。两岸荔枝红，万家烟雨中。

佳人相对泣，泪下罗衣湿[②]。从此信音稀，岭南无雁飞[③]。

---

①子规：即杜鹃鸟，啼声凄厉，声若“不如归去”。

②罗衣：轻软丝织品制成的衣服。

③岭南：五岭以南的地区。古人有“雁不过衡阳”之说，词人此时在广西，鸿雁更难飞到。

李师中（1013—1078），字诚之，楚丘（今山东曹县）人。官至右司郎中。

白话译文

子规凄厉的啼声将我从梦中惊醒，窗外城楼上挂着一弯残月。天已破晓，我乘着华丽的船在笙歌中出发。两岸的荔枝娇艳欲滴，千家万户笼罩在蒙蒙的细雨中。

在离别之时，佳人与我相对而泣，佳人的泪水湿透了罗衣。从此以后，天各一方，音信必然稀少，因为鸿雁只能飞到衡阳，广西远在岭南，靠鸿雁传书已是不可能了。

凤箫吟

韩　缜

锁离愁、连绵无际，来时陌上初熏[①]。绣帏人念远[②]，暗垂珠泪，泣送征轮。长亭长在眼，更重重、远水孤云。但望极楼高，尽日目断王孙[③]。

销魂。池塘别后，曾行处、绿妒轻裙。恁时携素手[④]，乱花飞絮里，缓步香茵[⑤]。朱颜空自改，向年年、芳意长新。遍绿野，嬉游醉眠，莫负青春。

①陌：道路。

②绣帏：绣房，闺阁。

③目断王孙：目送远行人到极远处。王孙，泛指行者。

④恁：那。

⑤香茵：形容绿草如茵。

韩缜（1019—1097），字玉汝，原籍灵寿（今属河北）人，徙雍丘（今河南杞县）。宋英宗时除两浙转运使。神宗时自龙图阁直学士进知枢密院事。曾出使西夏。哲宗时拜尚书右仆射兼中书侍郎，罢知颍昌府，以太子太保致仕。

白话译文

离愁如连绵的芳草一样无边无际，路上花草的香气袭人。闺中人因为想到行者即将远离而暗暗垂泪，一双泪眼目送远去的车轮。眼前的长亭与一重又一重的远水孤云渐渐拉开了距离。但她仍然登上高楼极目远眺，终日目送远行人到极远处。

默然神伤。某天在昔日同游的池塘处经过，碧绿的罗裙让绿草心生妒意。那时，繁花似锦，柳絮纷飞，他携着她洁白的手，漫步于如茵的绿草之中。芳草年年新绿，而青春朱颜难再。等到春回大地，绿遍田野之时，还应嬉笑游玩，醉眠芳草地，千万不要辜负了这大好的青春。

西江月

司马光

宝髻松松挽就[①]，铅华淡淡妆成[②]。青烟翠雾罩轻盈[③]，飞絮游丝无定[④]。

相见争如不见，有情何似无情。笙歌散后酒初醒，深院月斜人静。

---

①宝髻：有珍贵饰品的发髻。

②铅华：化妆用的铅粉。

③青烟翠雾：指舞衣似青绿色的烟雾。轻盈：形容女子的动作或姿态轻柔优美。

④游丝：指舞姿似柳絮游丝般飘拂游动。

司马光（1019—1086），字君实，号迂叟，陕州夏县（今山西夏县）人。北宋名臣，史学家。历仕仁宗、英宗、神宗、哲宗四朝，官至尚书左仆射兼门下侍郎。主编《资治通鉴》。

白话译文

挽起松松的发髻，化上淡淡的妆容。她的舞衣犹如青绿色的烟雾，笼罩着她那轻盈的身体。她的舞姿就像飞絮游丝一样飘拂游动。

这次相见还不如不见，有情不如无情。笙歌散后，酒意初醒，庭院深深，明月斜挂，已是夜深人静。

千秋岁引

王安石

秋　景

别馆寒砧[①]，孤城画角，一派秋声入寥廓。东归燕从海上去，南来雁向沙头落。楚台风[②]，庾楼月[③]，宛如昨。

无奈被些名利缚，无奈被他情担阁[④]，可惜风流总闲却。当初漫留华表语[⑤]，而今误我秦楼约[⑥]。梦阑时，酒醒后，思量著。

①别馆：客馆。寒砧（zhēn）：寒风中的捣衣声。砧，捣衣石。

②楚台风：楚襄王兰台上的风。宋玉《风赋》："楚襄王游于兰台之宫，宋玉、景差侍。有风飒然而至，王乃披襟而当之，曰：'快哉此风！'"

③庾（yǔ）楼月：指明月。《晋书·庾亮传》："亮在武昌，诸佐吏殷浩之徒，乘秋夜往共登南楼，俄而不觉亮至，诸人将起避之。亮徐曰：'诸君少住，老子于此处兴复不浅。'"

④他情：暗指皇上的恩情。担阁：延误。

⑤漫：徒然，白白地。华表语：指奏章。华表，又名诽谤木，立于殿堂前。

⑥秦楼约：与恋人的约会。秦楼，代指闺楼。

王安石（1021—1086），字介甫，号半山。临川（今江西抚州）人。宋仁宗庆历二年（1042）进士。宋神宗即位后，除知江宁府，寻召为翰林学士。熙宁二年（1069），任参知政事，次年拜相，主持变法，在一定程度上改变了北宋积贫积弱的局面。后因新法屡遭攻击，辞相位。晚年退居江宁。元丰三年（1080）封荆国公。元祐元年（1086），保守派得势，新法皆废，郁然病逝于钟山（今江苏南京）。王安石在散文上有突出的成就，名列“唐宋散文八大家”。其词格调高远，一洗五代旧习，在北宋词坛上独树一帜。

白话译文

旅舍外寒砧阵阵，孤城上画角声声，一片秋声在空旷寂寥的天地间回荡。向东归去的燕子从海上飞走，南来的大雁落在沙滩上。这儿有楚王游兰台时的畅快凉风，有庾亮在南楼上戏谑时的美好月光，一切都与当年一样。

无奈，我总是被那些名利所束缚，又总是被一些情感所延误，可惜那些风流之事总是被放在一边。当初徒然生发想要放下功名利禄的念头，如今，误了我与佳人的幽会。梦醒时，酒醒后，我仔细思量着这一切。

浪淘沙

王安石

伊吕两衰翁[①]，历遍穷通。一为钓叟一耕佣。若使当时身不遇，老了英雄。

汤武偶相逢，风虎云龙[②]。兴王只在谈笑中。直至如今千载后，谁与争功？

①伊吕：即伊尹与吕尚。伊尹，名挚，尹为官职，他曾是伊水旁的弃婴，后居莘（今河南开封）农耕。商汤娶莘氏之女，他作为奴隶陪嫁给商汤。后伊尹受到重用，辅佐汤王灭夏。吕尚，即姜尚，字子牙。他晚年在渭水河滨垂钓，遇周文王后受到重用，辅佐周武王灭商。衰翁：老人。

②风虎云龙：《易经》中有“云从龙，风从虎”，将贤臣比作云风，将贤君比作龙虎，意为明君与贤臣合作有如虎啸生风、龙起生云，建邦兴国。

白话译文

伊尹和吕尚两位历史名臣，一个曾经是耕夫，一个曾经是渔翁，他们经历过各种苦难，也获得过各种成功。假如他们终生怀才不遇，也就才华埋没、老死山野了。

商汤王与周朝文武二王偶遇贤臣，如虎啸生风、龙起生云，谈笑之中就建立了王霸之业。直到千载之后的今天，伊、吕两人的功劳又有谁能相比？

桂枝香

王安石

金陵怀古

登临送目，正故国晚秋[①]，天气初肃。千里澄江似练[②]，翠峰如簇[③]。归帆去棹残阳里[④]，背西风、酒旗斜矗。彩舟云淡，星河鹭起[⑤]，画图难足[⑥]。

念往昔，繁华竞逐[⑦]，叹门外楼头[⑧]，悲恨相续。千古凭高对此，谩嗟荣辱[⑨]。六朝旧事随流水[⑩]，但寒烟、衰草凝绿。至今商女[⑪]，时时犹唱，后庭遗曲[⑫]。

---

①故国：旧时的都城，这里指金陵。

②练：白色的绸带。

③簇：聚集，簇拥。

④归帆去棹：往来的船只。

⑤星河鹭起：沙洲上的白鹭纷纷起飞。星河，银河，这里指长江。

⑥画图难足：用图画也难以完美地表现它。

⑦繁华竞逐：争着过奢华的生活。竞逐，竞相效仿追逐。

⑧门外楼头：指南陈亡国惨剧。杜牧《台城曲》：“门外韩擒虎，楼头张丽华。”

⑨谩嗟：徒然感叹。

⑩六朝：指建都金陵的六个朝代，分别是三国吴、东晋，南朝的宋、齐、梁、陈。

⑪商女：卖唱的歌女。

⑫后庭遗曲：指歌曲《玉树后庭花》，相传为陈后主所作，被后人认为是亡国之音。

白话译文

登上高楼极目远眺，金陵正是一派深秋景象，天气刚刚有些萧索。千里长江澄澈得好像一条白色丝绸，青翠的山峰如一束束箭镞一样耸立。往来的船只在夕阳里穿梭，斜插的酒旗迎着西风猎猎作响。淡淡的云烟下画船五彩斑斓，水中沙洲上的白鹭纷纷起飞，这壮丽的景色就是用丹青妙笔也很难把它完美呈现。

想当年，南朝统治者们追逐奢靡，可叹“门外韩擒虎，楼头张丽华”的亡国悲剧一再上演。千古以来多少人在此登高怀古，对历史上的兴衰荣辱也只是徒然感叹。六朝旧事已随流水消逝，如今只能见到寒烟几缕，衰草凝绿。时至今日，商女们还时时吟唱着《玉树后庭花》这曲亡国之音。

名句赏析

千里澄江似练，翠峰如簇

“千里”二字，上承首句“登临送目”，形容景象的开阔；“澄江似练”，化用了谢朓的诗句“澄江静如练”，与“翠峰如簇”相对，不仅在语言上对仗工整，而且在构图上还以曲线绵延（“澄江似练”）与散点铺展（“翠峰如簇”）相辅相成，相映成趣。这样既有平面的描写，又有立体的呈现，一幅清秀壮丽的金陵江山图如在眼前。

南乡子

王安石

自古帝王州[①]，郁郁葱葱佳气浮[②]。四百年来成一梦[③]，堪愁。晋代衣冠成古丘[④]。

绕水恣行游，上尽层城更上楼。往事悠悠君莫问，回头。槛外长江空自流[⑤]。

①帝王州：指金陵（今江苏南京）。

②佳气：古人认为的帝王之气。

③四百年：金陵作为历代帝都将近四百年。

④晋代衣冠成古丘：出自李白《登金陵凤凰台》。

⑤槛外长江空自流：出自王勃《滕王阁诗》。槛，栏杆。

白话译文

这里曾是历代帝王的建都之所，山清水秀，林木繁茂，有帝王之气。然而，四百年来的繁华旧事犹如一场梦，让人无限感慨。晋代的帝王将相，早已成为一抔黄土，所谓功名富贵不过是宇宙中的一缕烟尘。

绕着江岸尽情地游赏，登上一层楼，再上一层楼，往事悠悠，何须问个究竟，不如早日回头。栏杆外的长江水从古至今一直东流，人类的执着追求不过是这长江水的片刻停留。

渔家傲

王安石

平岸小桥千嶂抱，柔蓝一水萦花草。茅屋数间窗窈窕[①]。尘不到，时时自有春风扫。

午枕觉来闻语鸟，欹眠似听朝鸡早[②]。忽忆故人今总老。贪梦好，茫然忘了邯郸道[③]。

①窈窕：幽深的样子。

②欹（qī）：倾斜。

③邯郸道：比喻求取功名之路。唐沈既济《枕中记》中记载，卢生在邯郸道上的一家客店里昼寝，梦到自己历尽荣华富贵，醒来时店主人炊的黄粱饭尚未熟，这便是“黄粱一梦”的典故。

白话译文

峰峦叠嶂，环抱着小桥流水；河水柔和碧蓝，萦绕着繁花野草。幽深的竹林中，几间茅屋静静矗立。春风时时吹来，使得房屋一尘不染。

午觉醒来，听到婉转的鸟鸣，斜靠枕头，想起在朝时听早朝的鸡叫。忽然想起故人都已老去。如今我贪睡闲适，已经忘却了功名富贵的美梦。

清平乐

王安国

留春不住，费尽莺儿语。满地残红宫锦污[①]，昨夜南园风雨。

小怜初上琵琶[②]，晓来思绕天涯。不肯画堂朱户，春风自在杨花。

①宫锦：古代专为宫廷织造的锦绢。这里喻指落花。

②小怜：北齐后主高纬淑妃冯小怜，善弹琵琶。这里泛指歌女。初上琵琶：刚刚弹起的琵琶声。

王安国（1028—1074），字平甫。临川（今江西抚州）人。王安石之弟。熙宁元年（1068），经韩琦举荐，经神宗召试，赐进士及第，任西京国子监教授，后授予崇文院校书，又改为著作佐郎、秘阁校理，世称王校理。器识磊落，文思敏捷。其词哀怨温婉，缠绵悱恻，与王安石词风迥异。

《白话译文》

黄莺儿不停地鸣叫，但费尽唇舌也留不住春天。昨夜一场风雨，南园里落红遍地，好像被弄脏的宫锦。

拂晓传来歌女的琵琶声，带着人的思绪绕遍天涯。在春风中自由飞翔的杨花，不愿飘入画堂朱户的豪门大院。

名句赏析

不肯画堂朱户，春风自在杨花

拂晓，词人听到了歌女的琵琶声，并对她充满了敬意，她就像在春风中自由飞翔的杨花，即使没有着落，也不肯飞进权贵人家的深宅大院。其实，词人表面是在颂扬这位弹琵琶的少女，实际是用以自况。他认为自己也像杨花柳絮一样，像那弹琵琶的少女一样，即使命运不济，四处漂泊，也不愿为了舒适的生活而受权贵之家的颐指气使。这种高洁的情怀，在词中自然流露，不着痕迹。

减字木兰花

王安国

春　情

画桥流水[①]，雨湿落红飞不起。月破黄昏，帘里余香马上闻[②]。

徘徊不语，今夜梦魂何处去？不似垂杨，犹解飞花入洞房[③]。

①画桥：饰有图案的小桥。

②余香：指女子身上的脂粉香味。

③犹解：还懂得。洞房：幽深的闺房。

白话译文

画桥之下流水潺潺，被雨打湿的花瓣散碎遍地，风吹不起。一道月光刺破傍晚的昏茫，在马上还能闻到她身上的余香。

独自一人在院里徘徊，今夜我的梦魂将要飞向何方？人还不如垂杨，垂杨还懂得让飞絮闯入她的闺房。

卜算子

王　观

送鲍浩然之浙东①

水是眼波横，山是眉峰聚②。欲问行人去那边③？眉眼盈盈处④。

才始送春归，又送君归去。若到江南赶上春，千万和春住。

①鲍浩然：生平不详，词人的朋友，家住两浙东路。

②水是眼波横，山是眉峰聚：水像美人流动的眼波，山像美人蹙起的眉毛。古人常用秋水比喻美人的眼睛，用远山比喻美人的眉毛，这里反用。

③行人：指词人的朋友鲍浩然。

④眉眼盈盈处：山水交汇的地方。

王观（1035—1100），字通叟，如皋（今江苏如皋）人。宋仁宗嘉祐二年（1075）进士，累官至翰林学士。相传曾奉诏作《清平乐》一首，描写宫廷生活。高太后对王安石等变法不满，将王观视为王安石门生，就以《清平乐》亵渎宋神宗之名将王观罢职。王观于是自号“逐客”，从此开始了平民生活。其词风学柳永，构思新颖，语言佻丽。

白话译文

水像美人流动的眼波，山像美人蹙起的眉毛。欲问朋友去往何处？到那山水交汇的地方。

刚刚送走了春天，又要送好友离去。如果你到江南时正好赶上春天，一定要将春天留下与你同住。

名句赏析

水是眼波横，山是眉峰聚

古人常以秋水比喻美人的眼睛，用远山比喻美人的眉毛，而词人却反用其意，说水是眼波横流，山是眉峰攒聚，语言清丽，对仗工整。其妙处不仅在于推陈出新，语言风趣，而且在于运用移情手法，把景语变情语，化无情为有情，将自然山水塑造成也会为离情别绪而动容的有情之物，真可谓匠心独运。

帝台春

李　甲

芳草碧色，萋萋遍南陌[①]。暖絮乱红[②]，也知人、春愁无力。忆得盈盈拾翠侣[③]，共携赏、凤城寒食[④]。到今来，海角逢春，天涯为客。

愁旋释[⑤]，还似织。泪暗拭[⑥]，又偷滴。谩伫立、遍倚危阑，尽黄昏，也只是、暮云凝碧。拚则而今已拚了，忘则怎生便忘得[⑦]。又还问鳞鸿[⑧]，试重寻消息。

①陌：田间小路。

②乱红：飘落的花瓣。

③拾翠侣：指同行的女伴。

④凤城：这里指汴京。

⑤旋：很快，随即。

⑥拭：擦，抹。

⑦怎生：怎么能。

⑧鳞鸿：即鱼雁。古有鱼雁传书的故事。

李甲（生卒年不详），字景元，号华亭逸人。华亭（今上海松江）人。善画，亦能诗文。其词以小令闻名，与苏轼有唱和。

白话译文

碧绿的春草长满了南面的小路。暖风中，柳絮、落花无力地飞扬，仿佛也像人一样有着浓浓的春愁。回忆起那位体态轻盈的伴侣，我们曾携手共赏京城寒食节的景致。而如今，我独自一人来到这天涯海角，又遇到了同样的季节。

愁情刚刚散去，一会儿又如网一般交织。眼泪刚悄悄拭去，又会不知不觉地涌溢出来。在高楼上倚遍了所有的栏杆，直到黄昏过后，所见到的也只是一片幽暗，却不见她的踪影。为了她我已经舍弃了一切，想要忘掉她又怎么可能。我依然还要求助于鱼雁，想要重新得到她的消息。

满庭芳

苏　轼

蜗角虚名[1]，蝇头微利[2]，算来著甚干忙[3]。事皆前定，谁弱又谁强。且趁闲身未老，须放我、些子疏狂[4]。百年里，浑教是醉，三万六千场。

思量，能几许，忧愁风雨，一半相妨。又何须，抵死说短论长。幸对清风皓月，苔茵展、云幕高张。江南好，千钟美酒，一曲《满庭芳》。

①蜗角：蜗牛之角，形容渺小。《庄子·则阳》云在蜗之左角的触氏与右角的蛮氏，两国时常为争地而战。

②蝇头：苍蝇之头，比喻极其微小。

③著甚：犹言“作甚”，为什么。干忙：空忙。

④些子：些许。

苏轼（1037—1101），字子瞻，号东坡居士。眉州眉山（今属四川）人。嘉祐二年（1057）与弟苏辙同登进士。曾官端明殿学士、翰林侍读学士、礼部尚书等职。因与王安石政见不合，反对推行新法，一生中历贬黄、惠、儋等州。

苏轼是宋代文学最高成就的代表，为“唐宋八大家”之一，与其父苏洵、弟苏辙并称“三苏”。其诗题材广阔，清新豪健，与黄庭坚并称“苏黄”。擅长行书、楷书，与黄庭坚、米芾、蔡襄并称“宋四家”。苏轼对词的发展贡献巨大，开豪放一派，影响深远，与辛弃疾并称“苏辛”。继柳永之后，对词体进行了全面改革，使词从音乐的附属品转变为一种独立的抒情诗体，进一步提高了词的文学地位，从根本上改变了宋词的发展方向。

白话译文

如蜗牛角、苍蝇头般的虚名微利，有什么值得为之钻营不休的呢？成败得失自有因缘，何必在意谁弱谁强。赶紧趁着有闲暇时间、尚未年老之时，摆脱羁绊，放纵自我。人生不过百年，我愿大醉三万六千次。

仔细算来，人生有一半日子在忧愁风雨中度过，真正快乐的日子能有几天，又何必一天到晚说长道短？不如以遍地的青苔绿草为巨大的毯子，以四垂的云幕为高高的帷帐，沐浴着清风，欣赏着明月。江南的生活多好，这里有千钟美酒，还有优雅的《满庭芳》。

浣溪沙

苏　轼

游蕲水清泉寺[1]，寺临兰溪，溪水西流。

山下兰芽短浸溪，松间沙路净无泥。潇潇暮雨子规啼。

谁道人生无再少？门前流水尚能西。休将白发唱黄鸡[2]。

---

①蕲（qí）水：今湖北浠水。

②唱黄鸡：白居易在《醉歌》一诗中称，人就是在黄鸡的叫声、白日的流动中慢慢变老的，感叹时光的流逝。苏轼在这里反其意而用之。

白话译文

山脚下溪水浸湿了兰草的嫩芽，松林间的小路清洁无泥。傍晚细雨潇潇，子规阵阵悲鸣。

谁说青春时光不能重来？门前的流水还能向西流淌。不必因为年老而感慨时光的流逝。

蝶恋花

苏　轼

花褪残红青杏小[①]。燕子飞时，绿水人家绕。枝上柳绵吹又少，天涯何处无芳草。

墙里秋千墙外道。墙外行人，墙里佳人笑。笑渐不闻声渐悄，多情却被无情恼[②]。

①花褪残红：残花凋谢。

②多情：指墙外行人。无情：指墙里的女子。

白话译文

暮春时节，百花凋零，杏树上长出了一颗颗小小的青果。时不时有燕子掠过天际，潺潺的绿水环绕着村落人家。柳枝上的柳絮被吹得越来越少，不过不必伤怀，因为不久后天涯到处都会长满茂盛的芳草。

墙内有一位少女正在荡着秋千，她发出悦耳的笑声。墙外的行人被那笑声吸引，想象墙内少女荡秋千的场面。墙里的笑声渐渐消逝，行人怅然若失，自己的多情似乎被少女的无情所伤害。

名句赏析

枝上柳绵吹又少，天涯何处无芳草

柳絮纷飞，春色将尽，固然让人伤感；然而芳草遍野，又将是一番景象。“天涯何处无芳草”暗用屈原《离骚》中“何所独无芳草兮，尔何怀乎故宇”的句意。既然直到天边，没有一处没有芳草，那又何必怀念家乡呢？词人在词里有为自己宽解的意味，却将他惋惜春光将逝的情绪和长期漂泊的感怀更强烈地表现了出来。

望江南

苏　轼

超然台作

春未老，风细柳斜斜。试上超然台上看，半壕春水一城花[①]。烟雨暗千家。

寒食后[②]，酒醒却咨嗟[③]。休对故人思故国[④]，且将新火试新茶[⑤]。诗酒趁年华。

①壕：护城河。

②寒食：旧时清明前一日或两日为寒食节。

③咨嗟：叹息。

④故国：这里指故乡。

⑤新火：唐宋习俗，寒食节禁火三日，节后再举火为“新火”。

白话译文

春色尚未褪尽，和风习习，柳枝随风翩翩起舞。登上超然台向远处眺望，半满的护城河水碧波漫漫，满城春花竞放，色彩斑斓。更远处，千家万户笼罩在朦胧的烟雨之中。

寒食节过后，酒醉方醒，思乡之情又涌上心头。还是不要在老朋友面前提起家乡了，姑且点上新火来烹煮刚采的新茶，趁着大好的年华，尽情赋诗饮酒吧。

水龙吟

苏　轼

次韵章质夫杨花词[①]

似花还似非花，也无人惜从教坠[②]。抛家傍路，思量却是，无情有思[③]。萦损柔肠[④]，困酣娇眼[⑤]，欲开还闭。梦随风万里，寻郎去处，又还被、莺呼起。

不恨此花飞尽，恨西园、落红难缀[⑥]。晓来雨过，遗踪何在，一池萍碎[⑦]。春色三分[⑧]，二分尘土，一分流水。细看来，不是杨花，点点是离人泪。

---

①次韵：用原作之韵，并按照原作用韵次序进行诗词创作。章质夫：章楶，字质夫，苏轼好友，时任荆湖北路提点刑狱，经常与苏轼酬唱。

②从教：任凭。

③无情有思（sì）：指杨花看似无情，却自有其愁思。

④萦：萦绕，牵挂。柔肠：柳枝柔软细长，故用柔肠作喻。

⑤困酣：极其困倦。娇眼：美人娇媚的眼睛，喻指柳叶。

⑥难缀：难以联结生长，意指花儿凋谢。

⑦一池萍碎：苏轼自注“杨花落水为浮萍，验之信然”。

⑧春色：代指杨花。

《白话译文》

杨花既像花又好像不是花，也没有人怜惜，任由它默默飘坠。离开了树枝，飘落在路旁，看起来是无情之物，却有其自己的思量。思念着、牵挂着，枝条儿如柔肠般百折千回，柳叶像困顿朦胧的娇眼，刚要睁开又想闭上。就像思妇之梦，万里寻郎，却又被黄莺啼声惊醒。

不怨恨杨花已经落尽，只怨那西园，百花凋零难以联结。早晨一阵风雨过后，杨花踪迹何在？已化作一池浮萍，被雨打碎。三分杨花，二分化为尘土，一分落入池水。细细看来，那不是杨花，一点一滴，那分明是离人伤心的眼泪。

《名句赏析》

细看来，不是杨花，点点是离人泪

唐人有诗："君看陌上梅花红，尽是离人眼中血。"作者化用其意，由眼前的流水，联想到思妇的泪水；又由思妇的泪水，回想到池中的点点杨花，比喻新奇脱俗，想象大胆夸张，感情深挚饱满。这一情景交融的神来之笔，与首句"似花还似非花"相呼应，画龙点睛地揭示出全词的主旨，既干净利落，又回味无穷。

江城子

苏　轼

老夫聊发少年狂[①]，左牵黄，右擎苍[②]。锦帽貂裘[③]，千骑卷平冈[④]。为报倾城随太守，亲射虎，看孙郎[⑤]。

酒酣胸胆尚开张[⑥]，鬓微霜[⑦]，又何妨。持节云中，何日遣冯唐[⑧]？会挽雕弓如满月[⑨]，西北望，射天狼[⑩]。

①聊：姑且。狂：豪情。

②左牵黄，右擎苍：左手牵着黄犬，右臂擎着苍鹰，形容追捕猎物的架势。

③锦帽貂裘：名词作动词使用，头戴锦缎帽，身穿貂皮衣。是汉羽林军穿的服装。

④千骑卷平冈：形容马多尘土飞扬，像卷席子一样掠过山冈。

⑤为报倾城随太守，亲射虎，看孙郎：为了酬谢满城人都随同自己去打猎的盛意，我亲自射虎，让你们看看当年孙权射虎的英姿。太守，指作者自己。孙郎，孙权。

⑥酒酣胸胆尚开张：酒意正浓，胸怀开阔，胆气横生。尚，更。

⑦微霜：稍白。

⑧持节云中，何日遣冯唐：朝廷何日派遣冯唐去云中郡赦免魏尚的罪呢？节，传达命令的符节。云中，汉时郡名，在今内蒙古自治区托克托县一带。

⑨会：定将。挽：拉。雕弓：弓背上有雕花的弓。

⑩天狼：古时以天狼星主侵掠，这里暗喻辽和西夏。

白话译文

老夫姑且抒发一下少年的豪情壮志，左手牵着黄犬，右臂擎着苍鹰。头戴锦缎帽，身穿貂皮衣，率领上千骑的随从疾风般席卷平坦的山冈。为了酬谢满城人都随同自己去打猎的盛意，我亲自射虎，让你们看看当年孙权射虎的英姿。

酒意正浓时，胸怀开阔，胆气横生，我两鬓微白又有何妨？朝廷何时能派遣冯唐式的义士来为我请命，让我也能像魏尚一样戍边卫国呢？那我定将用尽全力拉满雕弓如同满月一般，朝着西北瞄望，射向入侵之敌。

名句赏析

会挽雕弓如满月，西北望，射天狼

这几句词将词人的报国之心和盘托出，其中，“天狼”喻指经常侵扰北宋的辽和西夏。“挽”“望”“射”是三个连贯的动作，勾画出一个动感鲜明的特写镜头，词人用拉满雕弓向西北怒射的壮举，来表达内心建功立业、杀敌报国的雄心壮志，将全词的情感推向高潮，十分鲜明地表达了爱国主义主题。

水调歌头

苏　轼

丙辰中秋[①]，欢饮达旦[②]，大醉，作此篇，兼怀子由[③]。

明月几时有？把酒问青天。不知天上宫阙，今夕是何年。我欲乘风归去，又恐琼楼玉宇[④]，高处不胜寒[⑤]。起舞弄清影，何似在人间[⑥]。

转朱阁，低绮户，照无眠。不应有恨，何事长向别时圆[⑦]？人有悲欢离合，月有阴晴圆缺，此事古难全。但愿人长久，千里共婵娟[⑧]。

①丙辰：指宋神宗熙宁九年（1076），这一年作者在密州（今山东诸城）任太守。

②达旦：到清晨。

③子由：苏轼的弟弟苏辙的字。

④琼楼玉宇：美玉砌成的楼宇，指想象中的仙宫。

⑤不胜：承受不住。

⑥何似：何如，比起……怎么样。

⑦何事：为什么。

⑧婵娟：月亮。

白话译文

明月是什么时候开始出现的？我端起酒杯问苍天。不知道天上的宫殿，现在是什么年代。我想乘风回到天上，又恐怕返回玉石砌成的楼宇，在高空中受不了寒冷。在月光下起舞，回到天上怎比得上在人间。

月儿转过红色的楼阁，低低地挂在雕花的窗户上，照着毫无睡意的人。明月对人们应该没有什么怨恨吧，为什么总是在人们离别的时候才圆呢？人世间有悲欢离合的变迁，月亮有阴晴圆缺的转换，这种事自古以来就难以周全。只愿这世上所有人都能健康长寿，即使远隔千里，也能共享这美好的月光。

名句赏析

但愿人长久，千里共婵娟

人世间的别离是在所难免的，但只要人们都能健康长寿，即使远隔千里也可以通过普照世界的明月，将彼此的心联系到一起。“但愿人长久”是要突破时间的局限，“千里共婵娟”则是要打通空间的阻隔。这两句词与王勃的“海内存知己，天涯若比邻”、张九龄的“海上生明月，天涯共此时”异曲同工，表现了词人处理人世间重大问题所持的态度，充分显示了词人精神境界的丰富与博大。

永遇乐

苏　轼

彭城夜宿燕子楼[①]，梦盼盼，因作此词。

明月如霜，好风如水，清景无限。曲港跳鱼，圆荷泻露，寂寞无人见。紞如三鼓[②]，铿然一叶[③]，黯黯梦云惊断[④]。夜茫茫，重寻无处，觉来小园行遍。

天涯倦客，山中归路，望断故园心眼[⑤]。燕子楼空，佳人何在？空锁楼中燕。古今如梦，何曾梦觉，但有旧欢新怨。异时对、黄楼夜景[⑥]，为余浩叹。

①彭城：在今江苏徐州。燕子楼：唐代名将张建封（一说张建封之子张愔）镇徐州时为其爱妾关盼盼所筑小楼。

②紞（dǎn）如：即紞然，击鼓声。紞，象声词。

③铿然：金石声，此指树叶落地的声音。

④梦云：借楚王梦巫山神女“旦为朝云，暮为行雨”之事，喻梦见盼盼。

⑤心眼：心愿。

⑥黄楼：在徐州东门上，苏轼任徐州知州时建造。

白话译文

明月皎洁如霜，和风清凉如水，秋天的夜景无限清幽。

弯弯的水渠中，不时有鱼儿跃出水面，圆圆的荷叶上，露珠随风滑落，但这样的美景却无人欣赏。三更的鼓声响彻云天，一片树叶落地铿然有声，可叹我的好梦被惊断。夜色茫茫，想重拾梦境却无处可寻，空把小园行遍。

漂泊在外的游子身心俱疲，望着被重山阻隔的归路，苦苦地思念着自己的家乡。如今的燕子楼人去楼空，佳人早已远去，只有呢喃的燕子在楼中停留。自古以来人世如一场春梦，有谁能从梦中醒来，有的只不过是没完没了的旧欢新怨罢了。今夜我在燕子楼想起了关盼盼，后世如果有人面对黄楼夜景，也会感叹我这历史的过客吧！

《名句赏析》

燕子楼空，佳人何在？空锁楼中燕

这三句词语言高度凝练，仅用三句，便说尽张建封（或其子）与关盼盼之事，写景如画，感情浓郁，将缠绵之情和凄迷之境写得简约而富于哲理，词人以超然的胸怀叙写古事，实为用事而传神的典范。郑文焯手批《东坡乐府》对这三句词大为赞叹："殆以示咏古之超宕，贵神情不贵迹象也。"

鹧鸪天

苏　轼

林断山明竹隐墙[①]，乱蝉衰草小池塘。翻空白鸟时时见[②]，照水红蕖细细香[③]。

村舍外，古城旁，杖藜徐步转斜阳[④]。殷勤昨夜三更雨[⑤]，又得浮生一日凉。

①林断山明：树林断绝处，山峰显现出来。

②翻空：飞翔在空中。

③红蕖（qú）：红荷花。

④杖藜：拄着藜木拐杖。

⑤殷勤：劳驾，有劳。

白话译文

在树林的尽头，显现出一座山峰，丛丛的翠竹将围墙遮掩。屋舍边有一片小池塘，池塘边长满了衰草，蝉儿在草丛里胡乱地啼鸣。空中不时有白色的小鸟飞过，红艳的荷花倒映在池水中，并散发出阵阵的清香。

在乡村的野外，古城的旁边，我手拄藜杖缓缓散步，直到夕阳西沉。有劳老天在昨天半夜下了一场雨，又能让我在如梦的人生中，获得一日的清凉。

洞仙歌

苏　轼

仆七岁时，见眉山老尼，姓朱，忘其名，年九十岁。自言尝随其师入蜀主孟昶宫中[①]。一日大热，蜀主与花蕊夫人夜纳凉摩诃池上[②]，作一词。朱具能记之。今四十年，朱已死久矣，人无知此词者。但记其首两句。暇日寻味，岂《洞仙歌令》乎？乃为足之云[③]。

冰肌玉骨，自清凉无汗。水殿风来暗香满[④]。绣帘开、一点明月窥人，人未寝，欹枕钗横鬓乱[⑤]。

起来携素手，庭户无声，时见疏星渡河汉。试问夜如何？夜已三更，金波淡、玉绳低转[⑥]。但屈指、西风几时来，又不道流年[⑦]，暗中偷换。

---

①孟昶：五代后蜀皇帝，后降宋，精通音律，善填词。

②花蕊夫人：孟昶宠妃，姓徐，一说姓费。摩诃池：在后蜀宣华苑中。

③足：补足。

④水殿：建在摩诃池上的宫殿。

⑤欹：斜靠。

⑥金波：指月光。玉绳：北斗第五星玉衡北面的两颗星。

⑦不道：不知不觉。

白话译文

冰雪一样的肌肤，玉一样的身骨，自然是遍身清凉没有汗。晚风徐徐，宫殿里幽香弥漫。绣帘撩开，一线月光泻入，似乎想把佳人窥探。佳人尚未入睡，正斜倚着绣枕，金钗横，鬓发乱。

牵着佳人的纤纤玉手，漫步在寂静的庭院，时而可见稀疏的流星渡过银河岸。试问夜已多深？已过三更，月光渐淡，玉绳星已经低垂。她屈指盘算，秋风几时吹来，不知不觉间感到流年似水，岁月在暗暗变换。

名句赏析

但屈指、西风几时来，又不道流年，暗中偷换

这几句词是全词的点睛之笔，传神地揭示出时光变换之速，表现了女主人公对时光流逝的伤感和无奈。酷暑之时，谁不盼着秋风早日前来送爽？然而就在这期盼之中，人随秋老，流年偷换。人的年华在一天一天流逝，美好的事物纵然如期而至，但那时已不是现在的自己。这几句词中含有一种岁月无情、青春虚度的意味，让人不禁唏嘘。

水调歌头

苏　轼

黄州快哉亭赠张偓佺[①]

落日绣帘卷，亭下水连空。知君为我新作，窗户湿青红[②]。长记平山堂上，欹枕江南烟雨，杳杳没孤鸿。认得醉翁语，山色有无中。

一千顷，都镜净，倒碧峰。忽然浪起，掀舞一叶白头翁。堪笑兰台公子，未解庄生天籁，刚道有雌雄[③]。一点浩然气，千里快哉风。

---

①此词作于元丰六年（1082）。苏辙《黄州快哉亭记》：“清河张君梦得，谪居齐安，即其庐之西南为亭，以览观江流之胜，而余兄子瞻名之曰‘快哉’。”

②湿青红：漆色鲜润。

③堪笑兰台公子，未解庄生天籁，刚道有雌雄：宋玉《风赋》：“楚襄王游于兰台之宫……曰：‘快哉此风！寡人所与庶人共者邪？’”宋玉在赋中回答说“大王之雄风”与“庶人之雌风”截然不同。《庄子·齐物论》中说，“人籁”是吹奏乐器的声音，“天籁”是自然界的声响，即风声。兰台公子，即宋玉。刚道，硬说。

白话译文

卷起绣帘向外眺望，亭下江水与远天相连，夕阳与亭台相映。为了我的到来，你特意修饰了此亭，窗户上的朱漆色彩鲜亮。这让我想起当年在平山堂的时候，斜靠枕头，欣赏江南雨景，遥望孤鸿消逝于天际的情景。今天眼前的景象，让我体会到欧阳修“山色有无中”的意境。

辽阔的江面清如明镜，翠绿的山峦将影子投映水中。忽然一阵风起，波浪翻天，一位白头船夫驾着一叶小舟，在狂风巨浪中颠簸沉浮。可笑宋玉不能理解庄子的天籁之说，硬说什么风有雄风、雌风之分。其实，只要一个人胸怀坦荡、浩然正气，就能领略到天地间的这种快哉风。

卜算子

苏　轼

黄州定慧院寓居作[①]

缺月挂疏桐，漏断人初静[②]。谁见幽人独往来[③]，缥缈孤鸿影[④]。

惊起却回头，有恨无人省[⑤]。拣尽寒枝不肯栖，寂寞沙洲冷。

①定慧院：一作定惠院，在今湖北黄冈东南。苏轼初贬黄州，寓居于此。

②漏断：即深夜。漏，古人计时用的漏壶。

③幽人：幽居的人，形容孤雁。

④缥缈：隐隐约约，若有若无。

⑤省（xǐng）：理解，明白。

《白话译文》

残月挂在疏落的梧桐树上，夜阑人静。有谁看到幽人独来独往？仿佛那缥缈的孤雁的身影。

它受到惊吓骤然飞起，并频频回头，心中的幽怨却无人能懂。它拣遍了寒冷的树枝却不肯栖息，最后甘愿落在沙洲上忍受寂寞与凄冷。

名句赏析

拣尽寒枝不肯栖，寂寞沙洲冷

这两句词采用托物寓人的手法，通过孤鸿的缥缈身影、惊起回头、幽恨无人知和拣择宿处等描写，表达了词人贬谪黄州时期的孤寂处境和不愿随波逐流的高旷洒脱的志向。词人与孤鸿惺惺相惜，以拟人化的手法表现孤鸿的心理活动，进而传达自己的情感和志趣，含蓄蕴藉，生动传神，显示了高超的艺术技巧。

临江仙

苏　轼

夜饮东坡醒复醉[①]，归来仿佛三更。家童鼻息已雷鸣，敲门都不应，倚杖听江声。

长恨此身非我有[②]，何时忘却营营[③]。夜阑风静縠纹平[④]，小舟从此逝，江海寄余生。

①东坡：地名，在黄州，苏轼曾盖五间房舍于此，苏轼遂自号“东坡居士”。

②此身非我有：不能按自己的理想去生活。

③营营：奔走钻营，追逐名利。

④夜阑：夜尽。阑，残，尽。縠纹：比喻水波细微。縠，绉纱类丝织品。

白话译文

夜里在东坡饮宴，醉而复醒，醒了又饮，回来的时候好像已经三更了。家童鼾声如雷，怎么叫门也不回应，只好拄杖独自倾听江水奔流的声音。

经常怨恨这个躯体不属于我自己所有，什么时候才能忘却追逐功名？夜深风静，江波坦平，真想驾起一叶扁舟从此消逝，在泛游江海中了却余生。

《名句赏析》

小舟从此逝，江海寄余生

这两句词既表达了词人旷达的襟怀，也是他不满世俗向往自由的心声。人在失意之时总想逃离旧环境，到一个新地方去追逐自由逍遥的人生，词人也是如此，他在政治上几度沉浮，屡遭打击，思想开始由入世转向出世，追求一种精神自由的人生理想。在他复杂的人生观中，由于杂有某些老庄思想，因而在挣扎的逆境中形成了旷达不羁的性格。

定风波

苏　轼

三月七日，沙湖道中遇雨①。雨具先去，同行皆狼狈，余独不觉，已而遂晴②，故作此词。

莫听穿林打叶声，何妨吟啸且徐行③。竹杖芒鞋轻胜马④，谁怕？一蓑烟雨任平生⑤。

料峭春风吹酒醒⑥，微冷。山头斜照却相迎⑦。回首向来萧瑟处⑧，归去。也无风雨也无晴⑨。

①沙湖：在今湖北黄冈东南。

②已而：不久，一会儿。

③吟啸：且吟且啸。吟，吟咏。啸，长啸。

④芒鞋：草鞋。

⑤一蓑烟雨任平生：披着蓑衣在风雨里过一辈子也处之泰然。

⑥料峭：微寒。

⑦斜照：偏西的阳光。

⑧向来：方才。

⑨也无风雨也无晴：风雨天气和晴朗天气是没有什么区别的。

白话译文

不必注意那风雨穿林打叶的声音，不妨一边吟咏长啸，一边悠然徐行。竹杖和草鞋轻快胜过骏马，有什么可怕的？披一身蓑衣，任凭风吹雨打，照样过我的一生。

料峭的春风将我的酒意吹醒，略有一丝寒意，山头暖暖的斜阳正迎接我的归来。回头望一眼方才遇到风雨的地方，我信步归去，对我来说，既无所谓风雨，也无所谓天晴。

名句赏析

回首向来萧瑟处，归去。也无风雨也无晴

“也无风雨也无晴”中的“风雨”二字，一语双关，既指途中所遇到的自然界的风雨，又暗指几乎置他于死地的人生中的“风雨”。明写风雨，暗写人生，道出了词人在大自然微妙的一瞬所获得的顿悟和启示：对于自然界来说，无论风雨还是天晴都是正常现象，没有什么本质的差别；对于人生来说，无论荣辱得失都是要去经历的，又何必太在意？这两句表现出词人旷达超脱的胸襟，寄寓着超凡脱俗的人生理想。

临江仙

苏　轼

送钱穆父[①]

一别都门三改火[②]，天涯踏尽红尘。依然一笑作春温。无波真古井[③]，有节是秋筠[④]。

惆怅孤帆连夜发，送行淡月微云。尊前不用翠眉颦。人生如逆旅[⑤]，我亦是行人。

①钱穆父：钱勰，字穆父。苏轼好友。

②都门：都城的城门。改火：这里指年度的更替。

③古井：枯井。比喻内心恬静，不为外界事物所动。

④筠（yún）：竹子。

⑤逆旅：旅店。

白话译文

自从我们在京城分别，一晃就是三年，我们都在尘世上四处奔波，走遍天涯。你的笑容仍然像春天一样温暖。你的内心犹如古井般不起波澜，又像秋竹一样高风亮节。

我心惆怅因你要连夜出发扬帆远行，淡淡的月儿、纤薄的云在为你送行。就请端起酒杯饮下这饯别之酒，佳人不必敛起蛾眉黯然神伤。人生就像旅馆，你我都是匆匆的过客。

江城子

苏　轼

乙卯正月二十日夜记梦①

十年生死两茫茫②，不思量③，自难忘。千里孤坟④，无处话凄凉。纵使相逢应不识，尘满面，鬓如霜⑤。

夜来幽梦忽还乡，小轩窗⑥，正梳妆。相顾无言，惟有泪千行。料得年年肠断处，明月夜，短松冈⑦。

①乙卯：指熙宁八年（1075）。

②十年：指发妻王弗去世已经十年。

③思量：想念。

④千里：王弗葬地在四川眉山，而苏轼的任所在山东密州。

⑤尘满面，鬓如霜：形容饱经沧桑，形容憔悴。

⑥小轩窗：小室的窗前。小轩，有窗槛的小屋。

⑦短松冈：指苏轼葬妻的地方。短松，矮松。

白话译文

十年来，我们阴阳两隔，音讯渺茫。想遗忘，却又忍不住回想。她的孤坟远在千里之外，无处向她倾诉心中的凄凉悲伤。即使相遇恐怕她也很难认出我，因为我四处奔波，灰尘满面，鬓发如霜。

晚上我隐隐约约做了一个梦，梦中自己好像忽然回到了家乡，只见她正在小窗前对镜梳妆。两人相互凝望，虽有千言却说不出话，只有泪落如倾。料想那明月照耀着的、长着小松树的坟山，就是她年年痛断肝肠的地方。

名句赏析

料得年年肠断处，明月夜，短松冈

千里之外，明月冷照，松冈之下，亡人独自长眠地中，该是怎样的孤寂凄凉！在这里词人推己及人，从自己之痛进而推想亡者之痛，以寓自己的悼念之情。这种表现手法，有点像杜甫《月夜》，不说自己如何，反想象对方如何，使得诗词的意蕴更加深长，词人的这份痴情剧痛可谓感天动地。

行香子

苏　轼

述　怀

清夜无尘，月色如银。酒斟时、须满十分①。浮名浮利，虚苦劳神②。叹隙中驹③，石中火，梦中身。

虽抱文章，开口谁亲④。且陶陶、乐尽天真⑤。几时归去，作个闲人。对一张琴，一壶酒，一溪云。

①十分：古代盛酒器，十分为全满。

②虚苦：徒劳。

③隙中驹：《庄子·知北游》："人生天地之间，若白驹之过隙，忽然而已。"

④开口谁亲：有话对谁说，谁是知音呢？

⑤陶陶：无忧无虑、单纯快乐的样子。

白话译文

夜里空气清新，月光皎洁。此时此刻，应斟满杯中酒，开怀痛饮。功名利禄都是浮云，徒然劳神费力。人生苦短，如白驹过隙，电光石火，梦幻泡影。

虽有满腹才学，却不被重用。姑且如孩子一样天真快乐，无忧无虑。何时才能归隐田园，做个闲散之人。有琴可弹，有酒可饮，有景可观，此生足矣。

念奴娇

苏　轼

赤壁怀古

大江东去[1]，浪淘尽、千古风流人物。故垒西边[2]，人道是、三国周郎赤壁[3]。乱石穿空，惊涛拍岸，卷起千堆雪[4]。江山如画，一时多少豪杰。

遥想公瑾当年，小乔初嫁了[5]，雄姿英发。羽扇纶巾[6]，谈笑间，樯橹灰飞烟灭[7]。故国神游[8]，多情应笑我[9]，早生华发[10]。人生如梦，一尊还酹江月[11]。

---

①大江：指长江。

②故垒：旧时的营垒。

③人道是：人们传说是。周郎：周瑜，字公瑾，三国名将。

④雪：喻指浪花。

⑤小乔：三国时乔公有二女，才色过人，大乔嫁给了孙策，小乔嫁给了周瑜。

⑥纶（guān）巾：青丝制成的头巾。

⑦樯橹：代指曹操的水军，也作“强虏”。樯，挂帆的桅杆。

⑧故国神游：即“神游故国”。故国，这里指旧地，当年的赤壁战场。神游，于想象、梦境中游历。

⑨多情应笑我 ：即“应笑我多情”。

⑩华发：花白的头发。

⑪尊：通“樽”，酒杯。酹（lèi）：以酒洒地表示祭奠。

白话译文

大江向东流去，浩浩汤汤，滔滔巨浪淘尽千古英雄人物。旧营垒的西边，人们说那就是三国时周瑜领兵作战的赤壁战场。陡峭不平的石壁直刺云天，巨浪拍击江岸发出轰鸣的巨响，激起一堆堆雪白的浪花。江山如同一幅壮丽的图画，一时间涌现出多少英雄豪杰。

遥想周瑜当年春风得意，小乔刚刚嫁给他，他英姿风发豪气满天。手摇羽扇头戴纶巾，谈笑之间，强敌的战船被烧得灰飞烟灭。此时此刻，我神游当年的战场，凭吊古人，应该笑我多情善感，头发早早就变白了。人生犹如一场梦，且洒上一杯酒来祭奠江上的明月。

名句赏析

人生如梦，一尊还酹江月

人生如梦幻泡影，所谓的功名富贵，所谓的英雄豪杰，都只是时间巨流上的一朵浪花。任何一个人，在宇宙中都只是微不足道的一粒尘土。词人虽然感到自己的功业无法与周瑜媲美，但上升到整个人类的普遍命运，双方其实也没有多大的差别。有了这样的思索，遂得出“人生如梦”的感慨。既然人生世事恍如一梦，还不如尽情地喝上几杯浊酒，并以此来祭奠江上的明月呢！

西江月

苏　轼

世事一场大梦，人生几度新凉？夜来风叶已鸣廊[1]，看取眉头鬓上。

酒贱常愁客少[2]，月明多被云妨[3]。中秋谁与共孤光[4]，把盏凄然北望。

①风叶：风吹树叶发出的声音。鸣廊：在回廊上发出声响。由风叶鸣廊联想到人生短暂。

②贱：质量低劣。

③妨：遮蔽。

④孤光：指月亮。

白话译文

世间万事恍如一场大梦，人生能经历几度清秋？夜里风吹树叶的声音在回廊里回荡，看看自己，眉头鬓上又多了几根银丝。

酒非好酒，却因为客少发愁；月亮虽明，却总是被云遮盖。中秋之夜，谁能与我共同欣赏这美好的月光？我只能端起酒杯，凄然地向北方张望。

名句赏析

世事一场大梦，人生几度新凉

苏词中虽然常常流露出人生如梦的感叹，但这种感叹或是一种追求精神自由的自我排遣，或是一种对历史人世的理性思索，再加上其词风的豪迈雄健，读起来一般不会有凄凉悲伤之感。此处却不然，以一种历尽沧桑的语气写出，再加上一个“凉”字，将词人对于逝水年华的无限惋惜和悲叹深刻地表现出来，给人一种凄清冷峻的感受。

行香子

苏　轼

秋　兴

昨夜霜风，先入梧桐，浑无处、回避衰容[①]。问公何事，不语书空[②]。但一回醉，一回病，一回慵[③]。

朝来庭下，光阴如箭，似无言、有意伤侬[④]。都将万事，付与千钟[⑤]。任酒花白，眼花乱，烛花红。

①浑：简直，几乎。

②不语书空：《世说新语·黜免》载，晋殷浩被罢黜后，整天用手在空中书写“咄咄怪事”四字。

③慵：困倦。

④侬：我，吴地方言。

⑤千钟：千杯。

白话译文

昨夜秋风吹入梧桐林，让我无处回避衰老的面容。秋风问我怎会如此，我没有说话，只是用手在空中比画。我老了，有时喝醉，有时生病，有时慵懒。

早上来到院子里，光阴似箭，在无声无息中将我的年华催老，将我的身体摧残。如今我万念俱灰，将万事都付诸酒杯中。任凭酒花泛白，眼花缭乱，烛花摇红。

临江仙

晏几道

梦后楼台高锁，酒醒帘幕低垂。去年春恨却来时[1]。落花人独立，微雨燕双飞。

记得小蘋初见[2]，两重心字罗衣。琵琶弦上说相思。当时明月在，曾照彩云归[3]。

①却来：又来，再来。

②小蘋：当时歌女名。

③彩云：比喻美人，这里指小蘋。

晏几道（1038—1110），字叔原，号小山。抚州临川（今属江西）人。历任颍昌府许田镇监、开封府推官等职，后退居京师赐地，不踏贵族之门。性情孤傲，仕途坎坷，晚年家境中落。

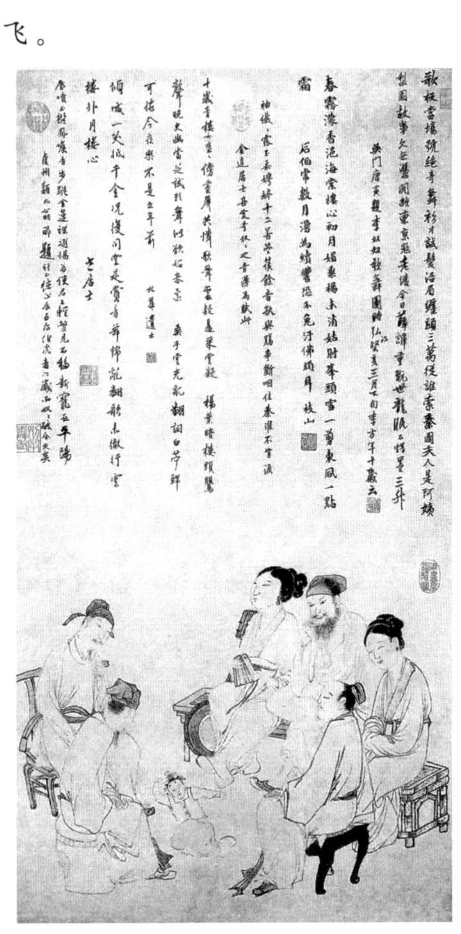

被誉为宋词小令第一，与其父晏殊合称“二晏”，词风与其父相似而造诣过之。他的小令语言清丽，清壮顿挫，感情深挚，糅合了晏殊词高贵典雅与柳永词旖旎流俗的特点，使词这种艺术形式登上大雅之堂，并扭转了“雅歌尽废”的局面，为宋词发展史上的重要人物。

白话译文

梦后酒醒之时，人去楼空，朱门紧闭，帘幕低垂。去年的春恨不请自来。人在凋残的百花中独自伫立，燕子在丝丝细雨中比翼双飞。

记得与小蘋初次相遇时，她穿着两重心字香熏过的罗衣，轻弹琵琶诉说自己的相思。当初曾经照着她回家的明月仍在，而如今她却不知所踪。

名句赏析

落花人独立，微雨燕双飞

这两句词对仗工整，意蕴丰富，可谓是妙手天成。词中人物久久伫立庭中，面对着纷纷飘零的落花，双飞的燕子在细雨中轻快地飞来飞去。“落花”“微雨”在这里暗示春光将逝，有伤春之意，“燕双飞”则寓缱绻之情，“落花”与“双燕”在此形成了鲜明的对比，进而反衬出人物的孤寂冷清，使人生发绵长的春恨。

蝶恋花

晏几道

醉别西楼醒不记，春梦秋云[①]，聚散真容易。斜月半窗还少睡，画屏闲展吴山翠[②]。

衣上酒痕诗里字，点点行行，总是凄凉意。红烛自怜无好计，夜寒空替人垂泪[③]。

①春梦秋云：比喻世事无常，韶光易逝。

②吴山：画屏上的江南山水。

③红烛自怜无好计，夜寒空替人垂泪：化用杜牧《赠别》："蜡烛有心还惜别，替人垂泪到天明。"

白话译文

酒醉后离开西楼，酒醒时对之前的情景毫无记忆。世事无常，就像春梦秋云，悲欢离合实在太容易。夜已深，我仍然难以入睡，月光斜入窗内，画屏悠闲地展示着吴山的碧翠。

衣服上残留的酒痕，聚会上吟咏的诗句，点点行行，如同清泪，总让人感到凄凉的意味。自怜的红烛也无法摆脱这种凄凉，在寒夜里徒然地为人流下伤心的眼泪。

鹧鸪天

晏几道

彩袖殷勤捧玉钟①，当年拚却醉颜红②。舞低杨柳楼心月，歌尽桃花扇底风。

从别后，忆相逢，几回魂梦与君同③。今宵剩把银釭照④，犹恐相逢是梦中。

①彩袖：彩色衣袖，代指歌伎。玉钟：珍贵的酒杯，也用作酒杯的美称。

②拚（pàn）却：甘愿，舍弃不顾。

③同：相聚。

④银釭（gāng）：银白色的灯盏、烛台。

《白话译文》

想当年，衣着华丽手捧玉杯殷勤劝酒，开怀畅饮醉意醺醺满脸通红。翩翩起舞从明月楼顶高悬直到柳梢斜挂，纵情高歌直到筋疲力尽无力再把桃扇摇动。

自从离别之后，我总是想起那次相逢，多少次梦里与你相聚。今夜我举起银灯把你细看，还恐怕这次相逢又是在梦中。

《名句赏析》

今宵剩把银釭照，犹恐相逢是梦中

相思至极，必然入梦，但梦中的相聚终究是空，梦醒后反而更加痛苦。就这样反反复复，以至于当相思之人就站在自己面前时，害怕眼前仍然是梦。词人将“剩把”“犹恐”两词前后勾连，通过持灯反复细看而仍然不敢轻信这一细节描写，把相恋至深的情侣久别重逢的那种惊喜交加的特殊心态非常形象地刻画了出来。

阮郎归

晏几道

旧香残粉似当初，人情恨不如。一春犹有数行书[①]，秋来书更疏。

衾凤冷[②]，枕鸳孤[③]，愁肠待酒舒[④]。梦魂纵有也成虚，那堪和梦无[⑤]。

①一春：整个春天。

②衾凤：绣有鸾凤图案的被子。

③枕鸳：绣有鸳鸯图案的枕头。

④舒：排解。

⑤和：连。

《白话译文》

残旧的香粉芬芳如初，人情反而淡了，连香粉都不如。春天尚且零星寄来几行书信，到了秋天书信越来越稀疏。

曾经共眠的鸾凤被子冷，鸳鸯枕头孤，我孤枕难眠，愁肠百结，想来只能用酒来宽舒。即便在梦中相见，也不过是空喜一场，而如今连个美梦都做不成，更是让人痛苦。

生查子

晏几道

关山魂梦长[①]，鱼雁音尘少[②]。两鬓可怜青，只为相思老。

归梦碧纱窗[③]，说与人人道[④]。真个别离难[⑤]，不似相逢好。

①关山：泛指关隘和山川。

②鱼雁：代指书信。音尘：音信，消息。

③碧纱窗：装有绿纱的窗子。

④人人：对所亲近的人的昵称。

⑤真个：确实。

白话译文

那遥远的关山令我魂牵梦萦，远在塞外的他难以寄家信回来。可惜我曾经满头青丝，只因日夜相思而染上霜雪。

晚上梦见他回家，我们傍着碧绿的纱窗互相倾诉："别离的滋味真的不好受，哪有聚在一起好啊。"

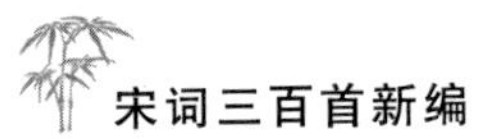

名句赏析

两鬓可怜青，只为相思老

这两句词描写主人公闲来无事时照镜子，发现原本满头青丝的自己已生白发，认为自己在无尽的相思之中耗尽了青春，不禁有些惋惜，要知道青春一逝就再也无法挽回了。然而，从本首词的语言风格来看，主人公对自己因相思而白头是无怨无悔的，毕竟这是他们忠贞不渝爱情的最好见证。

思远人

晏几道

红叶黄花秋意晚[①]，千里念行客[②]。飞云过尽[③]，归鸿无信，何处寄书得。

泪弹不尽临窗滴，就砚旋研墨[④]。渐写到别来，此情深处，红笺为无色。

①红叶：枫叶。黄花：菊花。

②行客：羁留在外的游子。

③飞云：古人有冀望凭云递讯之语。

④就砚旋研墨：眼泪滴到砚中，就用它来研墨。旋，已而。

白话译文

枫叶红，菊花黄，已是晚秋，不禁想起千里之外的游子。云彩迅速向天边飘去，归来的大雁也没有捎来他的消息，不知他的去处，我该往哪里寄书呢？

希望成空，泪流不止，滴到砚台上，就用它研墨写信吧。诉不完的情，写不完的话，一直写到离别后，情到深处，泪水竟然把红笺的颜色给浸褪了。

木兰花

晏几道

东风又作无情计[①]，艳粉娇红吹满地[②]。碧楼帘影不遮愁，还似去年今日意。

谁知错管春残事，到处登临曾费泪。此时金盏直须深[③]，看尽落花能几醉[④]。

①作……计：谋划。

②艳粉娇红：指东风吹落的花。

③金盏：酒杯的美称。直须：只管，应当。

④能几：能有几回。

白话译文

东风又施行着无情的心计，将娇艳的花儿吹得满地都是。碧楼上珠帘随风摆动，映入眼帘的残花让人无比惆怅、无限感伤，就像去年的今天一样。

哪知误管了暮春残红的闲事，到处登临满目凋残，耗费了我多少眼泪。此刻只求美酒满杯开怀畅饮，直到把落花看尽，但年年春归，而人生苦短，还能有几次大醉。

名句赏析

此时金盏直须深，看尽落花能几醉

年年春归，落花想看尽其实看不尽；人生苦短，人的青春思无限却有限。词人不愁所须愁（青春），而愁所无须愁（落花），当然不过是“错管”“费泪”罢了。于是词人表面上自我排解，说伤春惜花无益，不如痛饮美酒，烂醉于落花之间，看起来潇洒不羁，实则深婉沉痛，情深意长。

蝶恋花

晏几道

梦入江南烟水路，行尽江南，不与离人遇。睡里消魂无说处，觉来惆怅消魂误。

欲尽此情书尺素[①]，浮雁沉鱼，终了无凭据[②]。却倚缓弦歌别绪，断肠移破秦筝柱[③]。

①尺素：古人写信用长约一尺的绢帛，这里代指书信。

②终了：纵了，即使写成。无凭据：靠不住。

③移破：移遍。破，唐宋大曲术语。

白话译文

梦中走在烟水朦胧的江南路，然而踏遍了江南各地，也未能与心上人相遇。睡梦里黯然销魂无处言说，醒来后万分惆怅，要怪就怪那销魂把人耽误。

想写一封信表达自己的寸心，然而雁去鱼沉，即使写了也得不到回音。只能缓缓弹筝来抒发离愁别绪，然而移尽了筝柱却让自己越来越痛心。

清平乐

晏几道

留人不住，醉解兰舟去[①]。一棹碧涛春水路[②]，过尽晓莺啼处。

渡头杨柳青青，枝枝叶叶离情。此后锦书休寄[③]，画楼云雨无凭[④]。

①兰舟：船的美称。

②棹：船桨。

③锦书：书信的美称。

④云雨：用巫山神女之事，借指男女欢会。无凭：靠不住。

白话译文

留人留不住，他醉后解开缆绳乘船而去。一路上碧波漫漫春水淼淼，经过所有黄莺啼叫之处。

渡头只剩我独自伫立，满目杨柳郁郁青青，但枝枝叶叶都漾满了离情。以后不要再寄来锦书倾诉衷肠，画楼里的欢娱不过是一场春梦，那山盟海誓不过是随口说说，当不得真。

名句赏析

此后锦书休寄，画楼云雨无凭

这两句词由爱生恨，言语决绝，告诉对方：青楼里的情事是靠不住的，你今后不必再给我写信了，我们从此断绝联系吧。其实这只是负气之言，前面的每句词每个字都表达了她对这份情感的难舍难弃，之所以故作负气之言，或是为了让对方给予自己更多的关注，或是为自己寻求一种心理安慰。正如周济在《宋四家词选》中所评："结语殊怨，然不忍割。"

虞美人

晏几道

曲阑干外天如水，昨夜还曾倚。初将明月比佳期[1]，长向月圆时候、望人归。

罗衣著破前香在，旧意谁教改。一春离恨懒调弦，犹有两行闲泪、宝筝前[2]。

①初：刚分别之时。

②闲泪：闲愁之泪。

白话译文

栏杆曲曲弯弯，天色沉寂如水。昨天晚上，我也曾在这里倚靠。刚分别时把明月比作佳期，总是在月圆之时，盼望远行之人早日回归。

罗衣虽已穿坏，但余香犹存，而在外的游子，是谁让他把初衷更改。整个春天，因为离愁别恨，懒得去抚筝调弦。还有那两行闲愁之泪，滴落在宝筝的前面。

菩萨蛮

晏几道

哀筝一弄湘江曲[1]，声声写尽湘波绿[2]。纤指十三弦[3]，细将幽恨传。

当筵秋水慢[4]，玉柱斜飞雁[5]。弹到断肠时，春山眉黛低[6]。

①哀筝一弄：指奏出音色哀怨的曲调。

②写：同“泻”，倾注。

③十三弦：唐宋时教坊用筝均为十三弦。

④秋水：清澈明亮的眼波。

⑤玉柱：筝上端固定和调节弦的柱。

⑥春山眉黛：春日山色黛青，借指美人双眉。古人以黛色（青黑色）颜料画眉，故称眉黛。

白话译文

用古筝演奏一首《湘江曲》，音色哀怨而凄凉，一声声把湘水的绿波表现出来。纤纤的玉指在琴弦上来回拨动，细细将心中的幽怨传达。

面对酒宴上的宾客，她的双眸如秋水般慢慢流转，古筝上的玉柱犹如一行斜飞的秋雁。当弹到伤心之处，她双眉微蹙，双目低垂。

《名句赏析》

弹到断肠时，春山眉黛低

这两句词写弹者之多情。“春山”指像山一样弯弯隆起的双眉，与上文的“秋水”正好相对。弹筝女子凝神弹奏，表情一般是从容娴静的，但当乐曲弹到最让人伤情之处，女子敛眉垂目，凄凉和哀怨的情绪明显地流露了出来。其楚楚动人之态，不禁让人怜惜。词人抓住最富表现力的动作、神态来写，极具艺术感染力。

阮郎归

晏几道

天边金掌露成霜[①]，云随雁字长。绿杯红袖趁重阳[②]，人情似故乡。

兰佩紫[③]，菊簪黄[④]，殷勤理旧狂。欲将沉醉换悲凉，清歌莫断肠。

①金掌：铜仙人的手掌。这里借指国都，即汴京。汉武帝时在长安建章宫筑台，上有铜制仙人以手掌托盘，承接露水。

②绿杯：美酒。红袖：代指美女。

③兰佩紫：身佩紫兰。

④菊簪黄：头簪黄菊，重阳节习俗。

白话译文

天边铜仙人的手掌上的托盘里，寒露已经凝结成霜，雁阵渐飞渐远，唯见云阔天长。正值重阳佳节，酒宴上绿杯频举，红袖飘香。思归心切，但此地人情温暖，倒有几分像在家乡。

身佩紫兰，头簪黄菊，努力重拾旧日疏狂的模样。我想用沉醉来唤醒曾经的凄楚，那清亮的歌声，千万不要撩起我的哀伤。

虞美人

舒　亶

芙蓉落尽天涵水[①]，日暮沧波起。背飞双燕贴云寒[②]，独向小楼东畔倚阑看。

浮生只合尊前老，雪满长安道。故人早晚上高台，寄我江南春色一枝梅。

①芙蓉：荷花。天涵水：水天相接，苍茫无际。

②背飞：朝相反方向飞。

舒亶（1042—1104），字信道，号懒堂。明州慈溪（今属浙江）人。曾任御史中丞、龙图阁待制等职。元丰年间与李定同劾苏轼，制造了“乌台诗案”。诗文俱佳，但由于人格为人所不齿，故世多不传。

白话译文

荷花落尽，天水相连，苍茫无际。暮色中，秋风萧萧，碧波涌动。分飞的双燕贴云而飞，我独上小楼东边倚栏观看。

浮生短暂，应该开怀畅饮，转眼岁末，京城大雪漫天，道路受阻。远方友人也定会登楼远望，期盼我的归来。江南春早，请寄给我一枝梅花，让我也提前感受到一丝春意。

名句赏析

故人早晚上高台，寄我江南春色一枝梅

这两句词化用南北朝时期陆凯折梅题诗以寄范晔的典故，从对方着笔，想象老朋友也天天登高望远，思念自己，哪怕道远雪阻，他也一定会寄给自己一枝江南报春的早梅，给自己带来问候和温暖。这种从对方着笔的写法，与王维的“遥知兄弟登高处，遍插茱萸少一人”非常类似。朱祖谋评价道：“如此等雅词，倘出太虚（秦观）、无咎（晁补之）之手，便觉神骨俱仙，乃辱以舒信道乎。”

菩萨蛮

舒　亶

画船捶鼓催君去，高楼把酒留君住。去住若为情[①]，西江潮欲平。

江潮容易得，只是人南北。今日此尊空，知君何日同。

①若为情：难为情。

白话译文

画船上的船夫捶着鼓催促着你赶快起程，在高楼上我端起酒杯想把你留住。是走还是留，让人难以抉择，此时西江的潮水即将平息。

江潮常常有，只是我们从此就要南北相隔、天各一方了。今天酒杯空了，不知道何时才能再次与你痛饮。

眼儿媚

王　雱

杨柳丝丝弄轻柔①，烟缕织成愁。海棠未雨，梨花先雪，一半春休。

而今往事难重省②，归梦绕秦楼③。相思只在，丁香枝上，豆蔻梢头。

①弄轻柔：摆弄柔软的柳丝。

②难重省（xǐng）：难以回忆。

③秦楼：秦穆公之女弄玉与其夫萧史所居之楼，亦名“凤楼”。

王雱（pāng）（1044—1076），字元泽。临川（今江西抚州）人。王安石之子，与王安礼、王安国合称“临川三王”。幼敏悟，20岁前已著书数万字。历任太子中允、崇政殿说书等职。

白话译文

杨柳在风中摆弄着轻柔的枝条，烟雾朦胧，愁思交织。海棠尚未经雨开放，梨花却已盛开如雪，可惜春天已经过去一半了。

如今往事难再追忆，我在梦中归去，又来到你的闺楼。我的相思只在那馨香的丁香枝上、美丽的豆蔻梢头。

卖花声

张舜民

题岳阳楼

木叶下君山[1]，空水漫漫。十分斟酒敛芳颜。不是渭城西去客，休唱阳关[2]。

醉袖抚危阑，天淡云闲。何人此路得生还。回首夕阳红尽处，应是长安。

①君山：洞庭湖中的一个小岛，与岳阳楼遥遥相对。

②阳关：即《阳关三叠》，又名《阳关曲》《渭城曲》，是根据王维《送元二使安西》谱写的一首古曲。

张舜民（生卒年不详），字芸叟，号浮休居士，邠州（今陕西彬州）人。与苏轼、王安石均有交往，生平嗜画，诗文亦佳。其词多豪快，哀而不伤。

白话译文

君山上落叶纷飞，洞庭湖碧波漫漫。歌女把酒斟满，敛起笑容。我不是王维在渭城送别的西行之客，请不要唱令人悲伤的《阳关曲》。

酒醉后，扶着高楼上的栏杆远眺，天高云淡。被贬者有几人能从这条路上活着回来？回头远望，天边已被夕阳染红，那里应该是我离开的京城。

清平乐

黄庭坚

春归何处？寂寞无行路①。若有人知春去处，唤取归来同住②。

春无踪迹谁知？除非问取黄鹂③。百啭无人能解④，因风飞过蔷薇⑤。

①无行路：没有留下春天的行踪。

②唤取：唤来。

③问取：呼唤，询问。取，语助词。

④啭：鸟鸣。

⑤因风：顺着风势。

黄庭坚（1045—1105），字鲁直，号山谷，晚号涪翁。分宁（今江西修水）人。曾任著作佐郎、起居舍人等职。与秦观、晁补之、张耒合称“苏门四学士”。他的书法独树一帜，为“宋四家”之一。其诗亦自成一家，为盛极一时的江西诗派的开山之祖。其词曾学柳永，多淫靡、俚俗之语；又受苏轼影响，多清空、旷达之词。

白话译文

春天回到哪里了？只留下一片清寂，便消失得无影无踪。如果有人知道春天的行踪，请叫它回来与我们同住。

谁也不知道春天的行踪，除非问一问黄鹂。黄鹂不住地宛转啼叫，却无人能够理解，黄鹂借着风势，飞过了盛开的蔷薇。

名句赏析

若有人知春去处，唤取归来同住

词人不知春的去处，所以希望有人能告诉他春的踪迹，以便让春天回来同住。一般人写惜春、伤春之情，多是通过抒情或用写景来铺垫，借以表达自己的情思。而本词却用自问自答的方式，构思巧妙，设想新奇。王观的《卜算子》曾有“若到江南赶上春，千万和春住”，与此词写法相似，不过王观只是被动地“赶”，而本词却是主动地“唤”，对春的眷恋之情彰然显现。

望江东

黄庭坚

江水西头隔烟树，望不见、江东路。思量只有梦来去。更不怕、江阑住[1]。

灯前写了书无数，算没个、人传与。直饶寻得雁分付[2]。又还是、秋将暮。

①阑住：即“拦住”。

②直饶：当时口语，尽管，即使。

白话译文

站在江水西岸向东岸眺望，视线被烟雾笼罩的林木隔断，看不到江东路上的情人。想想也许只有在梦中相会，才不会被江水阻拦。

灯下写了无数封情书，却找不到一个传递之人。即使托付给鸿雁，也因即将秋末，大雁不再北飞了。

水调歌头

黄庭坚

瑶草一何碧[①]，春入武陵溪。溪上桃花无数，枝上有黄鹂。我欲穿花寻路，直入白云深处，浩气展虹霓。只恐花深里，红露湿人衣。

坐玉石，欹玉枕，拂金徽[②]。谪仙何处？无人伴我白螺杯。我为灵芝仙草，不为朱唇丹脸，长啸亦何为？醉舞下山去，明月逐人归。

①瑶草：仙草。

②金徽：金饰的琴徽，用来定琴声之高下。这里指琴。

白话译文

瑶草多么碧绿，春天来到了武陵溪。溪水边到处盛开着桃花，树枝上的黄鹂不停地婉转鸣啼。我想要穿过花丛寻找出路，却走到飘浮着白云的山顶，一吐胸中浩然之气，竟化作虹霓。只怕桃花深处，露水湿了衣服。

坐在玉石上，斜靠玉枕，拂着琴弦。谪仙李白在哪里？无人与我畅饮。我为的是灵芝仙草，不是为了寻常花草，何必为了得失而长叹？喝醉后手舞足蹈地下山去，明月也跟着我回家。

鹧鸪天

黄庭坚

坐中有眉山隐客史应之和前韵①，即席答之。

黄菊枝头生晓寒，人生莫放酒杯干②。风前横笛斜吹雨，醉里簪花倒著冠③。

身健在，且加餐，舞裙歌板尽清欢④。黄花白发相牵挽，付与时人冷眼看⑤。

①史应之：即史铸，字应之，眉山（今属四川）人，北宋隐士。

②莫放：勿使，莫让。

③簪：插。

④歌板：一种乐器，唱歌时用以打拍子。

⑤时人：世俗之人。

白话译文

重阳佳节，菊花开满枝头，早晨寒意袭人。人生苦短，不要让酒杯空空。风雨之中，横笛吹奏，何其狂放；醉后戴花，倒着帽子，何其放浪。

但愿身体永远康健，多多吃饭，尽情欣赏歌舞，及时享乐。即使满头白发也要像菊花一样不畏霜寒，就让世俗之人对我冷眼相看吧。

诉衷情

黄庭坚

在戎州登临胜景，未尝不歌渔父家风，以谢江山。门生请问："先生家风如何？"为拟金华道人[①]，作此章。

一波才动万波随，蓑笠一钩丝。锦鳞正在深处[②]，千尺也须垂。

吞又吐，信还疑，上钩迟。水寒江静，满目青山，载月明归。

①金华道人：即唐代诗人张志和，金华（今属浙江）人，曾作《渔歌子》五首。

②锦鳞：鱼的美称。

白话译文

头戴斗笠、身穿蓑衣的渔翁手持一支钓竿，他将鱼钩甩入江中，引起一丝波浪，万波随之泛起。为了深在水底的鱼儿，渔翁不惜抛下千尺鱼丝。

鱼儿将鱼饵吞进又立刻吐出，对鱼饵半信半疑，迟迟不肯上钩。江水寒冷，江面平静，青山叠嶂，他披星戴月兴尽而归。

西江月

黄庭坚

老夫既戒酒不饮，遇宴集，独醒其旁。坐客欲得小词，援笔为赋。

断送一生惟有[1]，破除万事无过[2]。远山横黛蘸秋波，不饮旁人笑我。

花病等闲瘦弱，春愁无处遮拦。杯行到手莫留残，不道月斜人散。

①断送一生惟有：化用韩愈《遣兴》诗："断送一生惟有酒，寻思百计不如闲。"

②破除万事无过：化用韩愈《赠郑兵曹》诗："杯行到君莫停手，破除万事无过酒。"

白话译文

能够断送人生的只有酒，能够破解万难的也是酒。酒宴之中，我因为不喝酒而见笑于人，只好独自看着傍水而立的青黛远山。

我戒酒是因为身体衰弱得就像生病的花，可心中的愁闷却无法排解。既然如此，酒到了手边就应该一饮而尽，不要去管夜深人散，月已西斜。

虞美人

黄庭坚

宜州见梅作

天涯也有江南信，梅破知春近。夜阑风细得香迟，不道晓来开遍、向南枝。

玉台弄粉花应妒[①]，飘到眉心住[②]。平生个里愿杯深[③]，去国十年老尽、少年心。

---

①玉台：传说中天神的居处。

②飘到眉心住：据说梅花曾落在南朝宋武帝女寿阳公主额上，三日后方才洗去。

③个里：个中，此中。

白话译文

在地处天涯的宜州看到梅花开放，感到了一丝家乡江南的气氛，也知道春天即将来临。花香尚弱容易吹散，只有夜尽风细之时，才闻到了一丝香气。早晨起来，猛然发现南面向阳的枝头上已开满了梅花。

在天宫中盛开的梅花遭到群花的妒忌，无地可立，只好飘在寿阳公主的眉心上。年轻时常常痛饮，总嫌美酒不够。如今被贬离开京城已经十年，那种少年的情怀已不复存在。

行香子

晁端礼

别恨绵绵，屈指三年。再相逢、情分依然。君初霜鬓，我已华颠[①]。况其间有，多少恨，不堪言。

小庭幽槛[②]，菊蕊阑斑[③]。近清宵、月已婵娟。莫思身外，且斗樽前。愿花长好，人长健，月长圆。

①华颠：白头，指年老。

②槛：栏杆。

③阑斑：色彩鲜明杂乱。

晁端礼（1046—1113），字次膺。钜野（今山东巨野）人，被晁补之称为十二叔。曾任大晟府协律。其词音韵和谐，文辞清丽。

白话译文

我的离愁别恨绵绵不断，算起来，我们已经好几年没有相聚了。如今再次相逢，交情依然如故。但时光如水，现在你的两鬓已经斑白，而我更是满头白发，老态龙钟了。我们分别的这些年中，有多少愁恨，无法用言语来表达。

幽静的庭院栏杆，色彩艳丽的菊花，清静的夜晚，明媚的月光，面对如此美景，我们且将诸事抛诸脑后，举杯畅饮，一醉方休。祝愿花好月圆，身体康健。

卜算子

李之仪

我住长江头，君住长江尾。日日思君不见君，共饮长江水。

此水几时休？此恨何时已①？只愿君心似我心，定不负相思意②。

①已：完结，终止。

②定：此处为衬字。在词规定的字数外适当地增添一两个不太关键的字，以更好地表情达意，称为衬字，也称为“添声”。

李之仪（1048—1117），字端叔，号姑溪居士。沧州无棣（今属山东）人。元祐末入苏轼定州幕府，后被停职。徽宗崇宁初提举河东常平，因得罪蔡京，被逮入京，后被赦复官。其词清婉脱俗，情意深切。

白话译文

我居住在长江上游，你居住在长江下游。日夜想你却见不到你，我们共同喝着长江的水。

东流的江水不知何时才能停歇，相思的怨恨不知何时才能终止。只愿你我心心相印，就一定不会辜负这互相思念的心意。

名句赏析

只愿君心似我心，定不负相思意

“我心”如同不竭的江水，相思不已，自然也就希望对方与自己心意相同，这样才能不负相思之意。长江在这里既是双方相隔千里的天然障碍，又是一脉相通、遥寄情思的天然载体，从而将身处两地的心灵紧紧系在一起。这样一来，单方面的思念便成为双方的期许，无休止的相思之恨便化成永恒的爱恋。

谢池春

李之仪

残寒销尽，疏雨过、清明后。花径敛余红①，风沼萦新皱②。乳燕穿庭户，飞絮沾襟袖。正佳时，仍晚昼，著人滋味③，真个浓如酒。

频移带眼④，空只恁、厌厌瘦⑤。不见又思量，见了还依旧，为问频相见，何似长相守。天不老，人未偶，且将此恨，分付庭前柳⑥。

①花径：花丛中的小路。

②风沼：被风吹拂的水池。新皱：水面泛起新的波纹。

③著人：让人感到。

④频移带眼：频繁地移动腰带上的孔眼，来调整松紧度，暗指人消瘦。

⑤厌厌：同“恹恹”，精神萎靡。

⑥分付：托付，寄托。

白话译文

残存的寒意散尽，一阵小雨过去，已到了清明之后。花间的小径聚敛着残余的落红，微风拂过，水池上泛起新的波纹。小燕子在庭户间穿飞，衣服上沾上了飘飞的柳絮。正是一年中最美好的时节，但现在已近黄昏，让人感到愁意如烈酒一般浓郁。

频繁地移动腰带上的孔眼，只能眼睁睁看着自己一天天萎靡消瘦。不见面时朝思暮想，见面后还会分离，又要朝思暮想。与其频频相会，不如长相厮守，但为什么不能相守呢？天若有情天亦老，天不老因为天无情，所以不肯让我们成双成对。既然这样，只能把这份相思别恨交付给庭前的垂柳。

名句赏析

天不老，人未偶，且将此恨，分付庭前柳

“天不老，人未偶”，巧妙地反用了李贺的名句“天若有情天亦老”，意思是天不老只因天无情，不肯成全我们，让我们不能成偶，从而揭示了恋人不能成偶的原因，进而解答了“为问”二字。既然如此，词人也没有办法，只好将相思之恨托付给庭前的垂柳，词义含蓄而隽永，给读者留下了丰富的想象空间。

渔家傲

朱 服

小雨纤纤风细细[①]，万家杨柳青烟里。恋树湿花飞不起[②]。愁无比，和春付与东流水[③]。

九十光阴能有几[④]？金龟解尽留无计[⑤]。寄语东阳沽酒市[⑥]，拚一醉[⑦]，而今乐事他年泪。

①纤纤：细小，细微，多用来形容微雨。

②恋树湿花：花被雨淋湿后贴在树上。

③和春：连带着春天。

④九十：春天三个月共九十天。

⑤金龟：唐三品以上官员的佩饰。据说贺知章曾解下金龟换酒，招待李白。

⑥东阳：今浙江金华市。

⑦拚：豁出去，甘冒。

朱服（1048—?），字行中。乌程（今浙江吴兴）人。历任中书舍人等职。曾出使辽国，归拜礼部侍郎，后连遭贬谪。善诗文，书札亦工。

白话译文

春雨丝丝，微风习习，千家万户掩映在杨柳的青烟绿雾之中。被雨打湿的花瓣留恋树枝飞不起来。无穷无尽的愁绪，连同春光一起随着江水向东流逝。

九十天的光阴能有多长？解尽金龟换酒也无法将春光挽留。告诉东阳城里卖酒的人，我愿及时行乐不醉不归，哪怕他年会为此事流泪。

《名句赏析》

寄语东阳沽酒市，拚一醉，而今乐事他年泪

“寄语东阳沽酒市，拚一醉”将词人的情绪推向高潮，在“拚一醉”中，词人可以不顾一切地发泄自己的情绪。然而末句“而今乐事他年泪”又将词人的情绪拉入谷底。借酒浇愁愁更愁，酒醒后仍然还会想起前尘旧事，仍然要为未来忧心。他发现往昔很多乐事都变成了今日的哀愁，那么今日的乐事，恐怕也会变成他年的哀愁。这几句词让读者看到了一个真实而又纠结的灵魂。

满庭芳

秦　观

山抹微云，天连衰草，画角声断谯门[①]。暂停征棹，聊共引离尊[②]。多少蓬莱旧事[③]，空回首、烟霭纷纷。斜阳外，寒鸦万点，流水绕孤村。

消魂，当此际，香囊暗解，罗带轻分。谩赢得、青楼薄幸名存[④]。此去何时见也？襟袖上、空惹啼痕。伤情处，高城望断，灯火已黄昏。

①画角：军中用的号角。谯（qiáo）门：建有瞭望楼的城门。

②引：举。

③蓬莱旧事：男女爱情的往事。

④谩：枉自，徒然。青楼薄幸：化用杜牧《遣怀》：“十年一觉扬州梦，赢得青楼薄幸名。”

秦观（1049—1100），字少游，一字太虚，号淮海居士，世称淮海先生。高邮（今属江苏）人。官至太学博士，国史院编修。因政治上倾向于旧党，被视为元祐党人，被贬郴州。宋徽宗即位，秦观被放还，至滕州时醉卧光华亭，一笑而卒。秦观的诗、词、文均有很高的成就，最受苏轼器重。秦观是北宋后期婉约派的代表人物，他在柳永以赋法入词的基础上，更多精研和锤炼，使慢词的创作走向成熟。他的词清丽精细，音律谐美，情韵兼胜，善于将男女恋情与自身的不幸遭遇结合起来，被称为“今代词手”。

白话译文

山上抹了一丝淡淡的白云，衰草连天，城门楼上的号角声时断时续。即将远行的船暂且不要起航，我们先共同举起告别的酒杯。许多蓬莱阁上的往事，再回首时已化作缕缕云烟。夕阳西下，万点寒鸦点缀天空，一条溪水环绕孤村。

悲伤之际，香囊已经暗暗脱解，爱情像罗带般轻易离分。徒然赢得青楼上薄情的名声。此一别，不知何时重逢？离别的泪水濡湿了衣襟与袖口。正在伤心的时候，高城不见，万家灯火，天色已进入黄昏。

名句赏析

斜阳外，寒鸦万点，流水绕孤村

天色将晚，寒鸦归宿，流水孤村，词人此时的心情十分痛苦，他不去刻画这一痛苦的心情，而是抓住典型意象，巧用画笔点染，将心情写成了一种极为凄美的景致，让人拍案叫绝。元人马致远《天净沙·秋思》中有“枯藤老树昏鸦，小桥流水人家”，与这几句词有异曲同工之妙。

江城子

秦 观

西城杨柳弄春柔[1]。动离忧，泪难收。犹记多情，曾为系归舟。碧野朱桥当日事，人不见，水空流。

韶华不为少年留[2]。恨悠悠，几时休。飞絮落花时候、一登楼。便做春江都是泪，流不尽，许多愁。

①弄春：在春日弄姿。

②韶华：美好的时光。

《白话译文》

西城的杨柳摆弄着柔软的枝条，引起我的离愁，让我泪水难收。还记得多情的她，曾激动地系住我的归舟。碧绿的原野，朱红的小桥，见证了当时的情景。如今人已远去，只有江水仍在默默地东流。

美好的年华不为少年时停留，让人愁恨绵绵，无止无休。我登上高楼，正赶上柳絮纷飞、落花飘舞的时候。即使满江的春水都化成泪，也流不尽我无边的哀愁。

满庭芳

秦　观

晓色云开[①]，春随人意，骤雨才过还晴。古台芳榭[②]，飞燕蹴红英[③]。舞困榆钱自落，秋千外、绿水桥平[④]。东风里，朱门映柳，低按小秦筝[⑤]。

多情，行乐处，珠钿翠盖[⑥]，玉辔红缨[⑦]。渐酒空金榼[⑧]，花困蓬瀛[⑨]。豆蔻梢头旧恨，十年梦、屈指堪惊[⑩]。凭阑久，疏烟淡日，寂寞下芜城[⑪]。

①晓色：拂晓时的天色。

②芳榭：华丽的水边楼台。榭，建于高台上的木屋，多作游观之所。

③蹴（cù）：踢，踏。红英：此处指落花。

④绿水桥平：春水涨满了小河，与小桥平齐。

⑤秦筝：一种弦乐器，外形像瑟，十三弦。

⑥珠钿翠盖：装饰华丽的车子。珠钿，指车上饰有珠宝和嵌金。翠盖，指车盖上饰有翠羽。

⑦玉辔红缨：装饰华贵的骏马。玉辔，用玉装饰的马缰绳。红缨，红色穗子。

⑧金榼（kē）：金制的酒器。

⑨花：指美人。蓬瀛：蓬莱和瀛洲，传说中的海上仙山，此指饮酒之地。

⑩豆蔻梢头旧恨，十年梦、屈指堪惊：化用杜牧《赠别》诗“娉娉

袅袅十三余，豆蔻梢头二月初。春风十里扬州路，卷上珠帘总不如”。

⑪芜城：广陵城，今指扬州。鲍照曾作《芜城赋》讽咏扬州城的废毁荒芜，后世遂以芜城代指扬州。

白话译文

拂晓，云消雾散，春天遂人心愿，一阵急雨刚过，天色转晴。古老的楼台，华丽的水榭，飞燕踏着片片落英。舞得疲倦的榆钱儿，开始慢慢飘落，院内秋千摇荡，院外漫涨的春水与小桥齐平。春风和煦，杨柳垂荫，朱门掩映，隐约传出低低的小秦筝声。

想起多情之人游玩行乐的地方，她乘着华丽的车子，我骑着华贵的骏马。金杯里美酒渐空，她厌倦了这里。正值豆蔻年华的少女，曾与我有多少离愁别恨，十年时光，犹如一场大梦，屈指算来让人心惊。倚栏杆久久眺望，但见烟雾萧疏，落日清寒，寂寞地沉入了扬州城。

名句赏析

豆蔻梢头旧恨，十年梦、屈指堪惊

词人化用杜牧《赠别》“娉娉袅袅十三余，豆蔻梢头二月初。春风十里扬州路，卷上珠帘总不如”的诗句，使词意急转直下，点出以上所写的盛况，都是前尘旧事，如今已如过眼云烟，用典贴切，辞约义丰。“堪惊”两字，犹如一记重锤直击人心，让人不禁抚今追昔，感叹时光的无情流逝。

如梦令

秦 观

遥夜沉沉如水[①]，风紧驿亭深闭。梦破鼠窥灯[②]，霜送晓寒侵被。无寐，无寐，门外马嘶人起。

①遥夜：长夜。

②梦破：睡梦被惊醒。

白话译文

长夜漫漫，沉寂如水，风正紧，拍打着紧闭的门户。我从梦中惊醒，发现有只老鼠正偷看着油灯，清霜将晓寒送进了被子里。唉，睡不着了，睡不着了，门外已传来马的嘶鸣，旅客们纷纷起床，我也该上路了。

浣溪沙

秦　观

漠漠轻寒上小楼[①]，晓阴无赖似穷秋[②]。淡烟流水画屏幽[③]。

自在飞花轻似梦，无边丝雨细如愁。宝帘闲挂小银钩[④]。

①漠漠：弥漫广布的样子。轻寒：微寒。

②晓阴：早晨天阴。无赖：无聊，让人厌恶。穷秋：深秋。

③淡烟流水：画屏上烟雾疏淡，流水潺潺。

④闲挂：很随意地挂着。

白话译文

薄薄春寒如烟雾般弥漫，独自登上小楼，天阴的早晨让人厌恶，就像深秋一样清寂无聊。烟雾淡淡，流水潺潺，意境清幽。

窗外飞花袅袅，飘忽不定，如梦境一般恍惚迷离；空中细雨蒙蒙，缠缠绵绵，如春愁一样挥散不去。那装饰华丽的帘子正随意地悬挂在小小银钩之上。

名句赏析

自在飞花轻似梦，无边丝雨细如愁

“飞花”与“梦”,“丝雨”和“愁”，本来是本质不同的事物，没有可比性，但词人却发现了它们之间有“轻”和“细”的共同点，将原本毫不相干的事物联系到一起，构成了既恰当又新奇的比喻。而且一般的比喻，都是以容易感知的事物去比喻难以感知的事物，但词人却反其道而行之，不说梦似飞花，愁如丝雨，而说飞花似梦，丝雨如愁，从而将“梦”与“愁”这种抽象的情感，融在“飞花”“丝雨”的自然画面之中，使本词别具一种朦胧的意境美。

江城子

秦　观

南来飞燕北归鸿[1]，偶相逢，惨愁容。绿鬓朱颜重见两衰翁。别后悠悠君莫问，无限事，不言中。

小槽春酒滴珠红[2]，莫匆匆，满金钟。饮散落花流水各西东。后会不知何处是，烟浪远，暮云重。

①南来飞燕北归鸿：元符三年（1100），徽宗即位后下赦令，元祐谪臣多内移，苏轼自海南移廉州（今广西合浦），秦观受命复宣德郎，放还衡州，二人相逢于雷州。两个月后，秦观卒于光华亭。第二年，苏轼在常州与世长辞。

②槽：注酒器。春酒：冬酿春熟之酒。

白话译文

你是从海南飞来的燕子，我是北归衡阳的鸿雁，在半路上我们偶然相逢，都是形容憔悴，满面愁容。当年我们初次相见，正值青春年少，风华正茂；如今再次重逢，都已暮气沉沉，老态龙钟。自京城一别，人各天涯，数年未见，其间经历的坎坷磨难，不必细问，无法言说，一切尽在不言中。

酒杯精美，春酒醇香，不必匆忙，暂且满了这杯酒，酒宴结束后我们又要各奔西东，如流水落花，前程未卜。下次相见已不知何时何地，但见远处烟水蒙蒙，暮云重重。

减字木兰花

秦　观

天涯旧恨，独自凄凉人不问。欲见回肠[1]，断尽金炉小篆香[2]。

黛蛾长敛[3]，任是春风吹不展。困倚危楼，过尽飞鸿字字愁。

①回肠：极其愁苦。

②篆香：比喻盘香和缭绕的香烟。

③黛蛾：古代妇女眉毛的美称。黛，青黑色颜料，古代女子用以画眉。

白话译文

天涯阻隔旧恨绵绵，孤独凄冷无人过问。想知道我是如何愁肠百结，怎样肝肠寸断，看那金炉中燃尽的盘香，香烟千丝万缕，香灰截截折断。

春风吹绿田野，吹开了花苞，却怎么也吹不开紧皱的眉头。我久久倚楼远望，困倦不堪，看那雁行阵阵，捎回的不是音信，而是一个个“愁”字。

名句赏析

困倚危楼，过尽飞鸿字字愁

主人公长时间倚楼远望，一群群大雁飞入视野又消失天边。旧有“鸿雁传书”之说，看见鸿雁，自然会联想到远人的书信。然而，春去秋来，信音辽邈，一次次的渴望换回的只是一次次的失望。即便如此，她仍然不死心，“困倚危楼”，那远去的飞鸿组成的本是一个个“人”字，在她的眼里却变成了一个个“愁”字。因为在强烈的感情之下，客观景物在人的眼里是会改变色调的，王国维说的“以我观物，故物皆著我之色彩”就是这个道理。

行香子

秦　观

树绕村庄，水满陂塘[①]。倚东风、豪兴徜徉。小园几许，收尽春光。有桃花红，李花白，菜花黄。

远远围墙，隐隐茅堂。飏青旗、流水桥旁[②]。偶然乘兴，步过东冈。正莺儿啼，燕儿舞，蝶儿忙。

①陂（bēi）塘：池塘。

②飏（yáng）：飞扬，飘扬。青旗：青色的酒幌子。

白话译文

绿树环绕，村庄半掩，春风习习，池水漫漫。信步闲游，意兴盎然。小园虽小，花草俱全，满目春光，风景无限。桃花鲜红，李花素雅，菜花金灿。

一带围墙，几间茅店，远远望去，隐约可见。青旗飞扬，小桥河畔。游兴正浓，寻所未见，偶然来到，山冈东面。莺儿歌唱，燕儿伴舞，蝶儿忙乱。

鹊桥仙

秦　观

纤云弄巧[①]，飞星传恨[②]，银汉迢迢暗度。金风玉露一相逢[③]，便胜却、人间无数。

柔情似水，佳期如梦，忍顾鹊桥归路[④]。两情若是久长时，又岂在、朝朝暮暮。

①纤云弄巧：形容云彩变幻多端。传说中织女所织的云锦化为天上的云彩。

②飞星：流星。一说指牵牛、织女二星。

③金风玉露：指秋风白露。

④忍顾：怎忍回顾。

白话译文

纤薄的云彩变幻多端，流星划过银河，传递着离别之恨，今夜悄悄渡过遥远的银河。在秋风白露的七夕相会，虽然一年只能相会一次，却胜过尘世间无数的爱情。

绵绵不尽的情意像流水一般温柔，日夜期盼的佳期像梦幻一般短暂，分别之时怎忍回头看那鹊桥归路？然而只要两情坚贞不渝，即便不能长相厮守，又有何妨？

名句赏析

两情若是久长时，又岂在、朝朝暮暮

这两句词揭示了爱情的真谛：纯洁的爱情能够经得起长久分离的考验，只要彼此真诚相爱，即使天各一方，也比朝夕相伴、性质复杂的所谓爱情可贵得多。这两句感情色彩很浓的议论，是本词的点睛之笔，更是千古爱情诗词中的绝唱，其所表达出的精神境界，远远超过了古代同类作品。

千秋岁

秦　观

水边沙外。城郭春寒退。花影乱，莺声碎。飘零疏酒盏，离别宽衣带。人不见，碧云暮合空相对。

忆昔西池会①。鹓鹭同飞盖②。携手处，今谁在。日边清梦断③，镜里朱颜改。春去也，飞红万点愁如海。

①西池：这里指北宋汴京的金明池，元祐年间，秦观曾与同僚在此游会。

②鹓（yuān）鹭：比喻朝官如鹓鸟和鹭鸟排列整齐有序。

③日边：喻在京都帝王左右。

白话译文

沙洲外，溪水边，城郭春寒已消散。莺声细碎，花影缭乱。飘零在外，饮酒寥寥；离别之后，衣带渐宽。知己难逢，唯有空对碧云悠悠，暮色弥漫。

想当年西池盛会，同僚们乘车飞驰，踏青郊外。而如今，携手同游之处，尚有谁在？回京之梦已断，镜中容颜已衰。春天一去不回，只剩下落红点点，愁深似海。

望海潮

秦　观

梅英疏淡①，冰澌溶泄②，东风暗换年华。金谷俊游③，铜驼巷陌④，新晴细履平沙。长记误随车，正絮翻蝶舞，芳思交加⑤。柳下桃蹊⑥，乱分春色到人家。

西园夜饮鸣笳⑦。有华灯碍月，飞盖妨花。兰苑未空⑧，行人渐老，重来是事堪嗟⑨。烟暝酒旗斜⑩，但倚楼极目⑪，时见栖鸦。无奈归心，暗随流水到天涯。

①梅英：梅花。

②冰澌（sī）：冰块融化流动。

③金谷：指西晋石崇所筑的金谷园，在洛阳西北。俊游：快意的游赏。

④铜驼：即铜驼街。

⑤芳思：春天引起的情思。

⑥桃蹊：桃树下的小路。

⑦鸣笳：奏乐助兴。笳，即胡笳。

⑧兰苑：美丽的园林，亦指西园。

⑨是事：凡事，事事。嗟：慨叹。

⑩烟暝：烟霭弥漫的黄昏。

⑪极目：指满目，远望。

白话译文

梅花稀疏，色彩变淡，冰块开始融化流动，春风已经悄悄将季节更换。想当年在金谷胜游，闲逛铜驼街巷，趁着刚刚天晴，漫步在平沙之上。总是记起曾误追了人家的香车，当时柳絮翻飞蝴蝶翩舞，弄得我春思缭乱。柳荫下桃花小径，胡乱地将春色分送给千家万户。

记得夜晚曾在西园里宴饮，乐工们奏乐助兴。高挂的华灯盖过了月色，飞驰车辆的华盖擦损了路旁的花枝。如今西园热闹依旧，而游人却渐渐老去，旧地重游，事事都让人感叹。黄昏时烟雾弥漫，一面酒旗斜挂。倚楼尽力远眺，时而看见归巢的寒鸦。心灰意冷之际，我的归隐之心已暗自随着流水远去，直到天涯。

名句赏析

西园夜饮鸣笳。有华灯碍月，飞盖妨花

曹植《公宴》中有“清夜游西园，飞盖相追随”。曹丕《与朝歌令吴质书》中有“清风夜起，悲笳微吟”。词人借用“二曹”诗文中的意象，写夜里在西园中饮酒、听乐，高挂的华灯盖过了月色，飞驰车辆的华盖擦损了路旁的花枝，而“碍”“妨”二字，则将西园的灯火辉煌、车水马龙很巧妙地展示出来，让人读来有身临其境之感。

点绛唇

秦　观

醉漾轻舟，信流引到花深处[1]。尘缘相误[2]，无计花间住。

烟水茫茫，千里斜阳暮。山无数，乱红如雨，不记来时路。

①花深处：指桃花源。

②尘缘：佛教指污染人心、产生欲望的根源。

《白话译文》

酒醉后撑起一叶扁舟，在江上信流飘荡，竟误入桃花源，闯进繁花深处。因被尘世因缘牵绊，不能在此长留。

离开时已是黄昏，斜阳迟暮，千里江水烟雾茫茫。远处乱山重叠，落花如雨点般洒在江面之上。再回头时，已看不到来时的路。

八六子

秦　观

倚危亭，恨如芳草，萋萋刬尽还生①。念柳外青骢别后②，水边红袂分时③，怆然暗惊。

无端天与娉婷④。夜月一帘幽梦，春风十里柔情。怎奈向、欢娱渐随流水⑤，素弦声断，翠绡香减。那堪片片飞花弄晚，濛濛残雨笼晴。正销凝⑥，黄鹂又啼数声。

①刬（chǎn）：同“铲”。

②青骢（cōng）：毛色青白相间的马。

③红袂（mèi）：红袖，代指女子，情人。

④无端：没来由。娉（pīng）婷：姿态美好的样子，指美人。

⑤怎奈向：怎奈，奈何，宋人方言。向，语尾助词。

⑥销凝：销魂，出神。

《白话译文》

倚靠在高高的亭子上，那幽恨就像遍地芳草，刚刚铲尽，不知不觉又生发出来。想起在河边柳树旁牵着青马与她分别的情景，一种剧烈的痛苦猛击心间。

上天啊，既然注定要分离，你为何又要安排我们相遇？当年在夜月里我们共同沉入幸福的幽梦，一起沐浴骀荡的春风。怎奈何，往昔的欢娱已随流水远逝，再也听不见优雅的琴声，翠绿丝巾上的香味也渐渐淡去。偏偏这时片片残红在夜色中飞扬，点点滴滴的残雨，还笼罩着欲晴的天空。正在断肠之际，黄鹂又发出了几声哀鸣。

《名句赏析》

夜月一帘幽梦，春风十里柔情

这两句词写两人相识、相恋的幸福时光，写得非常含蓄委婉。词人化用杜牧《赠别》“春风十里扬州路，卷上珠帘总不如”的诗句，既补充了对于佳人美丽的描摹，又写到二人两情相悦，沉浸在幸福的幽梦之中，从而与别后的痛苦形成鲜明对比。这样写避免了直露的描述，使整首词艳丽而不淫靡。

南乡子

秦　观

妙手写徽真[①]，水剪双眸点绛唇。疑是昔年窥宋玉，东邻，只露墙头一半身[②]。

往事已酸辛，谁记当年翠黛颦[③]？尽道有些堪恨处，无情，任是无情也动人。

①徽：崔徽，唐代歌伎，曾与裴敬中相恋，分别后，托画家写其肖像寄敬中曰："崔徽一旦不及画中人，且为郎死。"发狂卒。真：肖像。

②疑是昔年窥宋玉，东邻，只露墙头一半身：宋玉《登徒子好色赋》中云，有一东邻女子偷窥宋玉三年，该女"增之一分则太长，减之一分则太短；著粉则太白，施朱则太赤；眉如翠羽，肌如白雪；腰如束素，齿如含贝；嫣然一笑，惑阳城，迷下蔡"。

③翠黛：眉毛。颦：蹙额皱眉。

白话译文

技艺高超的画师所画的崔徽像，眼如秋水，红唇一点。就像当年偷看宋玉的东邻女子，只能看到露出墙头的半身像。

崔徽的辛酸情史已成往事，谁还记得她当时蹙眉的情态呢？尽管还是有些遗憾之处，因为画始终是画，画中的人物是没有情感的，然而就算没有情感也非常动人啊！

踏莎行

秦　观

雾失楼台①，月迷津渡②，桃源望断无寻处③。可堪孤馆闭春寒④，杜鹃声里斜阳暮。

驿寄梅花⑤，鱼传尺素⑥，砌成此恨无重数⑦。郴江幸自绕郴山⑧，为谁流下潇湘去⑨？

①雾失楼台：楼台消失在沉沉雾霭之中。

②月迷津渡：月色朦胧，渡口迷失不见。津渡，渡口。

③桃源望断无寻处：拼命寻找也看不见理想中的桃花源。无寻处，找不到。

④可堪：怎堪，哪堪。

⑤驿寄梅花：陆凯的《赠范晔诗》中有“折花逢驿使，寄与陇头人。江南无所有，聊赠一枝春”。作者在这里将自己比作范晔，表示收到了远方朋友的问候。

⑥鱼传尺素：古诗《饮马长城窟行》中有“客从远方来，遗我双鲤鱼。呼儿烹鲤鱼，中有尺素书”。“鱼传尺素”代指传递书信。这里也表示收到了远方朋友问候的意思。

⑦砌：堆积。无重数：数不尽。

⑧幸自：本来是。

⑨为谁：为什么。

《白话译文》

雾霭沉沉，楼台依稀难辨；月色朦胧，渡口迷失不见。想寻找理想中的桃花源，却怎么也看不见。春寒料峭，怎堪忍受独居在孤寂的旅馆中，听着“不如归去”的杜鹃啼叫，看着远处的夕阳渐渐下沉。

远方的亲友给我寄来了书信和礼物，却让我的离愁别恨重重堆积。郴江啊，你就绕着你的郴山流得了，为什么偏偏要流到潇湘去呢？

《名句赏析》

郴江幸自绕郴山，为谁流下潇湘去

对这两句词智者见智，有人认为词人表达了对自由的向往：郴江也耐不住寂寞，流到远方去了，何况是人呢？但自己却不得不留在这里，得不到自由。有人认为词人在慨叹自己的身世：自己本想出来干一番事业，正如郴江原本是绕着郴山而转的，谁想到如今竟被卷入政治斗争的旋涡中去了。不管怎样理解，这两句都有一种无理有情、无理而妙的特殊意境，表现了词人高超的写作手法，历来受到赞赏。

水调歌头

米　芾

中　秋

砧声送风急，蟋蟀思高秋。我来对景，不学宋玉解悲愁[①]。收拾凄凉兴况，分付尊中醽醁[②]，倍觉不胜幽。自有多情处，明月挂南楼。

怅襟怀，横玉笛，韵悠悠。清时良夜，借我此地倒金瓯[③]。可爱一天风物，遍倚阑干十二[④]，宇宙若萍浮。醉困不知醒，欹枕卧江流[⑤]。

①宋玉解悲愁：宋玉《九辩》："悲哉！秋之为气也，萧瑟兮，草木摇落而变衰。"

②醽醁（línglù）：一种绿色美酒。

③金瓯（ōu）：金色的小酒杯。

④阑干：即栏杆。十二：形容曲折之多。

⑤欹：倾斜。

米芾（1051—1107），字元章，号鹿门居士。祖籍太原（今属山西）。曾任校书郎、礼部员外郎。书画自成一家，创立了"米点山水"，其书法得王献之笔意，为"宋四家"（苏、米、黄、蔡）之一，山水画也别具一格。能诗文，词风婉约清丽，亦有豪迈之语。

白话译文

晚风送来急促的捣衣声，蟋蟀的叫声触发了人的秋思。此情此景，我没有宋玉悲秋之感。收拾起凄凉的况味，端起杯中的美酒，一切都让我倍感忧郁。幸好南楼上一轮明月朗照，让我深感安慰。

抒发愁闷的情怀，吹起悠扬的笛声，情韵悠悠。在这美好的夜晚，让我暂借此地倾尽杯中的美酒。面对中秋佳节的美好风物，我倚遍栏杆，感到宇宙万物犹如水中浮萍。让我醉入梦乡不要醒，倚在枕上听澎湃江声。

蝶恋花

赵令畤

卷絮风头寒欲尽[1]。坠粉飘香[2]，日日红成阵[3]。新酒又添残酒困，今春不减前春恨。

蝶去莺飞无处问。隔水高楼，望断双鱼信。恼乱横波秋一寸[4]，斜阳只与黄昏近。

①卷絮风：卷起柳絮的风，暗示天气渐暖，已是暮春时节。

②坠粉飘香：春花坠落，飘来阵阵香气。

③红成阵：落花一阵阵飘落。

④秋一寸：秋波，眼神。

赵令畤（1051—1134），字德麟。元祐六年（1091），签书颍州公事，时苏轼为知州，荐其才于朝。后坐元祐党籍，被废十年。绍兴初，袭封安定郡王。词风学苏轼，周紫芝评其词“妙丽清壮，无一字不可人意”。

《白话译文》

春风和煦，柳絮飞扬，寒意将尽。春花凋零，香气飘散，落红一阵接着一阵。残酒未消又被新酒困，今春的愁恨比去年更甚。

蝴蝶黄莺翩翩飞去，我无人可以问讯。独倚高楼注目江水，望眼欲穿也不见双鲤传信。双眼迷离，心中烦闷，斜阳西下，又到黄昏。

《名句赏析》

恼乱横波秋一寸，斜阳只与黄昏近

这两句词写因伤春、怀人而生发的愁绪。“横波”，指眼睛。“秋一寸”，也指眼睛。“恼乱”犹言烦乱，黄昏景色让人心情烦乱。“夕阳无限好，只是近黄昏”，眼看白天将尽，黑夜将至，伤春情绪、思人情怀，越来越重，此处不说愁恨而愁恨自见。明人沈际飞评价道：“恨春日又恨黄昏，黄昏滋味更觉难尝耳。”

蝶恋花

赵令畤

欲减罗衣寒未去。不卷珠帘，人在深深处。红杏枝头花几许，啼红止恨清明雨。

尽日沉烟香一缕。宿酒醒迟，恼破春情绪。飞燕又将归信误，小屏风上西江路[①]。

①西江：江河的泛称。

《白话译文》

想要少穿几件衣服，可是寒意还没有完全消退。珠帘也懒得卷起，一个人在深闺中闲居。枝头上的杏花不知还剩下几朵，脸上的啼痕尚存，只恨这清明时的绵绵细雨。

终日无聊闷坐，看着升起的一缕香烟出神。昨夜喝了很多闷酒，今早很晚才醒来，因惜春的情怀而心烦意乱。飞回的燕子又没有捎来回信，我呆呆地望着小巧的屏风，屏风上烟水茫茫，一条蜿蜒的水路正伸向远方。

清平乐

赵令畤

春风依旧，著意隋堤柳①。搓得鹅儿黄欲就②，天气清明时候。

去年紫陌青门③，今宵雨魄云魂。断送一生憔悴，只消几个黄昏？

①著：显露。

②搓：喻指给柳树染色。鹅儿黄：幼鹅毛色黄嫩，故用来比喻娇嫩淡黄的颜色。

③紫陌：指京城郊外的路。青门：长安城的东南门系青色，俗称青门，此指京城的城门。

白话译文

和煦的春风还像往年一样，多情地吹拂着隋堤上的柳树。揉搓得柳条儿长出鹅黄的嫩叶，正是清明时候的天气。

去年曾一起在京城郊外游春，今夜，我却只能与化为云雨魂魄的你在梦里相会。如果想要一个人一生都憔悴不堪，只需用几个这样的黄昏？

名句赏析

断送一生憔悴，只消几个黄昏

这两句词写词人之伤痛欲绝：今朝依旧是春风多情地抚弄杨柳，依旧是清明时候的恼人天气，从此后再也不堪目睹。尤其黄昏之时，烟霭迷茫，更容易让人想起撩人愁绪的往事，这样惨淡的黄昏，不知今生今世能消受几次？这两句词与晏几道《木兰花》“此时金盏直须深，看尽落花能几醉”有异曲同工之妙。

青玉案

贺　铸

凌波不过横塘路[①]，但目送、芳尘去[②]。锦瑟华年谁与度[③]？月桥花院，琐窗朱户[④]，只有春知处。

飞云冉冉蘅皋暮[⑤]，彩笔新题断肠句[⑥]。试问闲愁都几许[⑦]？一川烟草[⑧]，满城风絮，梅子黄时雨[⑨]。

①凌波：形容女子步履轻盈。

②芳尘：指美人。

③锦瑟华年：指美好的青春时代。锦瑟，饰有彩纹的瑟。

④琐窗：雕绘有连环花纹的窗子。朱户：朱红的大门。

⑤蘅皋（hénggāo）：长着杜衡（一种香草）的沼泽中的高地。

⑥彩笔：比喻有写作的才华。

⑦试问：一说“若问”。闲愁：一说“闲情”。都几许：有多少。

⑧一川：遍地。

⑨梅子黄时雨：江南一带初夏梅熟时常阴雨连绵，俗称“梅雨”。

贺铸（1052—1125）字方回，号庆湖遗老。祖籍山阴（今浙江绍兴）。自称唐贺知章后人。早年任过武职，后入文阶。为人豪侠尚气，刚正不阿，不附权贵。晚年退居苏州，杜门校书。诗文俱佳，尤长于词。其词风格多样，兼有豪放、婉约二派之长，善于锤炼语言并化用前人名句。用韵特严，富有节奏感和音乐美。

描绘春花秋月之作，委婉清丽，意境高旷，近秦观、晏几道。抒写英雄气概之作，悲壮激昂，又近苏轼。辛弃疾等南宋爱国词人对其词均有续作，足见其影响。

白话译文

她轻盈的脚步没有越过横塘路，我只能目送她像芳尘一样飘去。大好的年华她将与谁共度？是月桥旁、花院里，还是朱门内、花窗边？只有春风才知道她的居处。

飞云飘游，香草水岸，日色将暮，我挥起彩笔写下新的断肠词句。若问我的愁情究竟有多少，就像那一望无际的烟草，满城翻飞的柳絮，梅子黄时的绵绵细雨。

名句赏析

试问闲愁都几许？一川烟草，满城风絮，梅子黄时雨

这几句是宋词中最为人称道的名句之一。“闲愁”，是说这“愁”漫无边际，捉摸不定，无处不在，无时不有。那么这“愁”到底有多少呢？词人精心选择“烟草”“飞絮”“梅雨”这三种经常惹人愁思的景物，既是奇妙饱满的比喻，又起到了以景衬情的作用。这三个意象在表达愁情上有其各自的内涵，“烟草”是说愁情之无边无际，“飞絮”是说愁情的飘忽不定，“梅雨”是说愁情之连绵不绝。词人将抽象变为形象，将无形之物变为有形可感之物，显示了超人的艺术才华。

踏莎行

贺　铸

杨柳回塘[1]，鸳鸯别浦[2]。绿萍涨断莲舟路。断无蜂蝶慕幽香，红衣脱尽芳心苦[3]。

返照迎潮，行云带雨。依依似与骚人语。当年不肯嫁春风[4]，无端却被秋风误。

①回塘：曲折迂回的水塘。

②别浦：江河的支流入水口。

③红衣：指荷花的红色花瓣。芳心苦：指莲心有苦味。

④不肯嫁春风：张先《一丛花》："沉恨细思，不如桃杏，犹解嫁东风。"

白话译文

曲折的池塘边杨柳依依，鸳鸯在水中徜徉栖息。水面上长满了浮萍，挡住了轻舟采莲的去路。荷花虽美却无人欣赏，就连蜜蜂和蝴蝶都不为它的幽香所动。就这样，荷花渐渐凋零，结了一颗苦涩的心。

斜阳返照，潮水涌至；流云过后，冷雨袭来。随风摇曳的她像是在与诗人互诉衷肠。当年不肯在春天开放，如今却平白无故地在秋风中受尽凄凉。

六州歌头

贺　铸

少年侠气，交结五都雄[①]。肝胆洞[②]，毛发耸[③]。立谈中[④]，死生同。一诺千金重[⑤]。推翘勇[⑥]，矜豪纵[⑦]。轻盖拥[⑧]，联飞鞚[⑨]，斗城东[⑩]。轰饮酒垆，春色浮寒瓮[⑪]，吸海垂虹。闲呼鹰嗾犬[⑫]，白羽摘雕弓，狡穴俄空。乐匆匆。

似黄粱梦，辞丹凤[⑬]；明月共，漾孤篷。官冗从[⑭]，怀倥偬[⑮]；落尘笼，簿书丛。鹖弁如云众[⑯]，供粗用，忽奇功。笳鼓动，渔阳弄[⑰]，思悲翁[⑱]。不请长缨，系取天骄种[⑲]，剑吼西风。恨登山临水，手寄七弦桐[⑳]，目送归鸿。

①五都：泛指北宋的各大城市。

②肝胆洞：洞见肝胆，形容待人诚恳。

③毛发耸：怒发冲冠。

④立谈：站立而谈，形容时间短暂。

⑤一诺千金：比喻诺言极为可靠。

⑥推翘勇：推崇超然的勇气。

⑦矜：自夸。

⑧盖：车盖，代指车。

⑨鞚（kòng）：有嚼口的马络头，借指快马。

⑩斗（dǒu）城：汉长安城，这里借指汴京。

⑪春色：指酒。

⑫嗾（sǒu）：指使犬的声音。

⑬丹凤：唐长安宫有丹凤门，这里代指京城。

⑭冗从：散职侍从官吏。

⑮倥偬（kǒngzǒng）：事务繁忙。

⑯鹖弁（hébiàn）：本义指武将的官帽，这里指武官。

⑰渔阳弄：军乐曲。

⑱思悲翁：古乐府有《思悲翁》曲，这里有报国无门之意。

⑲天骄种：指西夏酋首。

⑳七弦桐：即七弦琴。

白话译文

少年时任侠尚义，结交各大都市的英雄豪杰。待人肝胆相照，遇到不平之事，便怒发冲冠。站立而谈的片刻，便可情投意合，生死与共。一诺千金，言出必行。推崇超群的勇气，以豪放不羁自夸。轻车簇拥，并辔而行，驰骋京郊。在酒肆里纵情豪饮，就像长鲸吸海一般。有时带着鹰犬去打猎，摘弓搭箭，将猎物的巢穴扫荡一空。快乐的日子太短暂了。

那时的日子如同黄粱一梦，我很快就离开了京城。乘一叶孤舟在水上漂泊，唯有明月相伴。官职卑微，事务繁忙。尘世牢笼让人窒息，不得不整天埋于文牍案卷之中。像我这样的武官成千上万，都被派到各地打杂，不能上前线建功立业。笳鼓敲响，战争爆发，而我却报国无门。无处请缨，不能生擒西夏酋首，宝剑在秋风中怒吼。怅恨之中，只能登山游水，抚瑟寄情，目送大雁归去。

蝶恋花

贺　铸

几许伤春春复暮，杨柳清阴，偏碍游丝度[①]。天际小山桃叶步[②]，白蘋花满湔裙处[③]。

竟日微吟长短句[④]，帘影灯昏，心寄胡琴语。数点雨声风约住[⑤]，朦胧淡月云来去。

①游丝：飘荡在空中的丝状物，比如蛛丝。

②桃叶步：即桃叶渡，在今江苏六合南，因王献之在此迎送爱妾桃叶而得名。

③湔（jiān）：洗涤。

④竟日：整天。

⑤风约住：指雨声被风拦住。

白话译文

每年都因为春归而伤感，如今又到了春暮之时，绿荫里的杨柳枝条，偏偏要阻挡着游丝飘过。天边的小山旁是桃叶渡，白蘋花盛开的河边是她洗裙的地方。

我整天轻轻吟咏着诗词，在昏暗的灯光下，朦胧的帘影前，把一片愁思寄托给哀怨的胡琴。几点凄凉的雨声被清风送走，月色在流云的遮掩下一片迷蒙。

琴调相思引

贺　铸

送范殿监赴黄岗

终日怀归翻送客[①]，春风祖席[②]，南城陌。便莫惜、离觞频卷白[③]。动管色，催行色。动管色，催行色。

何处投鞍风雨夕？临水驿，空山驿。临水驿，空山驿。纵明月、相思千里隔。梦咫尺，勤书尺[④]。梦咫尺，勤书尺。

①翻：反而。

②祖席：饯行的宴席。

③卷白：豪饮，痛饮。

④书尺：尺牍，书信。

白话译文

无时无刻不想早日回家，今天反而要为挚友送别。春风和暖，在南城陌上的长亭为你饯行。频频举杯，纵情豪饮。此时，席间奏起了凄婉的管乐，似乎在催促行人上路。

风雨交加的夜晚你将在何处解鞍投宿？野水边的驿馆，或是空山上的驿馆。纵然我们相距千里，只能把相思寄托给明月，但是我们可以在梦中相聚，也可以勤写书信，传递情谊。

半死桐

贺　铸

重过阊门万事非[1]，同来何事不同归？梧桐半死清霜后[2]，头白鸳鸯失伴飞。

原上草，露初晞[3]，旧栖新垅两依依[4]。空床卧听南窗雨，谁复挑灯夜补衣？

①阊（chāng）门：本为苏州西门，这里代指苏州。

②梧桐半死：比喻丧偶。

③晞：干。

④旧栖：旧居。新垅：新坟。

白话译文

再次经过阊门，顿感万事皆非，我们一同来到这里，为何不能一同回归？你走之后，我就像秋霜过后半死的梧桐，又像丧偶的白头鸳鸯郁郁孤飞。

郊野青草上的露珠刚被晒干，我徘徊在旧居与你的新坟之间。深夜里我躺在冰冷的空床上辗转难眠，听着雨打南窗的声音思绪万千，有谁还会为我挑灯缝补破旧的衣衫？

捣练子

贺　铸

杵声齐

砧面莹[①]，杵声齐[②]，捣就征衣泪墨题[③]。寄到玉关应万里[④]，戍人犹在玉关西。

---

①砧：捶衣服的垫石。

②杵：捶衣服的木棒。

③泪墨题：泪和着墨汁写信。

④玉关：即玉门关。

白话译文

捣衣石的表面因长年使用而平滑莹润，杵声齐整不乱。衣服捣就后，打算连同家书给丈夫寄去，可是在写信时却泪流不止，泪水与墨汁混在一起。寄到玉门关已是万里之外了，可是征人还在玉门关的西边。

捣练子

贺　铸

夜如年

斜月下，北风前，万杵千砧捣欲穿。不为捣衣勤不睡[1]，破除今夜夜如年[2]。

①不为：不是因为。

②破除：度过，打发。夜如年：晚上难以入睡，度夜如年。

白话译文

寒月西斜，北风瑟瑟，捣衣的声音响彻寒空，连砧石都快被捣穿了。不是为了捣衣而彻夜不眠，而是借着给征人捣衣来打发那难以入眠的漫漫长夜。

生查子

贺 铸

西津海鹘舟[①]，径度沧江南。双橹本无情，鸦轧如人语[②]。

挥金陌上郎[③]，化石山头妇[④]。何物系君心，三岁扶床女！

①西津：西方的渡口，此泛指送别之地。海鹘舟：一种快船。

②鸦轧：摇橹声。

③挥金陌上郎：《列女传》记载，鲁人秋胡新婚五日便外出做官，五年归家。未至家时，见路旁有妇人采桑，悦之，以金相诱，被坚决拒绝。到家后才知为其妻。其妻耻于他的行为，投河自尽。

④化石山头妇：安徽当涂有望夫山。《太平寰宇记》载："昔人往楚，累岁不还。其妻登此山望夫，乃化为石。"

白话译文

我在西津渡口为你送别，你的小舟飞驰而去，径自穿越沧江，消失在迷茫的远方。那本没有情感的双橹，"鸦轧"地响个不停，似乎也在替人诉说着离情。

你在外面挥金如土，放浪轻浮，我在家中独守空房，望眼欲穿。究竟什么能拴住你的心，别忘了，家中还有刚刚三岁只能扶床行走的幼女！

水龙吟

晁补之

次歆林圣予惜春

问春何苦匆匆，带风伴雨如驰骤。幽葩细萼，小园低槛，壅培未就[①]。吹尽繁红，占春长久，不如垂柳。算春常不老，人愁春老，愁只是、人间有。

春恨十常八九，忍轻辜、芳醪经口[②]。那知自是[③]，桃花结子，不因春瘦。世上功名，老来风味[④]，春归时候。纵尊前痛饮，狂歌似旧，情难依旧。

①壅（yōng）培：把土或肥料培积在植物根部，助其生长。

②辜：辜负。芳醪（láo）：美酒。

③自是：本是。

④风味：风度，风采。

晁补之（1053—1110），字无咎，号归来子，济州钜野（今山东巨野）人。曾任太学正、秘书省教书郎等职，坐党籍被贬，历知湖、密、达、泗等州。工书画，能诗词，善属文，尤精于《楚辞》。其散文语言凝练、流畅；诗歌俊逸可喜；其词近苏轼，格调豪爽，语言清秀晓畅，后世评价极高。

白话译文

试问春光，你为何总是这样匆匆而逝，带着风雨如同飞驰一般。小花清幽绿萼纤细，低槛的小园里，刚刚壅土培苗，花枝尚嫩。春天离去时带来的风雨，把一切春花都吹扫净尽，唯有垂柳占有春天最久，在风雨之后更显鲜绿。算起来春光常在永不衰老，然而人却总为春光消逝而惆怅不已，这种愁只是人间才有。

人世间春恨十常八九，每每此时，我都不忍辜负那芳醇的美酒。哪知桃花原本是为了结子而凋零，并非因为春去而消瘦。世人只因功业未成，人已衰老，春归之时，才会生出无限愁恨。纵然是痛饮美酒，狂歌如昔，也难复当年的豪情了。

洞仙歌

晁补之

泗州中秋作

青烟幂处[①]，碧海飞金镜。永夜闲阶卧桂影。露凉时、零乱多少寒螀[②]。神京远，惟有蓝桥路近[③]。

水晶帘不下，云母屏开，冷浸佳人淡脂粉。待都将许多明，付与金尊，投晓共、流霞倾尽[④]。更携取、胡床上南楼，看玉做人间，素秋千顷。

①幂（mì）：烟雾弥漫。

②寒螀（jiāng）：即寒蝉。

③蓝桥：在今陕西蓝田西南蓝溪之上，相传为裴航遇仙女云英之处。

④流霞：天上云霞，此处借指美酒。

白话译文

青烟弥漫，云影漂流，明月穿破云层，如一面金镜飞上碧海般的青空。长夜里，闲阶上桂影摇曳。夜露渐凉，多少秋蝉胡乱地凄鸣。想来京都路途遥远，反而月宫离自己更近。

高卷水晶帘儿，展开云母屏风，清冷的月光浸润了佳人的淡淡脂粉。待我将这许多月光，倾入酒杯之中，直到拂晓连同流霞一同饮尽。再携带一张胡床登上南楼，欣赏月光映照之下，白玉铺成的人间，素白澄净的千顷清秋。

盐角儿

晁补之

亳社观梅[1]

开时似雪，谢时似雪，花中奇绝[2]。香非在蕊，香非在萼，骨中香彻。

占溪风，留溪月。堪羞损、山桃如血。直饶更、疏疏淡淡[3]，终有一般情别。

①亳（bó）社：指殷社。因殷商都亳，故亦建社于亳，称亳社，故址在今河南商丘。

②花中奇绝：花中奇物而绝无仅有。

③直饶：纵然，即使。

白话译文

花开的时候像雪，凋谢的时候也像雪，真是绝无仅有的花中奇物。它的清香不是从花蕊里散发的，也不是在花萼上散发的，而是整个骨子里就清香透彻。

占尽了小溪上的清风，留住了小溪中的明月，使得红似血的山桃花也自惭形秽而减损了容颜。即使花枝疏淡，也终有一种非其他花可比的情致。

临江仙

晁补之

信州作

谪宦江城无屋买，残僧野寺相依[①]。松间药臼竹间衣[②]。水穷行到处，云起坐看时。

一个幽禽缘底事[③]，苦来醉耳边啼。月斜西院愈声悲。青山无限好，犹道不如归。

①残僧：老僧。

②松间药臼竹间衣：松下捣药，竹间晒衣。臼，舂米的器具。

③幽禽：这里指杜鹃，鸣声悲切。缘底事：为什么。

白话译文

被贬来到信州买不起房，只能与几个老僧在野外的寺庙里相依为命。在松林里捣药，在竹林中晒衣。想远行却走到了水的源头，坐下来也只有云起云散可看。

一只幽栖的杜鹃因为何事，非要苦苦在我这个醉汉耳边悲啼？月光渐渐移到西院，鸟鸣之声愈加悲切。青山虽然无限美好，但鸟儿还是说“不如归去”。

秋蕊香

张　耒

帘幕疏疏风透[1]，一线香飘金兽[2]。朱阑倚遍黄昏后，廊上月华如昼[3]。

别离滋味浓于酒，著人瘦。此情不及墙东柳，春色年年如旧。

①疏疏：稀疏。

②金兽：兽形的香炉。

③月华：月光。

张耒（lěi）（1054—1114），字文潜，号柯山，人称宛丘先生。楚州淮阴（今属江苏）人。历任著作郎、太常少卿等职。文学成就以诗成就最高，学白居易、张籍，平易舒坦，不尚雕琢。其词香浓婉约，风格与柳永、秦观相近。

白话译文

稀疏的帘幕被风吹透，一丝香烟从香炉里飘起。黄昏后倚遍红色的栏杆，廊上的月光亮如白昼。

别离的滋味比酒还要浓郁，让人瘦损憔悴。此情还赶不上墙东的垂柳，每到春天柳色都与去年相同。

风流子

张　耒

木叶亭皋下[①]，重阳近，又是捣衣秋。奈愁入庾肠[②]，老侵潘鬓[③]，谩簪黄菊，花也应羞。楚天晚[④]，白蘋烟尽处，红蓼水边头[⑤]。芳草有情，夕阳无语，雁横南浦[⑥]，人倚西楼。

玉容知安否？香笺共锦字，两处悠悠。空恨碧云离合[⑦]，青鸟沉浮[⑧]。向风前懊恼，芳心一点，寸眉两叶，禁甚闲愁？情到不堪言处，分付东流。

①木叶：即树叶。亭皋：水边平地。

②庾肠：指思乡之心。庾信为南朝梁官员，出使西魏时被留，因思念家乡而作《哀江南赋》。

③潘鬓：身心渐衰之貌。潘岳为西晋文学家，貌美而早衰。

④楚天：南方的天空。

⑤红蓼（liǎo）：水蓼的一种，开浅红色小花。

⑥南浦：本义为南面水滨，这里指分别之地。

⑦碧云离合：指远离阻隔。

⑧青鸟：借指信使。传说西王母饲养三只青鸟为其传信。

白话译文

树叶徐徐落在水边平地之上，重阳节将至，又传来了捣衣的声音。怎奈我的心头乡愁萦绕，两鬓如霜，将菊花插在头上，花也应该感到被羞辱了吧。天色已晚，极目远望，直望到烟波尽头的白蘋州，水边深处的红蓼地。芳草脉脉含情，夕阳沉默不语，一行大雁横在南浦，人则斜倚西楼。

佳人是否安好？我们两地相隔，书信和题诗无法传递。徒然怨恨那时聚时散的白云、时隐时现的青鸟。你在风中懊恼，芳心凌乱，双眉紧锁，怎么能禁得起闲愁？情到无法言说之处，只能将它托付给东流的江水。

临江仙

侯　蒙

未遇行藏谁肯信[①]，如今方表名踪。无端良匠画形容[②]。当风轻借力，一举入高空。

才得吹嘘身渐稳[③]，只疑远赴蟾宫[④]。雨余时候夕阳红。几人平地上，看我碧霄中。

①行藏：语出《论语·述而》：“用之则行，舍之则藏。”

②无端：无缘无故。形容：形体和容貌。

③吹嘘：吹助。

④蟾宫：月宫。唐以来称科举及第为蟾宫折桂。

侯蒙（1054—1121），字元功，高密（今属山东）人。历任户部尚书、尚书左丞、中书侍郎等职。年过三十才考取乡贡，有人画其形于纸鸢以戏之，蒙赋《临江仙》词以答。翌年，果然考中进士。

白话译文

一直怀才不遇，没有得到重用，只好过着隐居的生活，谁肯相信我呢？如今我总算显露出点名声：自己的容貌被人画在风筝上，借着风力飞上了高空。

刚刚得到风的助力，在空中渐渐平稳的风筝还不满足，竟然还想远赴月宫去折桂。风雨过后，夕阳染红了天空。在地上仰望，有几个人像我这样上天了呢？

汉宫春

晁冲之

梅

潇洒江梅，向竹梢稀处，横两三枝。东君也不爱惜[①]，雪压风欺。无情燕子，怕春寒、轻失佳期。惟是有、南来归雁，年年长见开时。

清浅小溪如练[②]，问玉堂何似[③]，茅舍疏篱。伤心故人去后[④]，冷落新诗。微云淡月，对孤芳、分付他谁。空自倚，清香未减，风流不在人知。

①东君：传说中的司春之神。

②清浅：北宋诗人林逋《山园小梅》："疏影横斜水清浅，暗香浮动月黄昏。"

③玉堂：华贵的宫殿。何似：哪里比得上。

④故人：指林逋。

晁冲之（生卒年不详），字叔用。济州钜野（今山东巨野）人。其堂兄晁补之、晁说之都是当时有名的文学家。曾授承务郎，后遭废，终生不慕功名。其诗笔力雅健，风格高古，其词清新亮丽。

白话译文

江边的梅花潇洒清逸，在竹梢稀疏之处，横斜着伸出三两枝。东君也不懂得爱惜，任凭梅花被雪压风欺。无情的燕子只因怕冷，就轻易地错过了它的花期。只有南归的鸿雁，年年能看见她的芳姿。

清浅的小溪如一条白练，试问那些华贵的宫殿，又怎能赶得上这茅屋疏篱？令人伤心的是，自从林逋故去后，便很少有吟唱梅花的佳作。纵然微云飘浮，月光淡淡，梅花也只能孤芳自赏，无人关心。即便如此，梅花依旧倚风自若，清香不减，风流高逸是它的特质，无关他人知与不知。

临江仙

晁冲之

忆昔西池池上饮[①]，年年多少欢娱。别来不寄一行书，寻常相见了[②]，犹道不如初。

安稳锦衾今夜梦[③]，月明好渡江湖。相思休问定何如[④]，情知春去后[⑤]，管得落花无？

①西池：指汴京金明池，当时为贵族游玩胜地。

②寻常：平常，平时。

③安稳：布置妥当。锦衾：锦被。

④何如：问安语。

⑤情知：明知。

白话译文

想当年在西池欢聚畅饮，这样快乐的日子度过了无数。分手之后，相互之间却未曾寄过一封音书。假使像往常那样相见，恐怕也找不回当初的感觉了。

铺好锦被准备做个好梦，在梦中趁着月明渡过险恶的江湖。尽管相互思念也不要问近况何如，因为明明知道春天已经过去，哪里还管得了落花的有无？

名句赏析

情知春去后，管得落花无

春天已经过去了，谁还管得了落花的命运？“春天”，借指政治上的春天，也就是旧党执政的元祐元年（1086）至元祐八年（1093），那段时间是词人最春风得意的时候。“落花”，比喻遭受政治风雨打击的旧党。词人巧用隐喻手法，道出了自己对政治时局的冷静思考，旷达中隐含着一种无奈和伤悲。

兰陵王

周邦彦

柳阴直，烟里丝丝弄碧[①]。隋堤上、曾见几番[②]，拂水飘绵送行色[③]。登临望故国[④]，谁识、京华倦客[⑤]？长亭路，年去岁来，应折柔条过千尺[⑥]。

闲寻旧踪迹[⑦]，又酒趁哀弦[⑧]，灯照离席[⑨]。梨花榆火催寒食[⑩]。愁一箭风快[⑪]，半篙波暖[⑫]，回头迢递便数驿[⑬]，望人在天北[⑭]。

凄恻，恨堆积！渐别浦萦回[⑮]，津堠岑寂[⑯]，斜阳冉冉春无极[⑰]。念月榭携手[⑱]，露桥闻笛[⑲]。沉思前事，似梦里，泪暗滴。

---

①丝丝：纤细的柳条。

②隋堤：隋炀帝时沿通济渠、邗沟河岸修筑的御道。

③拂水飘绵：柳枝轻拂水面，柳絮在空中飘舞。行色：行人出发前后的情状。

④故国：指故乡。

⑤京华倦客：作者自谓，有身心俱疲之意。

⑥柔条：柳枝。过千尺：极言折柳之多。

⑦旧踪迹：指过去登堤饯别的地方。

⑧又：又逢。酒趁哀弦：饮酒时奏着离别的音乐。趁，逐，追随。哀弦，哀怨的音乐。

⑨离席：饯别的酒宴。

⑩梨花榆火催寒食：梨花早春开放，似乎在催促寒食节的到来。榆火，唐宋时朝廷在清明日取榆柳之火以赐百官。

⑪一箭风快：顺风行船，其快如箭。

⑫半篙波暖：撑船的竹篙没入水中。

⑬迢递：遥远。驿：驿站。

⑭望人：送行人。

⑮渐：正当。别浦：送行的水边。萦回：水波流荡，回旋往复。

⑯津堠（hòu）：渡口上供瞭望歇宿的土堡。津，渡口。堠，哨所。

⑰冉冉：渐进的样子。春无极：春色一望无际。

⑱念：想到。月榭：赏月的亭台。

⑲露桥：布满露珠的桥梁。

周邦彦（1056—1121），字美成，号清真居士。钱塘（今浙江杭州）人。官历太学正、庐州州学教授、国子监主簿等。诗、词、文均善，以词成就最高。其作品语言清丽，风格浑厚和雅，多写闺情相思、羁旅行役，也有咏物之作。周邦彦精通音律，故其词格律谨严，又善于铺叙，长于勾勒，运用典故、化用前人诗句浑然无迹。周邦彦被尊为婉约派的集大成者和格律派的创始人，对后世影响甚大，开南宋姜夔、吴文英格律词派之先河。从南宋到晚清八百余年，始终有人奉其为典范。旧时词论称他为“词家之冠”“词中老杜”。

白话译文

柳影笔直伸向远处，雾霭中，纤细的柳条在炫耀自己的翠绿。古老的隋堤上，曾经多少次看见它轻拂水面，扬起飞絮，依依不舍、情意缠绵地送人离去。登高临远，遥望故乡，有谁知道我是一个厌倦了京城生活的旅客？十里长亭，年复一年，被人们折下赠别的柳枝，连在一起恐怕不止千尺了。

我闲来无事去寻找昔日的行踪，却又赶上饯行的酒宴，琴筝凄婉，华灯高照。驿站的梨花已经盛开，提醒人们寒食节将至，快到取用榆柳之火的时候了。满怀愁绪地看着船像离弦之箭一样飞驰而去，撑船的竹篙没入春水之中，频频向前撑。待行人回头再往岸上观看之时，船已经过了好几处驿站，送行之人已远在天北了。

我黯然神伤，离恨在心头积聚。送行的渡口河水迂回曲折，渡口的土堡一片寂静，太阳渐渐西斜，春色无边无际。记得从前我们在月下的楼台上，携手共赏夜景；也曾在布满露水的桥头，听人吹笛。前尘旧事，犹如一场春梦，我不禁暗暗流下了眼泪。

名句赏析

登临望故国，谁识、京华倦客

词人触景伤情，笔锋一转，由描写隋堤杨柳转为抒发身世之慨，为全词的关键之笔。“谁识”表现了词人忧愁满腹却无人可以倾诉的无奈，以及对自己目前处境的不满。“倦”可以理解为疲倦或是厌倦，它是对词人离家多年的感受的精当概括，包含了不尽的思乡之情和倦旅之意，以及对官场生活的厌倦。

夜游宫

周邦彦

叶下斜阳照水[1]。卷轻浪、沉沉千里[2]。桥上酸风射眸子[3]。立多时，看黄昏，灯火市[4]。

古屋寒窗底。听几片、井桐飞坠。不恋单衾再三起。有谁知，为萧娘[5]，书一纸。

①叶下：叶落。

②沉沉：水流深邈之貌。

③酸风：冷风。

④灯火市：灯火通明的集市。

⑤萧娘：对女子的泛称。

《白话译文》

落叶纷纷，一抹夕阳斜照水面。轻风卷细浪，千里江河，苍茫幽远。桥上寒风刺目，伫望多时，黄昏将尽，街市上灯光耀眼。

夜已深，陋室寒窗下，孤枕难眠。窗外井边，梧桐叶坠，声声传入耳畔。衾被单薄，难耐孤寒。披衣而起，几次三番。有谁知，为伊写信，令我心神不安。

解连环

周邦彦

怨怀无托，嗟情人断绝，信音辽邈[①]。纵妙手、能解连环[②]，似风散雨收，雾轻云薄。燕子楼空[③]，暗尘锁、一床弦索[④]。想移根换叶[⑤]，尽是旧时，手种红药[⑥]。

汀洲渐生杜若[⑦]。料舟依岸曲，人在天角。谩记得、当日音书[⑧]，把闲语闲言，待总烧却。水驿春回，望寄我、江南梅萼[⑨]。拚今生，对花对酒，为伊泪落。

①信音：音信，消息。辽邈：遥远，渺茫。

②解连环：借喻情怀难解。

③燕子楼：唐代名将张建封（一说为张建封之子张愔）镇徐州时为其爱妾关盼盼所筑小楼。

④暗尘：长年堆积的尘埃。床：放琴的架子。弦索：指琴、筝一类乐器。

⑤移根换叶：比喻彻底改变处境。

⑥红药：红芍药。

⑦汀洲：水边的平地。杜若：芳草名。

⑧谩：徒然。

⑨梅萼：梅花的蓓蕾。

白话译文

满怀的幽怨无法寄托，哀叹情人绝情而去，音信全无。纵然有妙手，能解开情感的连环，双方的情意也早已像风雨一样消散，云雾一样淡薄。燕子楼人去楼空，累积的尘埃将满床的琴筝封锁。院中的芍药已经长出了新根，换了新叶，但无论怎样，那毕竟是过去我们共同栽种的。

江中的沙洲渐渐长出了杜若。料想她的小舟正依靠在弯曲的河岸边，人在天涯。当初她写给我的书信，我仍视若珍宝。今天才知道那不过是些毫无意义的言语，真想付之一炬以泄愤恨。春暖冰消，水驿通航，希望她能寄给我一枝江南的梅萼。我愿用我的一生对着花、对着酒，为她伤心落泪。

名句赏析

谩记得、当日音书，把闲语闲言，待总烧却

这几句词笔锋陡转，忽作决绝之词。人已远离，所以更加期盼对方能寄来只言片语以慰望眼，然而一切都是空想。当初对方写给自己的书信，一直视若珍宝，直到今天才知道那只不过是些无关紧要的闲言闲语，人已断绝，留它何用，真想点个火烧掉算了。情人反目往往会把平日视为至宝的纪念物撕毁烧掉，以泄愤恨。然而主人公只是这么想却没舍得这么做，激烈的感情背后尽是爱的绝望，而绝望之中仍怀有一丁点希望。

六　丑

周邦彦

蔷薇谢后作

正单衣试酒[①]，恨客里、光阴虚掷。愿春暂留，春归如过翼[②]，一去无迹。为问花何在，夜来风雨，葬楚宫倾国[③]。钗钿堕处遗香泽[④]，乱点桃蹊[⑤]，轻翻柳陌。多情为谁追惜[⑥]。但蜂媒蝶使，时叩窗隔[⑦]。

东园岑寂，渐蒙笼暗碧[⑧]。静绕珍丛底[⑨]，成叹息。长条故惹行客[⑩]，似牵衣待话，别情无极。残英小、强簪巾帻[⑪]，终不似一朵，钗头颤袅[⑫]，向人欹侧[⑬]。漂流处、莫趁潮汐，恐断红、尚有相思字[⑭]，何由见得。

①试酒：据《武林旧事》所载，夏历四月初酒库呈样尝酒。

②过翼：飞过的鸟。

③楚宫倾国：楚宫里的美女，喻蔷薇花。

④钗钿（diàn）堕处：花落处。

⑤桃蹊：桃树下的路。

⑥追惜：追思叹息。

⑦窗隔：即窗格，上面糊纸或纱以挡风。

⑧蒙笼：草木茂盛的样子。

⑨珍丛：这里指蔷薇花丛。

⑩长条：这里指蔷薇的枝条。

⑪残英：残留的花朵。巾帻（zé）：头巾。

⑫颤袅：微微颤动。

⑬欹侧：花朵太大，向一边倾斜的样子。

⑭恐断红、尚有相思字：据说，唐人卢渥到长安应试，在宫外水沟中拾得一红叶，上有诗曰：“流水何太急，深宫尽日闲。殷勤谢红叶，好去到人间。”后娶遣放宫女为妻，恰好是题诗者。

《白话译文》

正是试新酒、换单衣的时节，只恨我客居在外，白白浪费了大好春光。希望春天能停留片刻，可春天就像天空里掠过的鸟儿一样匆匆远去，渺无踪影。试问蔷薇花儿如今何在？昨天一夜急风骤雨，那美丽的花朵凋零大半。花瓣儿像美人的钗钿散落在地，散发着残留的芬芳，凌乱地点缀着桃树下的小路，在杨柳街巷上翩翩飞舞。有谁多情会为落花感到惋惜？只有蜂儿蝴蝶像媒人使者，时时敲打窗格。

东园一片静寂，草木渐渐繁茂，绿荫幽暗深绿。静静地围绕着蔷薇花丛漫步，不断地唉声叹气。蔷薇长长的枝条，故意牵绊着行人的衣服，好像有话要说，表现出绵绵的别情。拾起一朵小小的残花，勉强插在头上，却终究比不上一朵盛放的鲜花，因为太沉而微微颤动，向一头倾斜。那凋落的花儿，千万不要随着潮水远去，唯恐那花瓣上还写着相思的诗句，如果马上流走，别人怎能看得到呢？

蝶恋花

周邦彦

早　行

月皎惊乌栖不定，更漏将残，轳辘牵金井[①]。唤起两眸清炯炯，泪花落枕红绵冷。

执手霜风吹鬓影，去意徊徨[②]，别语愁难听。楼上阑干横斗柄[③]，露寒人远鸡相应。

①轳辘（lìlù）：汲水时辘轳转动的声音。

②徊徨：徘徊，彷徨。

③阑干：横斜的样子。

白话译文

月光皎洁明亮，乌鸦被月光惊起，以为天亮了，飞叫个不停。更漏中的水滴将要滴尽，远处传来辘轳的转动声。她一夜不曾合眼，泪水湿透了红棉枕芯，此时四下里的声响让她的双眼因紧张而睁得又大又亮。

执手相看泪眼，她的鬓发在秋风中微微卷动。双方难舍难分，他几度要走，却又几度转回，告别的话语让人心碎。他终于远去，回头遥望，高楼已隐入地平线之下，此时斗柄横斜，天色已明，风寒露冷，鸡声四起，人越走越远。

诉衷情

周邦彦

残　杏

出林杏子落金盘，齿软怕尝酸[①]。可惜半残青紫[②]，犹印小唇丹[③]。

南陌上，落花闲[④]，雨斑斑[⑤]。不言不语，一段伤春，都在眉间。

①齿软：牙齿不坚固。

②青紫：刚刚透出紫红的半熟青杏的颜色。

③唇丹：嘴唇上的丹砂红。

④闲：安静。

⑤斑斑：多而杂貌。

《白话译文》

金盘上盛着新摘的杏子，一粒粒，一颗颗，让人喜爱。此时的杏子酸多甜少，女子想吃又怕倒牙。禁不住诱惑的她终于咬了一口，那颗青紫相间的残杏上，留下了她小小的口红唇印。

南陌上，落花慢慢飘落，一阵风雨过后，满地狼藉。在落花春雨的撩拨下，她默默无语，那一段伤春的情怀，藏在心底，又爬上了眉间。

关河令

周邦彦

秋阴时晴渐向暝[①]，变一庭凄冷。伫听寒声[②]，云深无雁影。

更深人去寂静。但照壁、孤灯相映[③]。酒已都醒，如何消夜永[④]？

①时：片刻，偶尔。暝：黄昏。

②伫听：久久地站着倾听。伫，久立而等待。寒声：即秋声，指秋天自然界的各种声音。

③照壁：古时筑于寺庙、广宅前的墙屏，与正门相对，作遮蔽、装饰之用。

④消夜永：度过漫漫长夜。

白话译文

秋天天气时阴时晴，天色渐渐黄昏，庭院突然一片清冷。伫立在院中静听秋声，云霞深杳，看不到大雁的身影。

夜已深，人已散，四周一片静寂。屋里，只有一盏孤灯把我的影子投射到墙壁上。我的酒意已经全消，一个人如何熬过这漫漫的长夜？

名句赏析

酒已都醒，如何消夜永

一个人出门在外，最难忍受的是寂寞，尤其当酒席宴会刚刚散去，气氛由热闹一下子变为冷清，就更会感到孤独和凄冷。本来醉意醺醺之时，可以将烦恼抛诸脑后，然后一觉睡到天明。可是寒夜却将酒意驱除得一干二净，各种愁绪又要乘虚而入了。现在离天亮还有好几个时辰，一个人如何熬过这漫漫长夜？这两句词将感情推向高潮，格调清峭，情味淡永。

少年游

周邦彦

并刀如水[①]，吴盐胜雪[②]，纤手破新橙。锦幄初温，兽烟不断[③]，相对坐调笙。

低声问向谁行宿[④]？城上已三更。马滑霜浓，不如休去，直是少人行。

①并刀：并州出产的刀具，以锋利著称。

②吴盐：吴地出产的盐。

③兽烟：兽形香炉中升起的香烟。

④谁行（háng）：谁那里。

白话译文

刀具锋利明亮，吴盐洁白胜雪，女子用纤细的手为他剖开新熟的橙子。华美的帐幔内渐渐变暖，兽形的香炉散发出袅袅的香烟，他们相对而坐调弄玉笙。

女子低声问他：现在已是半夜三更，你要到哪里投宿呢？外面霜重露浓，骑马容易打滑，路上已经没有人了，今晚你就别走了吧？

惜分飞

毛　滂

富阳僧舍作别语赠妓琼芳[①]

泪湿阑干花著露[②]，愁到眉峰碧聚[③]。此恨平分取[④]，更无言语空相觑[⑤]。

断雨残云无意绪[⑥]，寂寞朝朝暮暮。今夜山深处[⑦]，断魂分付潮回去[⑧]。

①富阳：今属浙江，在杭州西南，富春江岸。僧舍：僧人的住所。琼芳：一名歌伎。

②阑干：眼眶。

③眉峰碧聚：古人以青黛画眉，双眉紧锁，犹如碧绿的山峰聚积。

④取：语助词。

⑤觑：细看。

⑥断雨残云：雨消云散，喻情侣分离。意绪：心意，情绪。

⑦山深处：即富阳僧舍。

⑧断魂：指极度的哀思。分付：付予，托付。潮：指钱塘江潮。

毛滂（1061？—1124?），字泽民。衢州江山（今属浙江）人。一生仕途坎坷，官至秀州知州。工词，为潇洒派之祖，被时人评为“豪放恣肆”“自成一家”。其词清圆明润，自然深挚，秀雅飘逸，无秾艳词语，对陈与义、朱敦儒乃至姜夔、张炎等人的创作都有影响。

白话译文

泪水涟涟，如梨花带雨；愁眉紧锁，似碧峰攒聚。离愁别恨，你我共同分取；无语凝噎，二人默默相觑。

雨收云散，往事如烟，心情跌入谷底；日日月月，暮暮朝朝，只能空守孤寂。今夜夜深，投宿荒山，我反侧辗转；一腔愁怨，托付潮水，寄到伊人身边。

名句赏析

今夜山深处，断魂分付潮回去

词人在富阳山深处的僧舍中，而意中人远在钱塘，二人相距遥远，只有江水相连。夜深人静，辗转反侧，料想对方也像自己一样夜不能寐，正听着江涛拍岸的声音，那么不如将自己的哀思交付浪潮，随流水回到心上人那里。寄魂潮水，想象奇异，情景交融，可说是极尽悱恻缠绵之能事。

青门饮

时　彦

寄宠人

胡马嘶风，汉旗翻雪[①]，彤云又吐，一竿残照。古木连空，乱山无数，行尽暮沙衰草。星斗横幽馆，夜无眠、灯花空老。雾浓香鸭[②]，冰凝泪烛，霜天难晓。

长记小妆才了[③]，一杯未尽，离怀多少。醉里秋波，梦中朝雨[④]，都是醒时烦恼。料有牵情处，忍思量、耳边曾道。甚时跃马归来[⑤]，认得迎门轻笑。

①汉旗：代指宋朝的旗帜。

②香鸭：鸭形香炉。

③小妆：犹淡妆。

④朝雨：出自宋玉《高唐赋》中的“旦为朝云，暮为行雨”。

⑤甚时：什么时候。

时彦（？—1107），字邦彦，开封（今属河南）人。历任河东转运使、吏部尚书等职。

白话译文

胡马迎着凄厉的寒风嘶叫，大宋的军旗在雪花里翻飞，突然，天边又吐出一片如火的晚霞，距地平线一竿高之处，夕阳低低地投射着残照。苍老的树木纵横绵延，无数的山峦重叠错杂。在暮色中赶路，前面到处都是平沙衰草。幽静的旅馆上星斗横斜，夜深无眠，灯芯百无聊赖地烧结成灯花。鸭形的香炉弥漫着浓浓的香雾，蜡烛淌泪犹如冰水凝结，寒夜漫漫，不知道何时天明。

总记起离别之时，她刚刚梳好淡妆，别宴上一杯酒尚未饮尽，离情已如潮涌。酒醉时，她的流转秋波，睡梦中的幽欢蜜爱，醒来后都成了烦恼。算来更让人情难割舍的是，她附在耳边的悄悄情话，让人不忍思量："啥时能跃马回来，还能认得进门时的轻柔欢笑。"

江神子

谢　逸

杏花村馆酒旗风，水溶溶，飏残红。野渡舟横，杨柳绿阴浓。望断江南山色远，人不见，草连空。

夕阳楼外晚烟笼，粉香融，淡眉峰。记得年时，相见画屏中。只有关山今夜月，千里外，素光同。

谢逸（1068—1112），字无逸，号溪堂。临川（今江西抚州）人。博学有才，屡试不第，隐居终老。其诗风与谢灵运相似，清新幽折，时人称之为“江西谢康乐”，入吕本中《江西诗社宗派图》。其词既具花间之秾艳，又有晏殊、欧阳修之婉柔，长于写景，风格轻倩飘逸。

白话译文

杏花村馆的酒旗在微风中轻轻抖动，江水静静流淌，春风卷起阵阵残红。野渡无人舟自横，两岸绿柳连连，形成了一片浓阴。远望江南，青山隐隐，芳草连天，却不见一个人影。

夕阳下，楼外晚烟轻笼。记得去年，与你在楼上画屏后相见，那时你脂香融融，眉峰淡淡。今夜关山明月朗照，我们虽相距千里，却可以共同向这皎洁的月光倾诉衷肠。

虞美人

叶梦得

雨后同干誉、才卿置酒来禽花下作[①]

落花已作风前舞，又送黄昏雨。晓来庭院半残红，惟有游丝千丈、罥晴空[②]。

殷勤花下同携手[③]，更尽杯中酒。美人不用敛蛾眉[④]，我亦多情、无奈酒阑时[⑤]。

①干誉、才卿：皆叶梦得友人，生平事迹不详。来禽：树名，即林檎。

②罥（juàn）：缠绕。

③殷勤：情意深厚。

④蛾眉：古时女子用一种青黑色的颜料画眉，眉细如蛾须，乃谓蛾眉。

⑤酒阑：酒已喝干。阑，尽。

叶梦得（1077—1148），字少蕴，号石林居士。吴县（今属江苏苏州）人。徽宗时官翰林学士。高宗建炎二年（1128）授户部尚书，迁尚书左丞。绍兴元年（1131）起为江东安抚大使，兼知建康府。绍兴八年（1138），授江东安抚大使，兼知建康府、行宫留守，总管四路漕计，主张据险抗击金兵。诗文俱佳，犹长于词。早年词风委婉艳丽，宋室南渡后多感怀国事，风格豪放，近于苏轼。

《白话译文》

昨夜黄昏，风雨大作，落花纷飞。清晨，残红铺了半个庭院，只有游丝在晴空中飘来荡去。

我们曾在花前携手同游，今日重逢，更要开怀畅饮，饮尽杯中的酒。劝美人不要因为惜别而愁眉不展，在这酒尽席散之时，我也无可奈何，伤愁满怀。

《名句赏析》

美人不用敛蛾眉，我亦多情、无奈酒阑时

古代名士饮宴，常有侍女或歌伎相陪。这里的“美人”即属此类。“美人敛蛾眉”，一为伤春，二为惜别。词人也因之受到感染，本已伤春，又要与友人分别，情何以堪。然而词人设身处地，对美人进行巧言宽慰，使词意婉转含蓄，曲折有味。沈际飞《草堂诗余正集》评曰：“下场头话，偏自生情生姿，颇播妙耳。”

水调歌头

叶梦得

秋色渐将晚，霜信报黄花[①]。小窗低户深映，微路绕敧斜[②]。为问山翁何事[③]，坐看流年轻度[④]，拚却鬓双华[⑤]。徙倚望沧海[⑥]，天净水明霞。

念平昔[⑦]，空飘荡，遍天涯。归来三径重扫，松竹本吾家[⑧]。却恨悲风时起，冉冉云间新雁，边马怨胡笳。谁似东山老[⑨]，谈笑净胡沙[⑩]？

①霜信：霜期来临的消息。黄花：菊花。

②微路：小路。敧斜：倾斜。

③山翁：作者自称。

④坐看：空看。

⑤拚却：甘愿舍弃不顾。双华：双白。

⑥徙倚：徘徊，流连。沧海：此处指太湖。

⑦平昔：往日。

⑧归来三径重扫，松竹本吾家：陶渊明《归去来兮辞》："三径就荒，松菊犹存。"

⑨东山老：东晋谢安曾隐居会稽东山，故称"东山老"。

⑩胡沙：代指入侵中原的胡兵。

白话译文

秋意渐浓，菊花传报霜期来临的消息。小窗低户深深掩映在秋色菊花之中，屋前是曲折倾斜的小路。想知道我到底有什么心事，我是伤感于时光轻易流逝，不甘心双鬓就这样花白。我在太湖边上徘徊凝望，长空如洗，湖水映照着明丽的彩霞。

忆往日，四海漂泊，走遍天涯，一无所成。归来后重新打扫院中荒芜的小路，松竹才是我的家。却恨悲凉的秋风时时吹起，南归的大雁在云中缓缓飞行，哀怨的胡笳声和边马的悲鸣相互交织。谁能像谢安那样，谈笑之间就使胡人灰飞烟灭？

喜迁莺

刘一止

晓　行

晓光催角[①]。听宿鸟未惊，邻鸡先觉。迤逦烟村[②]，马嘶人起，残月尚穿林薄[③]。泪痕带霜微凝，酒力冲寒犹弱。叹倦客、悄不禁[④]，重染风尘京洛[⑤]。

追念人别后，心事万重，难觅孤鸿托。翠幌娇深[⑥]，曲屏香暖[⑦]，争念岁寒飘泊。怨月恨花烦恼，不是不曾经著[⑧]。这情味，望一成消减[⑨]，新来还恶[⑩]。

①催角：角声催发。

②迤逦（yǐlǐ）：曲折连绵貌。

③林薄：草木丛杂的地方。

④悄不禁：浑不愿。

⑤风尘京洛：陆机《为顾彦先赠妇》诗："京洛多风尘，素衣化为缁。"后人多借此比喻世俗的烦扰。

⑥翠幌（huǎng）：绿色帘幕。娇：情爱。

⑦曲屏：折叠相连的屏风。

⑧经著：经历，体味。

⑨一成：逐渐。

⑩新来还恶：指烦恼近来反而更甚。

刘一止（1078—1161），字行简，号苕溪，湖州归安（今浙江吴兴）人。累官中书舍人、给事中，以敷文阁直学士致仕。直言敢谏，守正不阿。文思敏捷，博学多才。其诗寓意深远，自成一家，为吕本中、陈与义所赞赏。其词多写羁旅行役、怀人思归，造语清新。

白话译文

天刚破晓，凄凉的号角声催行。仔细听，栖息的鸟儿尚未被惊醒，但邻舍的雄鸡已经发觉，开始报晓。连绵的村庄仍被晨雾笼罩，残月将最后一丝余晖洒在丛杂的草木中，此时，远行之人已经踏上征途，征马不住地嘶鸣。遇霜而凝的泪痕犹存，体内残存的酒力渐消，难以抵挡清晨的冷意。可叹我长年客居他乡，早已身心俱疲，再也不愿重染京城的风尘。

追想与妻子分别以来，总是思绪万千、忧心忡忡，却难以找到一只孤鸿为我传递音信。当初与娇妻相偎在绿色帘幕里，情意缱绻，曲屏里飘着暖融融的麝香，又怎会想到如今在这岁暮严寒之时，我在异乡漂泊。怨月明，恨花开，到头来只是徒增烦恼，对此我深有体会。我本希望这种烦恼能随着时间的推移减少一点，谁想到近来我的烦恼更加浓重。

点绛唇

汪　藻

新月娟娟[①]，夜寒江静山衔斗[②]。起来搔首，梅影横窗瘦。

好个霜天，闲却传杯手。君知否，乱鸦啼后，归兴浓于酒。

①娟娟：明媚美好的样子。

②山衔斗：山与星斗相连。

汪藻（1079—1154），字彦章，号浮溪，饶州德兴（今属江西）人。官至显谟阁大学士、左大中大夫。以鸿文硕学闻名当世，宋徽宗曾下令群臣献诗，汪藻一人独领风骚，与胡伸并称“江左二宝”。

白话译文

一弯秀美的新月高悬夜空。夜寒江静，山峰与星斗相连。辗转难眠，起来搔首，窗外几枝萧疏的梅影若隐若现。

如此寒冷的霜天，过去正是推杯换盏的时候，而如今，这双手却闲置下来。你知道吗？官场中“乱鸦”正啼，我思归的念头比饮宴还要浓厚。

长相思

万俟咏

山　驿[1]

短长亭，古今情。楼外凉蟾一晕生[2]。雨余秋更清。

暮云平，暮山横。几叶秋声和雁声。行人不要听。

①山驿：山路上的驿站。

②凉蟾：秋月。晕：月晕，月亮四周的光环。

万俟（mòqí）咏（生卒年不详），字雅言，号大梁词隐。以诗赋闻名，但屡试不第，遂纵情歌酒，肆力词章。徽宗政和初年，授大晟乐府制撰。精通音律，长于铺排。今所存词，多为应制之作，以歌功颂德、粉饰太平为主要内容。

白话译文

五里短亭，十里长亭，离情别意，古今相同。楼外月光清明，一圈月晕蒙蒙，雨后的秋天格外冷清。

黄昏时浮云悠悠，远山茫茫。秋叶沙沙声伴着孤鸿的哀鸣，远游的行人不忍再听。

长相思

万俟咏

雨

一声声，一更更[1]。窗外芭蕉窗里灯，此时无限情。

梦难成，恨难平。不道愁人不喜听[2]，空阶滴到明。

①一更更：一遍遍报时的更鼓声。

②不道：不知道。

《白话译文》

听着每一滴雨声，听着每一次更声，就这样直到深更仍无睡意。窗外雨打芭蕉，窗内烛光闪烁，此时人的心情难以平静。

好梦难成，此恨难消，雨不管人喜不喜欢听，滴滴答答地打在窗外的石阶上，没完没了地滴到天明。

洞仙歌

李元膺

一年春物，惟梅柳间意味最深。至莺花烂漫时，则春已衰迟，使人无复新意。余作《洞仙歌》，使探春者歌之，无后时之悔。

雪云散尽，放晓晴池院。杨柳于人便青眼[①]。更风流多处，一点梅心，相映远，约略颦轻笑浅。

一年春好处，不在浓芳，小艳疏香最娇软。到清明时候，百紫千红花正乱，已失春风一半。早占取韶光共追游，但莫管春寒，醉红自暖。

①青眼：看人时黑眼珠在中间，表示喜爱或尊重，跟“白眼”相对。

李元膺（生卒年不详），东平（今属山东）人。生平不详。

白话译文

雪后初晴，阴云消散，拂晓时池塘小院一片清明。杨柳已抽新芽，对人眉开眼笑。那一点残梅，更是风流多情，远远地与杨柳相映，一个哀愁淡淡，一个笑容浅浅。

一年春光最好的时候，不是万紫千红之时，而是花儿鲜嫩、芳香疏淡的娇软早春。到了清明时节，繁花似锦，让人眼花缭乱，此时春天已过去了一半。及早抓住大好时光一起游乐，别怕料峭春寒，醉酒红颜正可暖人心怀。

高阳台

韩　嘐

除　夜[1]

频听银签[2]，重燃绛蜡[3]，年华衮衮惊心[4]。饯旧迎新，能消几刻光阴。老来可惯通宵饮，待不眠、还怕寒侵。掩清尊。多谢梅花，伴我微吟。

邻娃已试春妆了，更蜂腰簇翠，燕股横金[5]。勾引东风，也知芳思难禁[6]。朱颜那有年年好，逞艳游、赢取如今。恣登临[7]。残雪楼台，迟日园林。

---

①除夜：即除夕之夜，古人有守岁不眠的习俗。

②银签：此处代指更漏。

③绛蜡：红蜡烛。

④年华衮衮：时光匆匆。衮衮，连续。

⑤蜂腰、燕股：节日装饰，剪裁为蜂为燕以饰鬓。翠：翠钿，翡翠做的花。

⑥芳思：春情。

⑦恣：随意。

韩嘐（生卒年不详），字子耕，号萧闲。籍贯不详。生平事迹不详。

白话译文

听着一声又一声的更漏之声，直到深夜也难以入睡，重新点起红烛。想到年华飞逝，令人不禁暗暗心惊。辞旧迎新，用不了多久，新的一年又会来临。如今我上了年纪，怎能像年轻时那样通宵畅饮？想要守岁不眠，又担心寒意难忍。轻轻放下酒杯，致谢梅花，陪伴着我低语沉吟。

邻家的姑娘试穿新衣，头发上戴着碧绿蜂腰、金黄燕股形的头饰。春风引起人们的情思，也令人芳情难以幽禁。人怎能永葆青春，不妨趁着大好的时光尽情享乐。随意登上残雪未消的楼台，纵情欣赏园林里斜阳辉映的景象。

瑞鹤仙

陆　淞

脸霞红印枕[①]，睡觉来、冠儿还是不整[②]。屏间麝煤冷[③]，但眉峰压翠[④]，泪珠弹粉。堂深昼永[⑤]，燕交飞、风帘露井[⑥]。恨无人，与说相思，近日带围宽尽[⑦]。

重省，残灯朱幌[⑧]，淡月纱窗，那时风景[⑨]。阳台路迥[⑩]，云雨梦[⑪]，便无准。待归来，先指花梢教看，欲把心期细问[⑫]。问因循、过了青春[⑬]，怎生意稳[⑭]？

①脸霞：脸上的红润光泽。

②觉：睡醒。

③麝煤：制墨的原料，后又以为墨的别称。此指水墨绘画。

④压翠：指双眉紧皱，如同挤在一起的翠山。

⑤昼永：白日漫长。

⑥交飞：交翅并飞。露井：没有盖的井。

⑦带围宽尽：指形体日渐消瘦。

⑧朱幌：深红色的窗帘、帷幔。

⑨风景：情景。

⑩阳台：隐指男女欢会之地。用宋玉《高唐赋》中楚王梦会神女故事。迥：遥远。

⑪云雨梦：同“高唐梦”，本指神女与楚王欢会之梦，引指男女欢会。

⑫心期：内心期盼。

⑬因循：拖延，迟滞。

⑭意稳：心安。

陆淞（生卒年不详），字子逸，号雪溪。山阴（今浙江绍兴）人。陆游长兄。历官工部郎中、知辰州。

白话译文

红霞般的脸庞印着枕痕，一觉醒来，头发散乱也懒得梳理。画屏上的水墨丹青透着寒意，但见眉头紧锁，如同挤在一起的翠绿远山，泪珠零落打湿了脸上的脂粉。庭院深深，白昼漫漫，燕儿在风帘上露井旁双飞嬉戏。可恨身边无人可以倾诉相思之情，近来身体消瘦得让人惊心。

回想当年的幽会，残灯映照着朱红的帷幔，淡淡的月光从薄薄的纱窗透进来，那时的情景多么缠绵迷人。如今，通向他的路那么遥远，纵然在梦中欢会，也没有个定准。等到他归来之时，一定先让他看看衰变的花枝，再把心中的期盼细细盘问。问他为何一再耽误了我的青春，怎么那样心安意稳？

清平乐

黄　昇

宫　怨

珠帘寂寂，愁背银釭泣[①]。记得少年初选入，三十六宫第一。

当年掌上承恩，而今冷落长门。又是羊车过也[②]，月明花落黄昏。

①银釭：即银灯。

②羊车：指帝王所乘之车。

黄昇（生卒年不详），字叔旸，号玉林，又号花庵词客。建安（今福建建瓯）人。早年弃科举，性喜吟咏，诗词皆工，词风俊爽超旷。

白话译文

珠帘静静低垂，满怀愁苦的她背对着银灯叹息流泪。记得少女之时刚刚被选入宫，三十六宫中数她最美。

当年她深受君王宠爱，如今却被冷落在长门宫。又传来君王羊车从门前驶过的声音，而她却只能继续看着黄昏中的落花，独自一人面对着空中的朗月。

卜算子

严　蕊

不是爱风尘①，似被前身误②。花落花开自有时，总是东君主③。

去也终须去，住也如何住。若得山花插满头，莫问奴归处。

①风尘：古代称妓女为堕落风尘。

②前身：前生。

③东君：司春之神。借指主管妓女的地方官吏。

严蕊（生卒年不详），字幼芳，出身低微，沦为天台营妓。琴棋书画无所不通，色艺冠绝一时。其词语意清新，不事雕琢。

《白话译文》

不是生性喜爱风尘生活，是因为前世的因缘所定。花落花开自有一定的时候，可这一切都只能依靠东君来作主。

该离开时终究还是要离开，离开这里又如何能待下去。如果能像村妇那样将山花插满头，就不要问我的归处了。

鹧鸪天

朱敦儒

西都作[①]

我是清都山水郎[②]，天教懒漫带疏狂。曾批给露支风敕[③]，累奏留云借月章[④]。

诗万首，酒千觞，几曾著眼看侯王？玉楼金阙慵归去，且插梅花醉洛阳。

---

①西都：洛阳。北宋称洛阳为西京，开封为东京。

②清都：传说中天帝居住的宫殿。

③敕：皇帝的诏令。

④章：写给皇帝的奏章。

朱敦儒（1081—1159），字希真，号岩壑。洛阳（今属河南）人。历官秘书郎、两浙东路提点刑狱等。多才多艺，工书画。以诗词擅长，有“词俊”之名。

白话译文

我是天宫里掌管山水的郎官，天生狂放不羁疏懒散漫，曾多次批过赏赐清露支配风雨的手令，也多次呈递留住彩云、借走月亮的奏章。

吟万首诗，饮千杯酒，如今我的生活闲适自在，王侯将相之类的爵禄怎会放在我的眼里？就算是天上的宫阙都懒得回去，我只想插枝梅花，醉倒在洛阳城中。

相见欢

朱敦儒

金陵城上西楼[①]，倚清秋[②]。万里夕阳垂地、大江流[③]。

中原乱[④]，簪缨散[⑤]，几时收[⑥]。试倩悲风吹泪、过扬州[⑦]。

①金陵：今江苏南京。

②倚：倚栏。

③大江：长江。

④中原乱：指靖康之难，北宋灭亡。

⑤簪缨：古代官员的冠饰，这里代指北宋官员。

⑥收：收拾乱局，收复失地。

⑦倩：请。过：到。扬州：当时宋金对峙的前线，屡遭破坏。

白话译文

倚在金陵城上西楼的栏杆上，观看清秋时的景色。夕阳西沉，广阔的大地都笼罩在苍茫的暮色中，滔滔的长江水向东滚滚流去。

靖康之难，故都失陷，官员失散，何时才能收拾乱局、收复故土？就请悲凉的秋风将我的眼泪吹到扬州。

菩萨蛮

陈　克

绿芜墙绕青苔院[①]，中庭日淡芭蕉卷[②]。蝴蝶上阶飞，烘帘自在垂[③]。

玉钩双语燕，宝甃杨花转[④]。几处簸钱声[⑤]，绿窗春睡轻。

①芜：丛生之草。

②中庭：庭院之中。日淡：日光柔和。

③烘帘：暖帘，挡风的帘。

④宝甃（zhòu）：用砖瓦砌的井壁。

⑤簸钱：唐宋间流行的一种游戏。

陈克（1081—?），字子高，自号赤城居士。临海（今属浙江）人。绍兴七年（1137），吕祉节制淮西抗金军马，荐为幕府参谋，他欣然响应，单骑从军。诗、词、文无不精通，以词成就最高。其词对两宋之交的时事有所反映，但主要还是承“花间”和北宋的婉丽之风，以描写闲情逸事见长。

白话译文

绿草丛生的墙，环绕着长满青苔的庭院。庭院中日光柔和，芭蕉叶儿卷起。蝴蝶在台阶上翩翩起舞，帷帘漫不经心地垂落。

一对燕子落在帘钩上低语呢喃，井壁四周杨花柳絮在打旋儿。几处传来簸钱游戏的嬉闹声，绿窗里的人似梦非梦，睡意蒙眬。

名句赏析

几处簸钱声，绿窗春睡轻

这两句词笔锋一转，由写景转入写人。远处有人玩簸钱游戏的笑语欢声，不断传入帘内正睡眼蒙眬的女子耳中。“绿窗春睡轻”点出人物，午梦悠悠，一个“轻”字使全词俱灵，将女子似醒非醒、似梦非梦、迷离蒙眬的意态刻画得具体、形象，而这种朦胧的景象与词人悠闲的心情是相和谐而彼此渗透的，所构成的意境闲适而又有意外之趣。

菩萨蛮

陈　克

赤阑桥尽香街直[①]，笼街细柳娇无力。金碧上青空[②]，花晴帘影红。

黄衫飞白马[③]，日日青楼下。醉眼不逢人，午香吹暗尘。

①赤阑桥：又称赤栏桥，在安徽合肥城南。香街：指各种香气混杂的繁华街市。

②金碧：指金碧辉煌的楼阁。

③黄衫：贵族的华贵服装。

《白话译文》

赤阑桥的尽头连接着一条笔直的长街，繁华的街市香味扑鼻，街道两旁密植的细柳娇弱无力，婀娜多姿。金碧辉煌的高楼直插云空，晴日里，鲜艳的花朵隔着帘帷透出红影。

穿着黄衫的贵族骑马飞驰，天天去青楼里寻花问柳。他们醉眼蒙眬，在闹市上横冲直撞，旁若无人，扬长而去。正午轻风吹来了阵阵花香，马蹄掀起的尘土经久不散。

鹧鸪天

周紫芝

一点残釭欲尽时①，乍凉秋气满屏帏②。梧桐叶上三更雨，叶叶声声是别离。

调宝瑟③，拨金猊④，那时同唱《鹧鸪词》。如今风雨西楼夜⑤，不听清歌也泪垂。

①残釭：将要燃尽的油灯。

②屏帏：屏风和帷帐。

③调：抚弄。宝瑟：瑟的美称。

④金猊（ní）：铜制香炉。猊，狻（suān）猊，神话传说中的神兽，形如狮。

⑤西楼：指作者住处。

周紫芝（1082—1155），字少隐，号竹坡居士。宣城（今属安徽）人。绍兴年间任枢密院编修官，后知兴国军，为政简静。后退隐庐山。在诗文评论及创作上都有很高成就。其词清丽婉曲，无刻意雕琢痕迹。

白话译文

暗红的残灯余焰摇曳闪烁，天气刚刚转凉，屋里充满了秋天的意味。半夜三更，屋外秋雨绵绵，凄冷的雨滴打在梧桐叶上，每一片树叶，每一滴雨声，都在诉说着离别的哀怨。

想当初，我们抚琴调瑟，拨动炉中的燃香，一起唱着《鹧鸪词》。而如今，在风雨交加的夜里，我一个人在西楼里冷冷清清，即使不听离别的歌曲，也不禁潸然泪下。

《名句赏析》

梧桐叶上三更雨，叶叶声声是别离

这两句词化用温庭筠《更漏子》：“梧桐树，三更雨，不道离情正苦。一叶叶，一声声，空阶滴到明。”半夜三更，连绵秋雨，雨打梧桐叶的声音将词人心中的离愁触发，并愈加浓烈。“叶叶声声是别离”，与欧阳修《木兰花》中的“万叶千声皆是恨”异曲同工，这种以听觉来暗示人物内心情绪的写法，能使人物在特定环境中的感受更富感染力，语言委婉含蓄，于平淡之语中隐含款款深情。

踏莎行

周紫芝

情似游丝[①]，人如飞絮，泪珠阁定空相觑[②]。一溪烟柳万丝垂，无因系得兰舟住[③]。

雁过斜阳，草迷烟渚[④]，如今已是愁无数。明朝且做莫思量，如何过得今宵去！

①游丝：飘荡在空中的丝（如蜘蛛丝）。

②阁：同“搁”，停住。

③无因：没有办法。

④渚：水中的小洲。

《白话译文》

离情像游丝般缭乱纠缠，情人像飞絮般漂泊不定。两双泪眼，无助地互相凝视。溪边的烟柳垂下万条柳枝，却无法将他的行船系住停留。

夕阳西下，大雁远飞，沙洲上烟雾弥漫，芳草迷蒙。如今离愁郁积，不可胜数。明天的事先不要去想，还是先想想怎样熬过今晚吧！

名句赏析

一溪烟柳万丝垂，无因系得兰舟住

一溪烟柳，万条垂下，却无法系住将要远行的兰舟。这两句词将二人分别的地点巧妙地暗示出来，同时也解释了上文“泪珠阁定空相觑”中的“空”字。词人采用天真的言语，把毫不相干的景物与情事联系在一起，表达了主人公的满腔痴情和深深哀怨。周紫芝的词不事雕琢，流畅浅淡，却能表达出丰富的多层次的情感，这两句词就很好地体现了这样的特色。

燕山亭

赵 佶

北行见杏花

裁翦冰绡[①]，轻叠数重，冷淡燕脂匀注[②]。新样靓妆，艳溢香融，羞杀蕊珠宫女[③]。易得凋零，更多少、无情风雨。愁苦。闲院落凄凉，几番春暮。

凭寄离恨重重，这双燕，何曾会人言语。天遥地远，万水千山，知他故宫何处。怎不思量，除梦里、有时曾去。无据[④]，和梦也、有时不做。

①翦：通“剪”。冰绡：洁白的绸绢。

②燕脂：胭脂。

③蕊珠宫女：指仙女。

④无据：不知何故。

赵佶（1082—1135），即宋徽宗，在位25年，穷奢极欲，不理朝政。宣和七年（1125），金兵南侵，禅位太子赵桓。靖康二年（1127），金兵攻陷汴京，北宋灭亡，被金兵掳去，绍兴五年（1135）卒于五国城。擅长书法，自创“瘦金体”。工于花鸟画。精通音律。诗词以北宋灭亡为界，之前以宫廷生活为题材，多艳丽之词；后期往往抒发家国之恨，悲怆沉郁。

白话译文

剪裁好白色的丝绸，叠了一层又一层，又均匀涂抹上淡淡的胭脂。新鲜时尚的漂亮妆饰，色彩艳丽，香气融融，连仙女都自愧不如。花儿容易凋零，更何况，经历了无数次风吹雨打。无限愁苦。冷清凄凉的院落，还要经历几番春暮。

谁能帮我寄去重重的离愁，这双飞的燕子哪里懂得人类的言语。天涯海角，万水千山，哪里知道故园今在何处？怎么能不思念故园，却只能偶尔在梦中回去。更让人伤心的是，不知何故，有时连梦也做不成。

如梦令

李清照

昨夜雨疏风骤，浓睡不消残酒。试问卷帘人[①]，却道海棠依旧。知否？知否？应是绿肥红瘦[②]。

①卷帘人：这里指侍女。

②绿肥红瘦：绿叶繁茂，红花凋零。

李清照（1084—1155），号易安居士。济南章丘（今属山东）人。嫁给礼部侍郎赵挺之子赵明诚，婚后夫妻感情甚笃，共同致力于书画金石的搜集整理，著成《金石录》。金兵入据中原后，流寓南方，明诚病死，境遇十分孤苦。

李清照有“千古第一才女”之称，工诗善文，更擅长词，为婉约词派代表。其所作词，前期多写其闲适生活，风格清切自然；后期多悲叹身世，情调感伤哀婉。形式上善用白描手法，语言清丽，形成了独树一帜的“易安体”。

白话译文

昨天夜里，雨点稀稀落落，风却刮得很猛烈，一夜酣睡还是没能完全醒酒。试探地问正在卷帘的侍女，院里的海棠如何了，她却说海棠花还跟往常一样。知道吗？知道吗？海棠应该是绿叶繁茂、红花凋零了。

名句赏析

知否？知否？应是绿肥红瘦

经历了一夜的风吹雨打，词人很为园中的海棠花担心，“卷帘人”的回答出乎她的意料，虽然她内心希望如此，但也明白风雨之后必是花事凋零，因此连用两个“知否”来纠正“卷帘人”的回答。“绿肥红瘦”写出了当前的情形，“绿”代指绿叶，“红”代指花朵，“肥”代指“多”，“瘦”代指“少”，语言新颖别致，生动传神，看似信手拈来，却是功力独到。再进一步，“红”不单指海棠花，还代表了春天万紫千红的景象，这样“绿肥红瘦”就入木三分地刻画了少女的伤春心境。明人沈际飞在《草堂诗余正集》中评道：“‘知否’二字，叠得可味。‘绿肥红瘦’创获自妇人，大奇。”

添字丑奴儿

李清照

记　梦

窗前谁种芭蕉树，阴满中庭[①]。阴满中庭。叶叶心心，舒卷有余情[②]。

伤心枕上三更雨，点滴霖霪[③]。点滴霖霪。愁损北人，不惯起来听。

①中庭：庭院里。

②舒卷：一作“舒展”。余情：一作“余清”。

③霖霪：连续不断的雨声。

白话译文

不知是谁在窗前种的芭蕉树，遮天蔽日，浓荫笼罩着整个庭院。不断舒展的蕉叶与长卷的叶心，似有绵绵不尽的情意。

心如刀割，夜深难寐，偏偏三更时又下起了雨，滴滴答答地响个没完，一点一滴地敲打着我的心。作为北方人的我实在听不惯，只好披衣起床，坐等天明。

渔家傲

李清照

记　梦

天接云涛连晓雾[①]，星河欲转千帆舞[②]。仿佛梦魂归帝所[③]，闻天语[④]，殷勤问我归何处。

我报路长嗟日暮，学诗谩有惊人句[⑤]。九万里风鹏正举[⑥]，风休住，蓬舟吹取三山去[⑦]。

①云涛：指海涛。

②星河：银河。

③帝所：天帝居住的地方。

④天语：天帝的话语。

⑤谩：徒，空。

⑥九万里：《庄子·逍遥游》中说大鹏可以乘风飞上九万里高空。

⑦蓬舟：状如飞蓬的小舟。三山：《史记·封禅书》记载：渤海中有蓬莱、方丈、瀛洲三座仙山，只可远望，乘船临近就会被风吹开，终无人能到。

白话译文

天水相接，波涛汹涌，云雾弥漫，银河欲转，千帆竞逐。梦魂好像飞回到天庭，忽然传来上帝的声音，他关切地询问我将要去何处。

我回答说路途漫漫而修远，又叹日暮已至人生渐老，学写诗，却空有惊人的语句。大鹏正乘风直上九万里长空。风啊！请千万不要停息，请将我这一叶轻舟，直接吹到蓬莱三座仙山上去。

《名句赏析》

九万里风鹏正举，风休住，蓬舟吹取三山去

词人希望自己能像大鹏一样高飞远举，离开现实的社会，所以让风不要停息，把自己的小舟吹到仙山那里去，从此过上自由自在的生活。词人化用《庄子·逍遥游》中的语句，巧妙引用神话传说，想象丰富，意境辽阔，气势磅礴，表达了宏伟的理想和抱负，以及对现实社会的不满，难怪梁启超这样评价："此绝似苏辛派，不类《漱玉集》中语。"

南歌子

李清照

天上星河转[①]，人间帘幕垂。凉生枕簟泪痕滋[②]。起解罗衣聊问、夜何其[③]。

翠贴莲蓬小，金销藕叶稀[④]。旧时天气旧时衣。只有情怀不似、旧家时。

①星河：银河，到秋天转向东南。

②枕簟：枕头和竹席。

③其：语助词，表示疑问。

④翠贴、金销：即贴翠、销金，均为服饰工艺。

白话译文

天上斗转星移，人间帘幕低垂。布满泪痕的枕席上透出丝丝凉意。本是和衣而卧，于是起来解去罗衣，顺便问道："现在已是夜里几时了？"

这件罗衣穿了很多年，上面绣着的莲蓬、荷叶花纹已经减退。物是人非，同样的天气，同样的衣衫，人的心情却与过去大不相同了。

如梦令

李清照

常记溪亭日暮，沉醉不知归路。兴尽晚回舟，误入藕花深处[1]。争渡，争渡，惊起一滩鸥鹭。

---

①藕花：荷花。

白话译文

经常想起有一次傍晚在溪亭饮宴，喝得酩酊大醉不想回家。玩到很晚没有了兴致后才往回划船，却不小心进入了荷花深处。奋力往出划，奋力往出划，却惊起了一滩的鸥鹭。

名句赏析

争渡，争渡，惊起一滩鸥鹭

或是游兴未尽，或是酒意未消，或是夜色太深，或是回家心切，一位可爱的才女不小心将小舟划入盛放的荷花丛中，其心慌意乱可想而知。一连用两个“争渡”，将她急于从迷途中找寻出路的焦灼心情和奋力划船的动作非常形象地刻画出来。正是由于她的“争渡”，所以又“惊起一滩鸥鹭”。这几句词写得生动而传神，非常耐人寻味。

凤凰台上忆吹箫

李清照

香冷金猊①，被翻红浪②，起来慵自梳头③。任宝奁尘满④，日上帘钩。生怕离怀别苦，多少事、欲说还休。新来瘦，非干病酒⑤，不是悲秋。

休休，这回去也，千万遍《阳关》⑥，也则难留⑦。念武陵人远⑧，烟锁秦楼⑨。惟有楼前流水，应念我、终日凝眸。凝眸处，从今又添，一段新愁。

①金猊（ní）：一种铜制香炉。

②红浪：红色锦被乱摊在床上，犹如波浪。

③慵：懒。

④宝奁（lián）：华贵的梳妆镜匣。

⑤干：关涉。

⑥阳关：即《阳关曲》，是唐宋时的送别曲，此处泛指离歌。

⑦也则：依旧。

⑧武陵人：借用刘晨、阮肇入天台山遇仙女的传说，指心爱之人。

⑨秦楼：相传春秋时期秦穆公之女弄玉与其夫萧史所居之楼，亦名凤楼。

白话译文

熏炉中香消灰冷，红色的锦被胡乱地堆在床头。早晨起来后没有心情，也懒得去梳头。任凭镜奁之上落满灰尘，任凭早上的阳光高过帘钩。生怕引起彼此的离愁别绪，有多少话想对他言说，却始终没敢开口。最近渐渐消瘦，不是因为酒醉后的不适，也不是因为秋天引起的悲愁。

算了吧，算了吧，这次他执意要走，即使唱上千万遍《阳关曲》，也无法将他挽留。想到他即将远去，只剩下我独守空楼。只有楼前的流水，映照着我整天远望凝眸。从今以后，独登高楼，枉自凝眸，旧愁尚未消泯，又添了一段新愁。

行香子

李清照

七　夕

草际鸣蛩[①]。惊落梧桐。正人间、天上愁浓。云阶月地[②]，关锁千重。纵浮槎来[③]，浮槎去，不相逢。

星桥鹊驾，经年才见，想离情、别恨难穷。牵牛织女，莫是离中。甚霎儿晴，霎儿雨，霎儿风。

①蛩（qióng）：蟋蟀。

②云阶月地：指天宫。语出杜牧《七夕》："天阶夜色凉如水，卧看牵牛织女星。"

③浮槎（chá）：传说中往来于海上和天河之间的木筏。

白话译文

蟋蟀在草丛中不住地凄鸣，梧桐叶被这凄厉的叫声惊落。此时，天上人间愁怨重重。天上的牛郎和织女长年被千重关锁阻隔，纵使乘坐往来于海上与天河之间的木筏，也不能相逢。

每年七夕，鹊桥搭就，牛郎和织女才能相见，料想他们一定有无数的离情别恨。今晚牛郎、织女莫非还未相见，不然的话，天为什么一会儿晴朗，一会儿下雨，一会儿刮风？

醉花阴

李清照

薄雾浓云愁永昼[①]，瑞脑销金兽[②]。佳节又重阳，玉枕纱厨[③]，半夜凉初透。

东篱把酒黄昏后[④]，有暗香盈袖。莫道不销魂，帘卷西风[⑤]，人比黄花瘦[⑥]。

①愁永昼：终日心情烦闷。

②瑞脑：香料名。

③纱厨：即防蚊蝇的纱帐。

④东篱：语出陶渊明《饮酒》诗二十首其五："采菊东篱下，悠然见南山。"把酒：饮酒。

⑤帘卷西风：即"西风卷帘"的倒装。西风，秋风。

⑥黄花：指菊花。

白话译文

薄雾弥漫，云层浓厚，终日心情烦闷，瑞脑在香炉中香消殆尽。又到了重阳佳节，只有玉枕纱厨相伴，夜半难寐，凉气刚刚把全身浸透。

傍晚在东篱菊圃边独酌，菊花的馨香充满衣袖。不要说清秋不让人伤神，西风卷起珠帘，帘内之人比那菊花还要消瘦。

名句赏析

莫道不销魂，帘卷西风，人比黄花瘦

“销魂”表达愁思之重，“帘卷西风”即“西风卷帘”，暗含凄冷之深。佳节依旧，菊花依旧，丈夫却远在天边，让词人愈发愁闷。借酒浇愁未成，于是回到闺房，萧瑟的秋风卷起珠帘，让人感到一阵寒意，联想到把酒相对的菊花，顿觉人生不如菊花。两相对比，大有物是人非之感。这三句词直抒胸臆，创造出一个凄清寂寥的意境，让人很容易想象出词人憔悴的面容和愁苦的神情，成为千古传诵的佳句。

清平乐

李清照

年年雪里，常插梅花醉。挼尽梅花无好意[①]，赢得满衣清泪。

今年海角天涯，萧萧两鬓生华[②]。看取晚来风势，故应难看梅花。

①挼（ruó）：揉搓。

②萧萧：形容鬓发花白稀疏的样子。

《白话译文》

年轻时每年下雪的时候，常常会把梅花插在头上，快乐得无比陶醉。后来总是把梅花揉碎，心情很不好，泪水都把衣裳湿透了。

今年又到梅花开放之时，我却漂泊在海角天涯，两鬓的头发已经斑白。晚来风很急，看样子梅花已经落尽，想赏梅恐怕也看不成了。

武陵春

李清照

风住尘香花已尽[1]，日晚倦梳头。物是人非事事休，欲语泪先流。

闻说双溪春尚好[2]，也拟泛轻舟[3]。只恐双溪舴艋舟[4]，载不动、许多愁。

①尘香：地上的落花使尘土也沾染了香气。

②双溪：在今浙江金华东南。

③拟：打算。

④舴艋（zéměng）：小舟。

白话译文

风停了，枝头上的花朵已凋落殆尽，地上的尘土散发出落花的香气。太阳已经升得老高，我却懒得梳妆打扮。眼前的春景年年如此，可人却回不到当初了，一想到这些，还未开口，我就泪如雨下。

听人说双溪春天的景色还不错，原本也打算去那里划划船。但又一想，双溪那儿的船儿太小太轻，恐怕载不动我内心沉重的忧愁吧！

名句赏析

只恐双溪舴艋舟，载不动、许多愁

“愁”本是抽象之物，只可意会，难以捉摸。李煜的《虞美人》说“问君能有几多愁，恰似一江春水向东流”，李清照则更进一步，直接把愁搬上了小船，将愁物化，不仅能随着春水漂流，还能用船承载，并夸张地说愁太多，船太轻，怕是承载不了，从而将词人内心的愁苦推向了极点。此外，本句夸张的比喻是承上句“轻舟”而来，而“轻舟”又是承“双溪”而来，寓情于景，浑然天成，构成了完整的意境，显示了词人极强的表现力。

鹧鸪天

李清照

暗淡轻黄体性柔，情疏迹远只香留。何须浅碧深红色，自是花中第一流。

梅定妒，菊应羞，画阑开处冠中秋[①]。骚人可煞无情思，何事当年不见收[②]？

①画阑开处冠中秋：化用李贺《金铜仙人辞汉歌》："画栏桂树悬秋香，三十六宫土花碧。"

②骚人可煞无情思，何事当年不见收：意思是《离骚》多载花木名称而没有提及桂花。骚人，指屈原。可煞，犹"可是"。

白话译文

淡黄色的桂花，虽不鲜艳，但体态轻柔，娴雅端庄。它情怀疏淡，远迹深山，却把芬芳留给人间。桂花不需要浅碧、深红这样的让人青睐的颜色，就足以成为第一流的名花。

在桂花面前，最早绽放的梅花一定心生嫉妒，最晚盛开的菊花也应自叹不如，桂花应是中秋时节的花中魁首。可惜屈原缺乏情思，否则，他在《离骚》中遍收名花珍卉来比喻君子的美德，为什么偏偏没有提到桂花呢？

声声慢

李清照

寻寻觅觅[①]，冷冷清清，凄凄惨惨戚戚。乍暖还寒时候，最难将息[②]。三杯两盏淡酒，怎敌他、晚来风急[③]？雁过也，正伤心，却是旧时相识。

满地黄花堆积。憔悴损[④]，如今有谁堪摘？守着窗儿，独自怎生得黑[⑤]？梧桐更兼细雨，到黄昏、点点滴滴。这次第[⑥]，怎一个、愁字了得！

①寻寻觅觅：意思是想找回失去的一切，表现出一种迷茫怅惘的心态。

②将息：唐宋时俗语，安息、休养之意。

③敌：对付，抵挡。

④损：这里表示非常严重。

⑤怎生：宋时口语，如何，怎样。生，语助词。

⑥次第：光景，情形。

白话译文

似乎想找寻一些东西，却总是漫无目的，一片冷清，让人感到凄惶悲冷。乍暖还寒的秋季，最难休养调息。浅酌几杯薄酒，怎么能抵御得了晚来的瑟瑟寒风？一行大雁掠过，更让人伤心，因为都是旧日的相识。

院中菊花凋落，满地堆积，一片萧条惨淡，如今还会有谁前去采摘？独自一个人守在窗前，如何熬得到天黑？细雨萧疏，洒在梧桐叶上，到黄昏时，还是滴答个没完。这般光景，怎么能用一个“愁”字概括得了？

名句赏析

寻寻觅觅，冷冷清清，凄凄惨惨戚戚

起句连用七组叠词，让人感觉有一种“大珠小珠落玉盘”的音乐美，这种写法在诗词曲赋里恐怕是绝无仅有。词人从一起床便百无聊赖，怅然若失，于是东张西望，想要找回点什么似的，却又漫无目的。“冷冷清清”，是“寻寻觅觅”的结果，不但毫无所获，反而陷入一种孤寂冷清的氛围，使自己感到“凄凄惨惨戚戚”。这七组叠词，给整首词定下了冷清低沉的基调，让人感到有一种莫名的愁绪在心头和空气中弥漫开来，久久不散。

点绛唇

李清照

蹴罢秋千[①]，起来慵整纤纤手[②]。露浓花瘦，薄汗轻衣透。

见客入来，袜刬金钗溜[③]。和羞走，倚门回首，却把青梅嗅。

①蹴：踏。此处指荡秋千。

②慵：懒，倦怠。

③袜刬（chǎn）：这里指鞋子跑掉了，以袜着地。金钗溜：意思是跑时金钗从头上坠落。

白话译文

荡罢秋千，下来后纤纤的玉手有点发麻，却懒得去揉搓。她出了一身薄薄的香汗，把轻轻的罗衣渗透。身旁的花儿尚且娇嫩，花枝上挂着晶莹的露珠。

突然来了一位客人，她慌忙回避，把鞋子跑丢了，金钗跑掉了。她含羞着跑开后，倚着门回头偷看，时不时地闻一闻青梅，以作掩饰。

一剪梅

李清照

红藕香残玉簟秋[①]。轻解罗裳[②]，独上兰舟。云中谁寄锦书来？雁字回时[③]，月满西楼。

花自飘零水自流。一种相思，两处闲愁。此情无计可消除，才下眉头，却上心头。

①红藕：红色的荷花。玉簟：光滑似玉的席子。

②轻解：轻挽，轻提。裳（cháng）：下衣，也泛指衣服。

③雁字：雁飞成群，常排成“一”字或“人”字。

白话译文

荷花衰残，香味消减，竹席冷滑，秋意蔓延。轻轻提起罗裙，独自泛起一叶小舟。仰望天空，白云飘流，谁会将锦书寄来？雁群飞过，月光洒满西楼。

花自顾自地飘零，水自顾自地流淌。一种离别的相思，却引起两地的闲愁。这种相思，这种离愁，没有办法排除，刚从眉间消失，却又涌上了心头。

名句赏析

此情无计可消除，才下眉头，却上心头

这三句词，历来为人所称道，化用了范仲淹《御街行》中的“都来此事，眉间心上，无计相回避”，可谓青出于蓝而胜于蓝，相对原句不仅有所变化，而且在艺术表现力上高于原句。这里，“眉头”与“心头”相对，“才下”与“却上”成起伏，结构十分工整，表现手法非常巧妙。再加上与前面同样工巧的“一种相思，两处闲愁”前后辉映，可谓相得益彰，使本词所表达的相思之情更加深邃醇厚。

菩萨蛮

李清照

风柔日薄春犹早[1]，夹衫乍著心情好。睡起觉微寒，梅花鬓上残[2]。

故乡何处是，忘了除非醉。沉水卧时烧[3]，香消酒未消。

①日薄：阳光和煦。

②梅花：一说指插在鬓角上的春梅。一说指梅花妆。

③沉水：即沉水香，也叫沉香，一种熏香料。

白话译文

微风轻拂，阳光和煦，正是早春时节。脱掉冬装，换上夹衫，心情非常愉悦。一觉醒来，略感微寒，梅花妆已凌乱。

我的故乡在哪里呢？乡思萦绕，想要解脱，我只好选择借酒浇愁。沉香是我临睡时点着的，现在香消雾散，而我的酒意仍然没有消退。

采桑子

吕本中

恨君不似江楼月[①]，南北东西，南北东西，只有相随无别离。

恨君却似江楼月，暂满还亏[②]，暂满还亏，待得团圆是几时？

①江楼：江边的楼阁。

②暂满还亏：指短暂的月圆之后又是月缺。

吕本中（1084—1145），字居仁，世称东莱先生，寿州（今安徽淮南）人。绍兴年间，擢起居舍人兼权中书舍人。后因得罪秦桧，遂罢官。二十岁左右戏作《江西诗社宗派图》，使“江西诗派”定名。其诗效法陈师道、黄庭坚，“清芙可爱”；南渡后时有悲慨时事之作。其词“工稳清润”，多为小令，主要写离愁别恨、风花雪月；南渡后亦有思乡怀国之作。

白话译文

我恨你，因为你不像江边楼上的明月，无论人在天涯海角南北东西，它都与人相伴永不分离。

我恨你，因为你就像江边楼上的明月，短暂月圆后又是漫长的月缺，下次团圆还要等到何时？

秦楼月

向子諲

芳菲歇[①]，故园目断伤心切。伤心切，无边烟水，无穷山色。

可堪更近乾龙节[②]，眼中泪尽空啼血。空啼血，子规声外，晓风残月。

①芳菲歇：草木凋零。

②乾龙节：宋钦宗的生日。古人以“乾龙”喻帝王。

向子諲（yīn）（1085—1152），字伯恭，临江（今属江西）人。曾任京畿转运副使、江淮发运使、户部侍郎等职。反对秦桧议和，落职归隐。素与李纲善。知潭州时，曾率军民与前来围攻的金兵血战八昼夜。其诗词以南渡为界，前期风格绮丽，后期多伤时忧国之作。

白话译文

春天消逝，草木凋零，遥望故国，痛断肝肠。让人痛断肝肠的，是那迷蒙的山水，茫茫的山色。

眼看离乾龙节越来越近了，我的泪水已经流尽，只能啼血。那啼血的还有子规的啼鸣声，在残月当头、晨风吹面的时候。

阮郎归

向子諲

绍兴乙卯大雪行鄱阳道中①

江南江北雪漫漫，遥知易水寒。同云深处望三关②，断肠山又山。

天可老，海能翻，消除此恨难。频闻遣使问平安，几时鸾辂还③。

①绍兴乙卯：宋高宗绍兴五年（1135）。鄱阳：即今江西鄱阳，位于鄱阳湖东岸。

②同：通“彤”。三关：这里泛指北方的关隘。

③鸾辂（lù）：帝王所乘的车驾。

白话译文

江南江北，大雪纷飞，想那遥远的易水河畔，应该更是天寒地冻。遥望故国，彤云漫漫，关山重重，挡住了我的视线，让人肝肠寸断。

即使天因有情而老，江海可以倒翻，想要消除靖康之恨却是难上加难。经常听闻朝廷派遣使臣前往金国向二帝问候，但二帝的车驾何时才能回来？

念奴娇

胡世将

秋夕兴元使院作[①]，用东坡赤壁韵[②]。

神州沉陆[③]，问谁是、一范一韩人物[④]。北望长安应不见[⑤]，抛却关西半壁[⑥]。塞马晨嘶，胡笳夕引[⑦]，赢得头如雪。三秦往事[⑧]，只数汉家三杰[⑨]。

试看百二山河[⑩]，奈君门万里，六师不发[⑪]。阃外何人回首处[⑫]，铁骑千群都灭[⑬]。拜将台欹[⑭]，怀贤阁杳[⑮]，空指冲冠发。阑干拍遍，独对中天明月。

①兴元：兴元府。使院：川陕宣抚使官署。

②赤壁韵：即苏轼《念奴娇·赤壁怀古》韵。

③沉陆：指国土沦丧。

④一范一韩：指范仲淹、韩琦，二人曾主持西北边防，西夏不敢骚扰。

⑤长安：借指汴京。

⑥关西：函谷关以西。

⑦引：吹奏。

⑧三秦：当年项羽入咸阳后，把关中分封给秦降将章邯、司马欣、董翳，称为“三秦”。

⑨汉家三杰：指帮助刘邦打天下的张良、萧何、韩信。

⑩百二山河：语出《史记·高祖本纪》：“秦，形胜之国，带河山

之险，县隔千里，持戟百万，秦得百二焉。”形容关中形势险要。

⑪六师：古时天子六军。这里指南宋军队。

⑫阃（kǔn）外：指朝廷或京城以外，亦指外任将领驻守管辖的地域。

⑬铁骑千群都灭：作者注“富平之败”。高宗建炎四年（1130），张浚率军在富平（今甘肃灵武）被金军击败。

⑭拜将台：刘邦拜韩信为大将的高台，在陕西西部。

⑮怀贤阁：是宋代为纪念诸葛亮而建的楼阁。

胡世将（1085—1142），字承公，晋陵（今江苏常州）人。绍兴初，为监察御史，福建路抚谕使。后迁兵部侍郎，知镇江。绍兴九年（1139），任川陕宣抚副使，在关中数年，经画守御，屡挫金兵，收复陇州等地，破岐下诸屯，又取华、虢，兵威颇振。未几，疡发于首，除资政殿学士致仕。

白话译文

国土沦丧，试问现在谁是范仲淹、韩琦那样的英雄人物，来保卫国家、收复失地。向北望去，应该看不到汴京了，函谷关以西的大片领土也已经丢失。清晨骑着嘶鸣的战马出征，傍晚伴着胡笳的哀怨回营，最终落得个白发如雪。能够收复关中的人，恐怕只有汉家三杰那样的人物。

关中本是形势险要之地，当年秦兵两万可挡诸侯百万军。无奈朝廷只想议和，拒不出兵。富平之败是血的教训，而不是朝廷退缩的借口。如今韩信拜将的高台倾颓，纪念武侯的怀贤阁也不见踪迹，让人怒发冲冠。我拍遍了所有的栏杆，孤独地仰望着空中的明月。

蓦山溪

曹　组

梅

洗妆真态[①]，不作铅华御[②]。竹外一枝斜，想佳人天寒日暮。黄昏院落，无处著清香，风细细，雪垂垂，何况江头路。

月边疏影，梦到消魂处。梅子欲黄时，又须作廉纤细雨[③]。孤芳一世，供断有情愁[④]。消瘦损，东阳也[⑤]，试问花知否？

①洗妆真态：洗净脂粉，露出真实的姿容。

②铅华御：用脂粉化妆。御，用。

③廉纤：纤细。

④供断：无尽地提供。

⑤东阳：指沈约。沈约曾为东阳太守。

曹组（生卒年不详），字元宠。阳翟（今河南禹县）人。少有声名，但六次应试均不第。宋徽宗诏赴殿试，赐进士第。因占对才敏，深受徽宗宠幸。诗词文均擅长，其词以“侧艳”和“滑稽下俚”著称。

白话译文

洗去胭脂，露出真容，无须妆饰。在竹外横斜一枝，犹如佳人，在天寒日暮之时孤芳自赏。深藏于黄昏小院中的梅花，清香无人知赏。何况江头路上的梅花，每天经历风吹雪打，更是无人在意。

月光下，梅花疏影轻摇，犹如佳人沉入销魂之梦。当梅花将要结子时，却又遭遇连绵烟雨。梅花一生孤芳自赏，让人为其平添无尽的情愁。试问梅花，你可知道，我就像东阳太守沈约一样，天天为你消瘦憔悴？

苏武慢

蔡　伸

雁落平沙[1]，烟笼寒水，古垒鸣笳声断。青山隐隐，败叶萧萧，天际暝鸦零乱。楼上黄昏，片帆千里归程[2]，年华将晚。望碧云空暮，佳人何处，梦魂俱远。

忆旧游、邃馆朱扉[3]，小园香径，尚想桃花人面[4]。书盈锦轴[5]，恨满金徽[6]，难写寸心幽怨。两地离愁，一尊芳酒凄凉，危阑倚遍。尽迟留、凭仗西风，吹干泪眼。

①平沙：指广阔的沙原。

②片帆：孤舟。

③邃馆：深院，幽深的馆舍。

④桃花人面：语出唐代崔护《题都城南庄》："人面桃花相映红。"

⑤书盈锦轴：指苏蕙织锦回文诗事。

⑥金徽：金色的琴徽，此处指琴。徽，琴上架弦的音位标志。

蔡伸（1088—1156），字伸道，号友古居士。莆田（今属福建）人。蔡襄孙。少有文名，其书法得蔡襄笔意。工词，与向子諲为同僚，屡有酬赠。

白话译文

大雁落在平旷的沙洲上，凄寒的江面上烟雾迷蒙，古营垒边幽怨的胡笳声也归于沉寂。远山起伏，时隐时现；落叶萧萧，如泣如诉；夕阳西下，天边几只寒鸦乱飞。暮色中，登楼远望，从千里之外漂回一只归舟，可叹韶华易逝，而我却在此地淹留。仰望长空，碧云悠悠，暮色蒙蒙。佳人现在何处？关山阻隔，云水茫茫，就连在梦中也难以相见。

回想当年一起游乐，庭院深深，朱门紧闭，花园的小路香气扑鼻，至今还能记起她的容颜。纵然是写满丝绢，拨断琴弦，也难以倾尽内心的幽怨。两地的无限离愁，岂是一樽美酒所能排遣？我久久地滞留在楼上，倚遍所有的栏杆，任凭那萧瑟的西风，吹干我的眼泪。

柳梢青

蔡　伸

数声鶗鴂[①]。可怜又是，春归时节。满院东风，海棠铺绣[②]，梨花飘雪。

丁香露泣残枝，算未比、愁肠寸结。自是休文[③]，多情多感，不干风月。

①鶗鴂：鸟名，指杜鹃。

②绣：指红锦缎。

③休文：沈约，字休文，南朝齐、梁间文学家，怀才不遇，郁郁成疾。

白话译文

杜鹃的几声悲啼，宣告了春天的归去，令人无限惋惜。院子里东风劲吹，铺了一地的海棠花犹如红色的锦缎，而飘落的梨花恰似纷飞的白雪。

残枝上丁香花缀着眼泪一般的露水，即便如此，也不会像我这样愁肠郁结。我本来就像沈约那样多愁善感，这是人的天性，与清风明月无关。

临江仙

陈与义

夜登小阁，忆洛中旧游①

忆昔午桥桥上饮②，坐中多是豪英。长沟流月去无声③，杏花疏影里，吹笛到天明。

二十余年如一梦，此身虽在堪惊。闲登小阁看新晴④，古今多少事，渔唱起三更。

①洛中：今洛阳。

②午桥：在洛阳东南。

③长沟流月：月光随着流水悄悄地消逝。

④新晴：雨后初晴。

陈与义（1090—1138），字去非，号简斋。洛阳（今属河南）人。历任中书舍人、湖州知州、翰林学士、参知政事等职。号为“诗俊”，师法杜甫，自创的“简斋体”闻名于世。其词亦工，语言清婉秀丽，往往寄寓家国兴亡、身世飘零之感。

白话译文

回忆当年在午桥开怀畅饮，在座的都是英雄豪杰。月光随着流水悄悄地消逝，在杏花稀疏的影子里，吹奏笛子直到天明。

二十多年的时光犹如一场大梦，自己虽然活着，但回首往事却胆战心惊。百无聊赖中我登上小阁，观看雨后初晴的风景。古今多少重大事件，只不过被渔夫在半夜里当成歌儿来唱罢了。

名句赏析

杏花疏影里，吹笛到天明

春天的夜里，酒意未消的英雄豪杰们在杏花疏影里吹奏笛子，一直玩到天明，竟然没有注意到月光已随着流水悄悄地消逝了。词人以初春的杏林为背景，将月光洒在杏花上所形成的稀疏花影，与花影下吹笛之人以及悠扬的笛声，组成一幅恬静、清婉、绮丽的画面，从而将词人旷达惬意的心态淡淡地表达出来，引人无限遐思。

临江仙

陈与义

高咏楚词酬午日[①]，天涯节序匆匆[②]。榴花不似舞裙红。无人知此意，歌罢满帘风。

万事一身伤老矣，戎葵凝笑墙东[③]。酒杯深浅去年同。试浇桥下水，今夕到湘中。

①酬：度过，排遣。午日：端午。

②节序：节令。

③戎葵：即蜀葵，花开五色，似木槿。凝笑：长时间含笑。

《白话译文》

我高声吟咏《楚辞》，来度过端午。我四处漂泊，是一个匆匆的天涯过客。石榴花比不上舞女的衣裙那样红艳。没有人能理解我此时的心意，慷慨悲歌过后，一阵清风掠过。

历经万事之后，如今我已年老体伤。墙东的蜀葵从未改变它的笑容。我的酒量未减，杯中的深浅与往年相同。我把酒洒在桥下的江水中，让江水带着它流到湘江，以表达我对屈原的纪念。

长相思

康与之

游西湖

南高峰，北高峰[①]，一片湖光烟霭中。春来愁杀侬[②]。

郎意浓，妾意浓。油壁车轻郎马骢[③]，相逢九里松[④]。

①南高峰，北高峰：西湖诸山中南北对峙的高峰。

②侬（nóng）：人。

③油壁车：四周垂帷幕、用油漆涂饰车壁的香车。

④九里松：地名，在西湖北。

康与之（生卒年不详），字伯可，号顺庵，滑州（今河南滑县）人。秦桧门下十客之一，被擢为台郎。桧死，编管钦州，后移雷州，再移新州牢城。

白话译文

南有高峰，北也有高峰，两峰之间，湖光山色都笼罩在迷蒙的烟雾中。春天一来，让人无限忧愁。

郎的情意也浓，妾的情意也浓。妾坐油壁香车，郎骑青骢宝马，在九里松相逢。

浣溪沙

张元幹

山绕平湖波撼城①，湖光倒影浸山青。水晶楼下欲三更。

雾柳暗时云度月，露荷翻处水流萤②。萧萧散发到天明③。

①波撼城：孟浩然《望洞庭湖赠张丞相》："气蒸云梦泽，波撼岳阳城。"

②水流萤：荷叶上的露珠闪烁，犹如萤火。

③萧萧：疏散貌。

张元幹（1091—1161），字仲宗，号芦川居士。芦川永福（今福建永泰）人。力主抗金，以将作少监致仕。曾赋《贺新郎》赠李纲，后秦桧闻知此事，除名削籍。长于词，与张孝祥并称南宋初期"词坛双璧"。

白话译文

连绵的青山环绕着辽阔的湖面，汹涌的波涛似乎要撼动城垣。湖光潋滟，高山在湖中的倒影呈现出一片幽碧。在水晶楼下流连忘返，不知不觉快到半夜三更。

天上的浮云遮住月亮时，岸上的杨柳犹如被烟雾笼罩般暗淡，水中的荷叶轻轻摇曳，荷叶上的露珠闪烁，好像无数的流萤。面对此情此景，我决定散发独坐，沉吟到天明。

烛影摇红

廖世美

题安陆浮云楼[1]

霭霭春空，画楼森耸凌云渚[2]。紫薇登览最关情[3]，绝妙夸能赋。惆怅相思迟暮。记当日、朱阑共语。塞鸿难问，岸柳何穷，别愁纷絮。

催促年光，旧来流水知何处。断肠何必更残阳，极目伤平楚[4]。晚霁波声带雨[5]。悄无人、舟横野渡。数峰江上，芳草天涯，参差烟树[6]。

①安陆：今湖北安陆。浮云楼：即浮云寺楼。

②云渚（zhǔ）：云霄。

③紫薇：这里指杜牧。唐代中书省曾称紫薇省，杜牧曾任中书舍人，故称杜紫薇。

④平楚：平旷的原野。

⑤带雨：韦应物《滁州西涧》："春潮带雨晚来急，野渡无人舟自横。"

⑥参差：高下不齐貌。

廖世美（生卒年不详），生平事迹不详。大约生活于南北宋之交。

《白话译文》

云雾茫茫，画楼高耸入云。当年杜牧曾在这里登临，留下了动人的诗篇，成为千古绝唱。日暮时分，心情惆怅，相思之情涌上心头。记得那时，我们共倚朱栏，情语绵绵。而如今，人去楼空，石沉大海。唯有岸边一望无边的柳树好像知道我的离愁，纷纷扬起了柳絮。

逝水流年，往日楼下的河水，如今流向哪里？我本已肝肠寸断，夕阳又何必前来给我添堵，极目远望，平旷苍茫的原野更是让人无限感伤。向晚天晴，水波声中似乎还带着雨声。四周悄无声息，只有一只小舟，静静地横在野外的渡口。江边远处有几座山峰若隐若现，芳草绵延无际，几棵高矮不齐的树木被寒烟笼罩。

满江红

岳　飞

写　怀

怒发冲冠[①]，凭阑处、潇潇雨歇。抬望眼、仰天长啸，壮怀激烈。三十功名尘与土，八千里路云和月。莫等闲、白了少年头，空悲切。

靖康耻[②]，犹未雪。臣子恨，何时灭。驾长车，踏破贺兰山缺[③]。壮志饥餐胡虏肉[④]，笑谈渴饮匈奴血。待从头、收拾旧山河，朝天阙[⑤]。

---

①怒发冲冠：愤怒得头发竖立，以至于将帽子顶起。

②靖康耻：宋钦宗靖康二年（1127），金兵攻陷汴京，掳走徽钦二帝，北宋遂亡。

③贺兰山：位于宁夏回族自治区与内蒙古自治区交界处，此处借指敌境。

④胡虏：秦汉时称匈奴为胡虏，后为与中原敌对的北方部族的通称。

⑤朝天阙：朝见皇帝。天阙，宫殿前的楼观，此代指朝廷。

岳飞（1103—1142），字鹏举。相州汤阴（今属河南）人。出身贫寒，20岁应募为“敢战士”，在抗金斗争中屡建奇功。绍兴十年（1140），授少保、河南北诸路招讨使，挥师北伐，连克蔡

州、郑州、洛阳，取得“郾城大捷”，准备指日渡河收复中原。但南宋朝廷主和，以“十二道金牌”勒令其退兵。绍兴十一年(1141)被高宗赵构、秦桧以“莫须有”的罪名拘捕入狱，翌年被杀。诗词作品不多，多为军旅之作，风格豪放，气势磅礴。

《白话译文》

我愤怒得头发直立，帽子被头发顶起，凭栏远眺，一阵急雨刚刚停歇。仰望苍天，发出一阵长啸，豪情壮志在心中剧烈燃烧。三十多年的功业如同尘土般微不足道，转战南北八千里，从未懈怠。要抓紧时间建功立业，不要将青春白白浪费，等到白发之时徒然伤悲。

靖康之变的奇耻，仍然没有被洗刷。作为臣子的愤恨，何时才能泯灭。我要驾着战车踏平贺兰山。发誓喝敌人的血，吃敌人的肉。待我收复旧日山河，再向朝廷将胜利汇报！

《名句赏析》

莫等闲、白了少年头，空悲切

词人反省自己尚未建立丰功伟绩，于是激励自己，不要虚度光阴，争取早日完成抗金大业，反映了词人积极进取的精神，以及对实现抗金复国使命的紧迫感。这几句既是词人的自勉之词，也是对抗金将士的鼓励和鞭策。清人陈廷焯在《白雨斋词话》中评价道：“何等气概！何等志向！千载下读之，凛凛有生气焉。”

小重山

岳　飞

昨夜寒蛩不住鸣[①]。惊回千里梦[②]，已三更。起来独自绕阶行。人悄悄，帘外月胧明[③]。

白首为功名。旧山松竹老[④]，阻归程[⑤]。欲将心事付瑶琴[⑥]。知音少，弦断有谁听?

①寒蛩（qióng）：秋天的蟋蟀。

②千里梦：指梦回中原。

③月胧明：月光不明。胧，朦胧。

④旧山：指丢失的旧山河。松竹老：喻北方人民充满焦急的渴盼。

⑤归程：喻指收复失地。

⑥瑶琴：琴的美称。

白话译文

昨夜，深秋的蟋蟀不停地啼叫，远征故土的梦被惊醒，正是三更时分。睡意全消，起来独自绕着台阶行走。四周静悄悄的，帘外，一轮淡月朦胧微明。

为收复河山成不世之功，殚精竭虑，两鬓斑白。北方失地的松竹等待多年，如今已老，无奈归程受阻，鞭长莫及。

想把满腹的心事寄托在瑶琴之上。但是知音难觅，即使琴弦弹断了又有谁会听呢？

名句赏析

欲将心事付瑶琴。知音少，弦断有谁听

欲将自己满腹的心事寄托给琴弦，可是没有知音，就是把琴弦弹断了也没有人来听。这里引用伯牙与知音钟子期之间的故事，曲折委婉地表达作者的一腔愤懑和壮志难酬的悲怆。当时词人准备大举收复中原，北上灭金，但是朝野上下一片议和之声，使词人陷入孤掌难鸣的境地，不禁担忧起国家的未来和命运，心情因此十分沉重。

忆王孙

李重元

春　词

萋萋芳草忆王孙[①]，柳外楼高空断魂[②]。杜宇声声不忍闻[③]。欲黄昏，雨打梨花深闭门。

①萋萋：形容春草茂盛的样子。王孙：这里指游子，行人。

②空：徒自。

③杜宇：即杜鹃，鸣声凄厉，好像是说“不如归去”。

李重元（生卒年不详），生平事迹不详。有《忆王孙》词4首，分咏春、夏、秋、冬四季。

白话译文

茂盛的芳草使我想起远游在外的王孙。杨柳青青，高楼望断，徒自神伤。杜鹃不住地啼叫，凄厉的声音令人不忍听闻。临近黄昏，天又降雨，将梨花纷纷打落，让人不忍再看，我无可奈何地紧闭起房门。

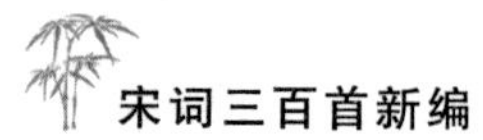

名句赏析

欲黄昏，雨打梨花深闭门

凄厉的杜鹃声，让人不忍听闻；散落的梨花瓣，让人不忍观看。天近黄昏，女子思念远人的孤寂心情，随着凄风厉雨，更加魂销肠断，尤其被雨点打碎的散落一地的梨花，恰似她日渐憔悴的面容，无人怜惜。于是她紧紧关闭门户，不再见人。给人以无限的遐想，其内心的悲苦有难以言尽之感。

六州歌头

韩元吉

桃　花

东风著意，先上小桃枝。红粉腻[1]，娇如醉，倚朱扉。记年时，隐映新妆面，临水岸，春将半，云日暖，斜桥转，夹城西。草软莎平[2]，跋马垂杨渡[3]，玉勒争嘶[4]。认蛾眉凝笑，脸薄拂燕支[5]。绣户曾窥[6]，恨依依。

共携手处，香如雾，红随步，怨春迟。消瘦损，凭谁问？只花知，泪空垂。旧日堂前燕[7]，和烟雨，又双飞。人自老，春长好，梦佳期。前度刘郎[8]，几许风流地，花也应悲。但茫茫暮霭，目断武陵溪[9]。往事难追。

①红粉：妇女化妆用的胭脂和铅粉。借指美女。

②莎：草名。

③跋（bá）马：驱马飞驰。

④玉勒：玉饰的马衔，也泛指马。

⑤燕支：即胭脂。

⑥绣户：雕饰华美的门户。

⑦旧日堂前燕：刘禹锡《乌衣巷》："旧时王谢堂前燕，飞入寻常百姓家。"

⑧刘郎：指东汉人刘晨。

⑨武陵溪：用陶渊明《桃花源记》故事。亦暗指刘晨误入武陵

溪，遇仙女结为夫妇之事。

韩元吉（1118—1187），字无咎，号南涧。开封雍丘（今属河南）人。历任礼部尚书、吏部侍郎等职。交游广泛，与陆游、朱熹、辛弃疾、陈亮等相善，多有诗词唱和。

白话译文

东风带着柔情，先吹开了桃枝上的小花。就像脂粉细腻的佳人，正斜倚着朱红的门扉，娇嫩鲜美得让人心醉。记得去年，她娇颜新妆，隐隐与桃花争艳，在水边亭亭玉立。春天将要过半，云淡日暖，我沿着斜桥回转，来到夹城西边。路上芳草萋萋，渡头杨柳依依，骏马嘶鸣。我无意间瞥见了她，黛蛾青青，略施脂粉，风姿绰约。我曾追寻她的住处，却一无所获，令人怅恨不已。

当年携手共游之处，桃花香薄如雾，地上的落花在脚边旋舞，怨恨春之迟暮。人已瘦损憔悴，有谁来关心慰问？只有桃花懂得人的心思，空将清泪低垂。去年堂前筑巢的燕子，在朦胧的春雨中又双双回到故居。春光永远美好，而人已渐渐老去，只能将佳期求诸梦中。前度刘郎今天再来此地，曾经的风流之地如今还剩下多少？对此桃花也会伤悲。如今只见暮霭茫茫，武陵溪已看不见，往事难以追回。

霜天晓角

韩元吉

蛾眉亭[①]

倚天绝壁，直下江千尺。天际两蛾凝黛[②]，愁与恨、几时极[③]。

暮潮风正急，酒醒闻塞笛[④]。试问谪仙何处[⑤]，青山外、远烟碧。

①蛾眉亭：建在安徽当涂西北采石矶上。

②两蛾凝黛：喻指长江两岸东西对峙的梁山。

③极：穷尽，消失。

④塞笛：边防军队里吹奏的笛声。当时采石矶为边防重镇，绍兴三十一年（1161），虞允文在此地大败金兵。

⑤谪仙：指李白。李白终老于当涂。

白话译文

峭壁插云，倚天挺立，千尺飞瀑奔流直下，泻入滔滔江水。东西对峙的山峰就像两道紧蹙的蛾眉，愁与恨何时才能消散？

傍晚时，风起潮涌，浪高风急；酒醒后，羌笛幽怨，如泣如诉。试问李白现在何处？在那重重的青山之外，千里碧烟的尽头。

卜算子

陆　游

咏　梅

驿外断桥边，寂寞开无主[①]。已是黄昏独自愁，更著风和雨[②]。

无意苦争春，一任群芳妒[③]。零落成泥碾作尘，只有香如故。

①无主：无人过问，无人欣赏。

②著：遭受。

③一任：任凭。

陆游（1125—1210），字务观，号放翁。山阴（今浙江绍兴）人。绍兴中试礼部，位列秦桧孙之前，被黜。历任福州宁德县主簿、枢密院编修官、隆兴府通判、成都府安抚司参议官、实录院同修撰等职。与范成大、杨万里、尤袤并称“中兴四大诗人”，其诗语言平易晓畅，兼具李白的雄奇奔放与杜甫的沉郁悲凉。其词风格多样，有的清丽缠绵、真挚动人，有的襟怀开阔、寓意深刻，有的慷慨激昂、雄浑奔放。

《白话译文》

驿站之外的断桥旁，梅花寂寞地开放，无人过问，无人欣赏。暮色降临，寂寥的梅花已是非常愁苦，却又遭到了风雨的摧残。

梅花开在百花之首，却无意去争群芳之冠，只能任凭它们去嫉妒。即使花瓣凋零，被碾作泥土，化作灰尘，它的芬芳依然如故。

《名句赏析》

零落成泥碾作尘，只有香如故

这几句词笔致细腻，意味深隽，表现了梅花高尚的操守，就算沦落到与泥水混杂，被碾作尘土，让人不忍观看的地步，仍然有香气留在人间。在这里，词人借梅言志，他因力主抗金而屡遭排挤，因此以群花比喻当时趋炎附势、打击异己的卑劣小人，而以梅花自喻，表达了自己即使历尽千难万险，也不会改变志节的决心，有着激励人心的力量。

秋波媚

陆　游

七月十六日晚，登高兴亭[①]，望长安南山。

秋到边城角声哀，烽火照高台[②]。悲歌击筑，凭高酹酒[③]，此兴悠哉。

多情谁似南山月，特地暮云开。灞桥烟柳[④]，曲江池馆[⑤]，应待人来[⑥]。

①高兴亭：在南郑（今属陕西）内城西北，正对着当时在金占领区的长安南山。南郑地处抗金前线，当时陆游在南郑任上。

②高台：这里指高兴亭。

③酹酒：把酒洒在地上的祭祀仪式。

④灞桥：在今陕西西安城东，唐人送客至此桥，常折柳赠别。

⑤曲江：在今陕西西安东南。

⑥人：指南宋军队。

《白话译文》

秋天来到边城，号角声声悲壮，前线无事的平安烽火映照着高兴亭。击筑高歌，凭高洒酒，引起了无限的豪情壮志。

那多情的南山明月，为了让我看得更清楚，特意把层层的暮云推开。那灞桥边的烟柳，曲江的池台，正等待着宋军收复失地，胜利归来。

诉衷情

陆　游

当年万里觅封侯①，匹马戍梁州②。关河梦断何处？尘暗旧貂裘③。

胡未灭，鬓先秋④，泪空流。此生谁料，心在天山⑤，身老沧洲⑥。

①万里觅封侯：奔赴万里之外的疆场，寻找建功立业的机会。

②戍：防卫。梁州：此处指南郑。

③尘暗旧貂裘：貂皮裘上落满灰尘，颜色暗淡。喻指自己不受重用，无法施展抱负。

④秋：秋霜，比喻年老已生白发。

⑤天山：这里指南宋与金国相持的西北前线。

⑥沧洲：靠近水的地方，泛指高士隐遁之地。这里指位于镜湖之滨的家乡。

白话译文

想当年奔赴万里之外的疆场，寻找建功立业的机会，单枪匹马保卫梁州。如今边塞生活只能在梦中出现，梦醒后它在何处？曾经出征时穿的貂裘如今已堆满厚厚的灰尘，颜色暗淡。

胡人尚未消灭，自己的双鬓却已白如秋霜，感伤的眼泪

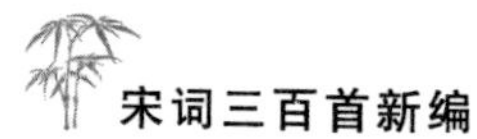

只能白白地流淌。谁能想到我这一生，心始终在前线杀敌，人却老死在沧洲！

《名句赏析》

此生谁料，心在天山，身老沧洲

词人在这三句中通过自身的遭遇反映现实和理想的矛盾，抒发对南宋朝廷误国误民政策的无比愤慨。陆游六十五岁时被罢官，余生绝大部分时间都闲居在家，对于他这种胸怀壮志的人来说，这种生活难以忍受。每当梦中，他的心远飞到“天山”，看到的是“铁马冰河”，然而梦醒之际，却发现身体仍“僵卧孤村”，困守沧洲。“谁料”二字写出了年少之时的天真与晚年之时的失望，词人犹如一心要搏击长空的苍鹰，却被折断双翼，重重地摔在地上，在痛苦中呻吟。

鹊桥仙

陆　游

华灯纵博[①]，雕鞍驰射，谁记当年豪举。酒徒一半取封侯[②]，独去作、江边渔父。

轻舟八尺，低篷三扇，占断蘋洲烟雨[③]。镜湖元自属闲人[④]，又何必、君恩赐与[⑤]。

①纵博：即豪赌。当时被视为任侠豪爽的一种行为。

②酒徒：喻酒囊饭袋之徒。

③占断：占尽。

④镜湖：在浙江会稽、山阴交界处。闲人：作者自称。

⑤君恩赐与：贺知章告老还乡到会稽，唐玄宗诏赐镜湖剡川一角。

白话译文

在华丽的灯光下与同僚们纵情豪赌，骑着雕鞍骏马驰骋射猎，谁还记得我当年豪壮的军旅生活？那些只知道酗酒的酒徒们很多都受赏封侯、把持朝政，而我们这些胸怀大志之人，却不得不隐居江边做个钓翁。

扁舟只有八尺，篷窗也只有三扇，在这样的小舟上可以尽享蘋洲的旖旎景色。镜湖风月本来就属于像我这样的闲人，还用得着你君王恩赐吗？

谢池春

陆　游

壮岁从戎，曾是气吞残虏。阵云高、狼烟夜举。朱颜青鬓，拥雕戈西戍。笑儒冠、自来多误[①]。

功名梦断，却泛扁舟吴楚。漫悲歌、伤怀吊古。烟波无际，望秦关何处。叹流年、又成虚度。

①笑儒冠、自来多误：杜甫《奉赠韦左丞丈二十二韵》："纨绔不饿死，儒冠多误身。"

白话译文

壮年之时开始了戎马生活，曾有过气吞万里的壮志豪情。夜里狼烟高举，战云厚重。年轻人手持兵器西去戍边，何等英勇。可笑自古儒生不肯报效疆场，徒逞口舌之能、刀笔之功。

收复故国的梦想已经破碎，我只能退隐吴楚，泛舟江湖，引吭悲歌，伤今吊古。浩渺的江波一望无际，北望秦关现在何处？黯然长叹，似水流年，又被虚度。

夜游宫

陆　游

记梦寄师伯浑[1]

雪晓清笳乱起，梦游处、不知何地。铁骑无声望似水。想关河，雁门西，青海际。

睡觉寒灯里[2]。漏声断、月斜窗纸。自许封侯在万里。有谁知，鬓虽残[3]，心未死。

①师伯浑：词人的朋友。

②睡觉：睡醒。

③残：这里指头发脱落稀疏，意即年老。

白话译文

在睡梦之中，不知来到了什么地方。只见天已破晓，雪花纷纷，清幽的笳声到处响起。无数的铁骑默默无声，望去犹如一条连绵不绝的江河。我想这样的关河，一定在雁门关之西，青海的边际。

一觉醒来，灯光闪烁，漏声滴断，一轮明月斜挂窗前。我曾许下诺言，要在万里疆场上杀敌封侯，可有谁了解，我的鬓发虽已稀疏斑白，可我收复故土的心却并未死去！

钗头凤

陆　游

红酥手，黄縢酒[①]，满城春色宫墙柳[②]。东风恶，欢情薄。一怀愁绪[③]，几年离索[④]。错、错、错！

春如旧，人空瘦，泪痕红浥鲛绡透[⑤]。桃花落，闲池阁[⑥]。山盟虽在，锦书难托。莫、莫、莫！

①黄縢（téng）酒：亦称黄封酒，此处泛指美酒。宋代官酒以黄纸、黄绢封于瓶口，以示质地优良。

②宫墙：南宋以绍兴为陪都，因此有宫墙。

③一怀：满怀。

④离索：离群索居。

⑤浥（yì）：沾湿。鲛绡（jiāoxiāo）：传说中鲛人所织的绡，极薄，后用以泛指薄纱，这里指手帕。

⑥池阁：池上的楼阁。

白话译文

红润细腻的手，捧出黄封酒。春色满城，你却像宫墙中的绿柳，可望而不可即。可恶的东风乱吹，欢情的生活短暂。满腹愁绪，几年离别的生活难以言说。错，错，错！

春色如旧，人却白白地消瘦。泪水洗掉胭脂，又把丝帕儿浸透。满园的桃花已经凋落，闲置了池塘上的楼阁。山盟海誓犹在耳旁，锦文书信却难以交付。莫，莫，莫！

名句赏析

东风恶，欢情薄。一怀愁绪，几年离索。错、错、错

“东风恶”一语双关，是全词的关键所在。一般来说，给万物带来生机的东风是正面的形象，然而它有时也是很有破坏力的，后面的“桃花落，闲池阁”就是证明。在这里，“东风恶”主要是具有象征意义，象征拆散陆、唐二人的“恶”势力。“欢情薄。一怀愁绪，几年离索。”被拆散后的二人在感情上遭受巨大的折磨和痛苦，正如烂漫的春花被无情的东风所摧残而凋落。接下来，三个“错”字连迸而出，到底是谁错了呢？词人没有明说，也不便于明说。这几句词可谓字字血泪，如江河奔泻，一气贯注。

钗头凤

唐　琬

世情薄，人情恶，雨送黄昏花易落。晓风干，泪痕残，欲笺心事①，独语斜阑②。难，难，难！

人成各，今非昨，病魂常似秋千索③。角声寒，夜阑珊④，怕人寻问，咽泪装欢。瞒，瞒，瞒！

①笺：写出。

②斜阑：即斜栏。

③病魂常似秋千索：描写精神恍惚似飘荡不定的秋千索之状。

④阑珊：将止，将尽。

唐琬（生卒年不详），字蕙仙，陆游母舅之女，自幼文静灵秀，才华横溢。高宗绍兴十四年（1144），与陆游结为夫妻，婚后两情相悦，后因陆母偏见而被拆散，嫁同郡赵士程。

白话译文

人情冷暖，世态炎凉，黄昏时阴雨连绵，打落片片桃花。晨风吹干了雨水，流了一夜的泪水残痕仍在，想把心事写成书信寄出去，但自己已嫁作他人之妇，只能倚着斜栏，千言万语只能说给自己听。难、难、难。

十年已过，物是人非，咫尺天涯，我抑郁成疾，体弱多病，精神恍惚似飘荡不定的秋千索。夜里听着角声，身心俱寒，就这样彻夜流泪，直到天明。怕被人发觉，只能咽下泪水，在别人面前强颜欢笑。瞒、瞒、瞒。

名句赏析

晓风干，泪痕残，欲笺心事，独语斜阑。难，难，难

被昨日黄昏时的雨水打湿的花，经今早的风一吹，已经干了，而自己流了一夜的泪水，到天明时残痕仍在。想把自己的心事写下来寄给对方，然而自己已经嫁作他人之妇，丈夫对自己又很好，无法做出有悖礼教的事情，悲痛的心理无处诉说，只能“独语斜阑”。最后三个“难”正是词人内心苦衷的最好表达：人情冷暖，世态炎凉，做人难，做女人更难，做一个被休以后再嫁的女人尤其难！

生查子

陆游妾

只知眉上愁，不识愁来路。窗外有芭蕉，阵阵黄昏雨。

逗晓理残妆①，整顿教愁去。不合画春山②，依旧留愁住。

①逗晓：破晓，天刚亮的时候。

②不合：不该。

陆游妾（生卒年不详），据说为驿卒之女，能诗。陆游宿于驿中，见其题诗于壁上，遂纳之为妾，半年后为陆妻所逐。清人陈廷焯评道："（陆游）前则迫于其母而出其妻，后又迫于后妻而不能庇一妾，何所遭之不偶也。"

白话译文

只知道愁爬上了眉头，却不知愁来自何处。江南雨水阵阵，窗外芭蕉棵棵，黄昏时，雨打芭蕉的声音传入窗内，让人辗转反侧。

清晨梳洗昨天残留的妆饰，想好好打扮一下把愁赶走。可眉毛怎么描画都是愁眉不展的样子，看来不应该画眉，因为又把愁容留在了眉间。

鹊桥仙

蜀　妓

说盟说誓，说情说意，动便春愁满纸[①]。多应念得脱空经[②]，是那个、先生教底。

不茶不饭，不言不语，一味供他憔悴。相思已是不曾闲，又那得、工夫咒你。

①动：动辄，常常。

②多应念得脱空经：大概是读了教人说谎哄骗的经书了吧。多，大多，大半。脱空，指言而无信，言行不一。经，经书，经典。

蜀妓（生卒年不详），姓氏、居里、生平不详。陆游门客自蜀携归。

白话译文

山盟海誓，花言巧语，动不动就满纸春愁。大概是读了教人说谎的经书了吧，到底是谁教给你的。

茶饭不思，闷闷无语，为了你我憔悴不堪。天天想你都还来不及，哪里还有时间诅咒你。

水调歌头

范成大

细数十年事，十处过中秋。今年新梦，忽到黄鹤旧山头。老子个中不浅，此会天教重见，今古一南楼。星汉淡无色[①]，玉镜独空浮[②]。

敛秦烟，收楚雾，熨江流。关河离合，南北依旧照清愁。想见姮娥冷眼[③]，应笑归来霜鬓，空敝黑貂裘[④]。酾酒问蟾兔[⑤]，肯去伴沧洲。

①星汉：银河。这里指天上的星星。

②玉镜：指月亮。

③姮（héng）娥：即嫦娥。

④空敝黑貂裘：用《战国策·秦策》的故事。苏秦游说秦王，十次上书均未被采纳，资财用尽，所穿黑貂皮衣服也已破旧不堪，只好回家。这里比喻作者没能实现自己的抱负。

⑤酾（shāi）酒：斟酒。蟾兔：代指月亮。

范成大（1126—1193），字致能，号石湖居士。吴县（今属江苏）人。孝宗乾道六年（1170），出使金国，不辱使命。历任礼部员外郎、吏部尚书、参知政事、资政殿学士等职。素有文名，尤工诗，风格平易浅显、清新妩媚，与杨万里、陆游、尤袤合称“中兴四大诗人”。陈廷焯《白雨斋词话》评其词“音节最婉转”。

白话译文

细数这十来年，在十来个地方过的中秋。没想到今年中秋节会在黄鹤山上过。东晋庾亮秋夜登上的那座南楼，今天我也前来游览。此时月明星稀，孤月独悬。

明净的月光下，江南江北烟雾散尽，江流就像被一条熨平的白练。山河分裂，美好的月光仍然引起了南北两地爱国志士的情愁。嫦娥一定在对我白眼相待，嘲笑我流落异乡十余年，如今黑发已经熬成了白头。斟满酒杯把酒问月，你愿意陪我一道归隐吗？

蝶恋花

范成大

春涨一篙添水面。芳草鹅儿，绿满微风岸。画舫夷犹湾百转[①]，横塘塔近依前远[②]。

江国多寒农事晚。村北村南，谷雨才耕遍[③]。秀麦连冈桑叶贱，看看尝面收新茧[④]。

①夷犹：犹豫迟疑，这里是指船行迟缓。

②横塘：在苏州西南。

③谷雨：二十四节气之一。

④看看：转眼之间，即将。

白话译文

春水新涨了一篙深。鹅儿蹒跚走在如茵的草地上，习习的微风吹绿了整个河岸。画船顺着九曲水湾缓缓游转，那横塘高塔，看起来近在眼前，却又像起航时那样遥远。

江南水乡春天多寒，农事较晚。村南村北谷雨时节才将农田耕遍。随风起伏的麦穗连冈成片，桑树茂盛，桑叶卖得很贱。很快就可以品尝新面、收取新茧了。

昭君怨

杨万里

赋松上鸥

晚饮诚斋[①]，忽有一鸥来泊松上，已而复去[②]，感而赋之。

偶听松梢扑鹿[③]，知是沙鸥来宿。稚子莫喧哗，恐惊他。

俄倾忽然飞去，飞去不知何处。我已乞归休，报沙鸥。

①诚斋：词人书房的名字。

②已而：后来。

③扑鹿：象声词，形容拍翅的声音。

杨万里（1127—1206），字廷秀，号诚斋。吉州吉水（今属江西）人。官至宝谟阁直学士。与陆游、尤袤、范成大并称“中兴四大诗人”。其词语言平易浅近，自然活泼。

白话译文

偶尔听到窗外松树上有扑鹿的声音，知道是沙鸥前来夜宿。小孩子不要喧哗，别惊走了它。

不一会儿，沙鸥突然振翅飞远，不知道飞到何处去了。请告诉沙鸥，我已经向朝廷提出申请，要辞官归隐了。

六州歌头

张孝祥

长淮望断[①]，关塞莽然平[②]。征尘暗，霜风劲，悄边声。黯销凝。追想当年事[③]，殆天数[④]，非人力。洙泗上，弦歌地，亦膻腥[⑤]。隔水毡乡[⑥]，落日牛羊下，区脱纵横[⑦]。看名王宵猎[⑧]，骑火一川明，笳鼓悲鸣，遣人惊。

念腰间箭，匣中剑，空埃蠹[⑨]，竟何成！时易失，心徒壮，岁将零。渺神京[⑩]。干羽方怀远[⑪]，静烽燧[⑫]，且休兵。冠盖使[⑬]，纷驰骛[⑭]，若为情[⑮]！闻道中原遗老，常南望、翠葆霓旌[⑯]。使行人到此，忠愤气填膺，有泪如倾。

①长淮：指淮河。宋高宗绍兴十一年（1141）与金和议，以淮河为宋金的分界线。

②莽然：草木丛生貌。

③当年事：指靖康年间金兵南侵灭北宋之事。

④殆：大概，也许。

⑤洙泗上，弦歌地，亦膻（shān）腥：意思是连孔子的故乡也被金人糟蹋蹂躏。洙泗，洙水和泗水，流经曲阜，孔子曾在此讲学。弦歌地，指礼乐文化之乡。膻腥，牛羊身上的腥臊气。

⑥毡乡：游牧民族居住的帐篷。

⑦区（ōu）脱纵横：土堡很多。区脱，匈奴语，指金兵哨所。

⑧名王：古代少数民族对贵族头领的称呼。

⑨埃蠹（dù）：尘掩虫蛀。

⑩神京：指北宋都城汴京。

⑪干羽方怀远：用文德以怀柔远人。干羽，舞蹈用的器具。

⑫烽燧：即烽火。

⑬冠盖使：指南宋去北方议和的官员。

⑭驰骛：匆忙奔走。

⑮若为情：以何为情，怎么好意思。

⑯翠葆霓旌：指皇帝的车马仪仗。翠葆，饰以翠鸟羽毛的车盖。

张孝祥（1132—1169），字安国，号于湖居士。历阳乌江（今安徽和县）人。历任中书舍人、直学士院、建康留守、荆南湖北路安抚使等职。诗文俱佳，尤善词。其词多慷慨悲凉之作，声律豪迈，气势雄伟，语言峭拔，风格与苏轼相近。

白话译文

在漫长的淮河岸边极目远望，关塞上草木丛生，一片平野。江淮之间，征尘暗淡，霜风凄紧，寂静无声。我久久伫望，黯然神伤。追想当年之事，恐怕是天意如此，人力难违；洙水和泗水流经的山东，是圣人孔子讲学的地方，曾经的弦歌之地、礼乐之乡，如今也陷入敌手，沾染上腥膻之气。一水之隔，遍地都是敌军的毡帐，黄昏时吆喝着成群的牛羊回栏，哨所纵横，防备严密。看金兵将领夜间出猎，骑兵手持火把照亮了整片平川，凄厉的笳鼓可闻，让人胆战心惊。

想我腰间弓箭，匣中宝剑，都已落满了灰尘，为虫所蠹，满怀壮志不得施展。时机容易丧失，却空有杀敌之心，虚度年华。遥望故都神京，一片渺茫，光复的希望亦是渺茫。朝廷推行怀柔政策，边境烽烟宁静，双方暂且罢兵。去北方议和的使者匆忙奔走，实在让人难为情。听说留在中原的父老，常常南望，渴盼看到旌旗蔽空的皇帝仪仗。倘若南方行人来到此地，必然忠愤填膺，泪如雨下。

名句赏析

使行人到此，忠愤气填膺，有泪如倾

这三句词是说南方任何一位爱国者渡淮北去，都会为中原大地的长期不能收复而激起满腔忠愤，为中原人民的年年南望却又年年失望而泪如雨下。这样，词人先举出中原人民殷切盼望复国的事实，然后又指出连过往的人（包括赴金使者）见到中原遗老也同样悲愤，进而深刻地揭露了朝廷的议和政策是多么不得人心。词人的高歌慷慨，愈转愈深，不仅充分表达了词人的悲愤之情，更有力地激发起人们的爱国热情。

念奴娇

张孝祥

过洞庭

洞庭青草，近中秋、更无一点风色[①]。玉鉴琼田三万顷[②]，著我扁舟一叶[③]。素月分辉[④]，明河共影[⑤]，表里俱澄澈。悠然心会，妙处难与君说。

应念岭表经年[⑥]，孤光自照[⑦]，肝胆皆冰雪[⑧]。短发萧骚襟袖冷[⑨]，稳泛沧溟空阔[⑩]。尽挹西江[⑪]，细斟北斗，万象为宾客[⑫]。扣舷独啸[⑬]，不知今夕何夕。

①风色：风势。

②玉鉴：明镜。琼田：美玉一般的田野。

③著：附着。

④素月：皎洁的月亮。

⑤明河：一作“银河”。

⑥岭表：一作“岭海”，五岭以外。经年：年复一年。

⑦孤光：指月光。

⑧肝胆：一作“肝肺”。冰雪：比喻胸怀磊落，心地如冰雪般纯洁。

⑨萧骚：一作“萧疏”，稀疏。襟袖冷：形容衣衫单薄。

⑩沧溟：一作“沧浪”，这里指浩渺的湖水。

⑪挹：一作“吸”，汲取。西江：长江连通洞庭湖，中上游在洞

庭以西，故称西江。

⑫万象：万物。

⑬扣：一作“叩”，敲击。啸：一作“笑”。

白话译文

洞庭湖边青草萋萋，中秋将至，风平浪静。三万顷湖水犹如一面巨大的明镜，载着我一叶扁舟。皎洁的月光与灿烂的银河倒映湖中，湖光灿烂，星影摇曳，水面上下一片澄澈。物境与心境悠然相会，这种种妙处难以用语言来形容。

由此想起在岭外的那些年，常常与孤月相伴，襟怀如冰雪一样明洁。而此刻的我，头发萧疏短少，衣袖难以避寒，稳稳地泛舟于洞庭湖上。让我捧尽西江之水，仔细地斟在北斗星做成的酒勺中，请天地万物来做我的宾客。我尽情地拍打着船舷，独自放歌长啸，已忘了现在为何日何时。

西江月

张孝祥

阻风山峰下[1]

满载一船秋色，平铺十里湖光。波神留我看斜阳，放起鳞鳞细浪。

明日风回更好[2]，今宵露宿何妨？水晶宫里奏霓裳[3]，准拟岳阳楼上。

①山峰：指黄陵山。

②风回：指风向转为顺风。

③水晶宫：传说中的水宫。霓裳：即《霓裳羽衣曲》。

《白话译文》

满载着一船的秋色缓缓而行，湖光十里，一望无际。水神为了挽留我欣赏夕阳下的湖景，吹起粼粼的波浪，阻挡了我的行程。

明天的风向一定会转好，那么今晚露宿一夜又有何妨？行船之声节奏动听，好像水晶宫在演奏《霓裳羽衣曲》。到达岳阳后，一定要在岳阳楼上观赏洞庭湖的景色。

西江月

张孝祥

问讯湖边春色[①]，重来又是三年。东风吹我过湖船，杨柳丝丝拂面。

世路如今已惯，此心到处悠然。寒光亭下水如天[②]，飞起沙鸥一片。

①问讯：问候。湖：指三塔湖。

②寒光亭：在三塔寺内。

白话译文

向湖边万紫千红的春色问候，这次重来，距离上次又过了三年。东风徐徐吹来，助我渡过湖波；岸边的杨柳似乎含情，丝丝摇摆，轻轻拂过人面。

人世沉浮，我如今已经习惯，我的心到哪里都能随遇而安。寒光亭下碧水茫茫，犹如一望无际的蓝天。一群沙鸥展翅翱翔，越飞越远。

霜天晓角

黄　机

仪真江上夜泊[1]

寒江夜宿，长啸江之曲。水底鱼龙惊动，风卷地、浪翻屋。

诗情吟未足，酒兴断还续。草草兴亡休问[2]，功名泪、欲盈掬[3]。

①仪真：今江苏仪征，在长江北岸，曾是南宋抗金前线。

②草草：草率。

③盈掬：满握，极言泪多。

黄机（生卒年不详），字几仲，号竹斋。东阳（今属浙江）人。曾仕州郡。词风沉郁苍凉，近辛弃疾。

白话译文

夜晚在寒冷的江边留宿，我伫立江边，思绪万千，不禁仰天长啸。此时狂风卷地，巨浪翻滚，惊动了水底的鱼龙。

吟诵了许多诗，仍然排遣不了心中的忧愤；断断续续地喝了许多酒，仍然化解不了心中的忧愁。不要问偌大的王朝为何兴亡忽焉，犹如一梦。胸怀壮志，却报国无门，想到这里我不禁泪如泉涌。

鹧鸪天

聂胜琼

寄李之问

玉惨花愁出凤城①，莲花楼下柳青青。尊前一唱阳关后②，别个人人第五程③。

寻好梦，梦难成，有谁知我此时情。枕前泪共阶前雨，隔个窗儿滴到明。

①玉惨花愁：形容女子愁眉苦脸。凤城：指汴京。

②阳关：《阳关曲》，离别之曲。

③人人：那个人，这里指李之问。第五程：一程又一程。

聂胜琼（生卒年不详），原为汴京名妓，与李之问情笃。李归家分别后五日，她以《鹧鸪天》词寄之。李妻见词而喜，助夫娶回为妾。

白话译文

我愁眉苦脸地出了汴京，在莲花楼上为你饯行，楼下柳色青青，留意无穷。酒宴上为你唱了首《阳关曲》后，我们从此天各一方，难以再见。

想要做个好梦，在梦里与你相见，可是却怎么也做不成，有谁了解我此刻的悲情。我的眼泪湿透了枕头，窗外的雨一直在下，眼泪和雨滴一直落到天明。

眼儿媚

朱淑真

迟迟春日弄轻柔[①]，花径暗香流。清明过了，不堪回首，云锁朱楼[②]。

午窗睡起莺声巧，何处唤春愁？绿杨影里，海棠亭畔，红杏梢头。

①迟迟：阳光温暖、光线充足的样子。

②朱楼：华丽的楼阁。

朱淑真（1135？—1180?），号幽栖居士，钱塘（今浙江杭州）人。生于仕宦之家，幼聪慧，晓音律，工诗文。其词“清新婉丽，蓄思含情，能道人意中事”。所嫁非其意，抑郁早逝。

白话译文

和暖的春日正在抚弄着柔嫩的柳条，花园的小路上暗香流动。清明过后，天色阴沉，浓浓的云雾笼罩着朱阁绣户，让人想起了不堪回首的往事。

午睡醒来，听着莺儿宛转的鸣叫声，却又唤起了我的春愁。莺儿是在哪里啼叫呢？在绿杨的阴影里，在海棠亭畔，还是在红杏的枝头？

谒金门

朱淑真

春　半

春已半，触目此情无限。十二阑干闲倚遍[①]，愁来天不管。

好是风和日暖，输与莺莺燕燕[②]。满院落花帘不卷，断肠芳草远。

①十二阑干：曲曲折折的栏杆。十二，形容栏杆曲折之多。

②输与：比不上，不如。

白话译文

春天已过了一半，眼前的景象让人伤情无限。整日里倚遍栏杆眺望远方，心中的愁怨老天也难以改变。

正是风和日丽的大好时光，却不能与心上人一起游赏，还不如那成双成对的莺燕。不忍看到满院的落花，垂下门帘屋中独坐。芳草连天，与他相隔千山万水，真是让人肝肠寸断。

蝶恋花

朱淑真

送 春

楼外垂杨千万缕。欲系青春，少住春还去。犹自风前飘柳絮[1]，随春且看归何处。

绿满山川闻杜宇。便做无情，莫也愁人苦。把酒送春春不语，黄昏却下潇潇雨[2]。

①犹自：仍然。

②潇潇雨：暴雨，急雨。

《白话译文》

杨柳依依，垂下万条青丝，似乎想要系住正在远去的春日。只有柳絮仍在风中飘舞，仿佛要随春而去，想要看看春天究竟去了何处。

山川绿遍，杜鹃哀啼。杜鹃虽然无情，也在为春去而悲鸣，而人更是愁苦不堪。我端起酒杯送别春天，春天默默无语，只是到了黄昏之时，下了一场漫天的大雨。

贺新郎

辛弃疾

别茂嘉十二弟①

绿树听鹈鴂，更那堪、鹧鸪声住，杜鹃声切。啼到春归无寻处，苦恨芳菲都歇，算未抵、人间离别。马上琵琶关塞黑②，更长门、翠辇辞金阙③。看燕燕④，送归妾。

将军百战身名裂。向河梁、回头万里，故人长绝⑤。易水萧萧西风冷，满座衣冠似雪。正壮士、悲歌未彻⑥。啼鸟还知如许恨，料不啼清泪长啼血。谁共我，醉明月？

---

①茂嘉：辛弃疾族弟。

②马上琵琶关塞黑：即王昭君出塞远嫁匈奴之事。

③长门：汉宫名。汉武帝时陈皇后失宠后幽居长门宫，后以“长门”泛指失宠后妃居住之地。翠辇：用翠羽装饰的宫车。金阙：富丽堂皇的宫殿。

④燕燕：《诗经·邶风·燕燕》：“燕燕于飞，差池其羽。之子于归，远送于野。”《毛传》认为此诗写的是“卫庄姜送归妾也”。

⑤将军百战身名裂。向河梁、回头万里，故人长绝：汉将李陵多次与匈奴作战，屡建功勋，最后一战兵败投降，声名尽毁。李陵《与苏武诗》：“携手上河梁，游子暮何之。”《汉书·苏武传》载李陵送别

语："异域之人，一别长绝。"河梁，河上的桥。故人，指苏武。长绝，永别。

⑥易水萧萧西风冷，满座衣冠似雪。正壮士、悲歌未彻：《史记·刺客列传》：燕太子丹派荆轲刺杀秦王，临行时，众人皆白衣素服。高渐离击筑，荆轲和歌："风萧萧兮易水寒，壮士一去兮不复还。"

辛弃疾（1140—1207），字幼安，号稼轩居士。历城（今山东济南）人。曾任江南西路安抚使、福建提点刑狱等职。

辛弃疾的词风沉雄豪迈又不乏细腻柔媚之处，在苏轼的基础上，大大开拓了词的思想意境，提高了词的文学地位，同时在苏轼词的基础上进一步扩大了词的题材范围，几乎达到了无事、无意不可入词的地步，后人遂以"苏辛"并称。辛弃疾的词题材广阔又善于化用前人典故，抒写力图恢复国家统一的爱国热情，倾诉壮志难酬的悲愤，对当时执政者的屈辱求和颇多谴责；也有不少吟咏祖国河山的作品。辛词以其内容上的爱国思想，艺术上的创新精神，在文学史上产生了巨大影响。与辛弃疾以词唱和的陈亮、刘过等，或稍后的刘克庄、刘辰翁等，都与他的创作倾向相近，形成了南宋中叶以后声势浩大的爱国词派。

白话译文

绿树里鹈鴂的叫声凄厉，更让人难以忍受的是，鹧鸪的叫声刚刚停住，杜鹃又发出悲鸣。一直啼到春天归去再也找寻不到，芬芳的百花纷纷凋谢，让人愁苦、怨恨，但凡此种种也不如人间离别那般惨痛。比如王昭君骑在马上弹着琵琶，走向黑沉沉的塞外；更有陈阿娇被贬长门宫，不得不坐着翠

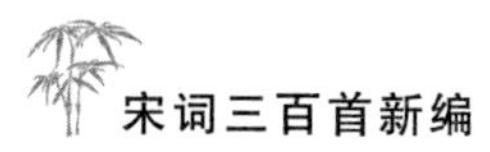

色的宫辇辞别皇宫；还有春秋时卫国的庄姜送戴妫回国。

汉代名将李陵身经百战，屡建功勋，最后一战兵败投降而声名尽毁，到河边桥头送别苏武，回头遥望万里之外的故国，与故友就此永别。燕太子丹在易水河畔为荆轲送行，此时秋风萧瑟，在座之人皆白衣如雪，荆轲悲歌无尽无歇。啼鸟倘若知道人间有如此多悲痛，料想随啼声眼中滴出的不是泪而是血。如今即将与你分别，还有谁与我一同开怀畅饮，共赏明月？

名句赏析

啼鸟还知如许恨，料不啼清泪长啼血。
谁共我，醉明月

词人在词中列举的诸多典故，都是极悲痛的“别恨”，都是为了衬托自己此时沉重、悲痛的心情。又说啼鸟只知春归之恨，如果也能了解到人间悲痛，随啼声眼中滴出的将不是眼泪而是鲜血，为下文转入送别这一主题做了铺垫。“谁共我，醉明月”承上面两句迅速归结到“送别”的主题，并把上面的连篇用典一下子收拢回来，使全词大处落墨又不脱离主题，可谓奇巧之至。

念奴娇

辛弃疾

书东流村壁[①]

野棠花落[②]，又匆匆过了，清明时节。刬地东风欺客梦[③]，一枕云屏寒怯[④]。曲岸持觞[⑤]，垂杨系马，此地曾经别。楼空人去，旧游飞燕能说。

闻道绮陌东头[⑥]，行人曾见，帘底纤纤月[⑦]。旧恨春江流不断，新恨云山千叠。料得明朝[⑧]，尊前重见，镜里花难折。也应惊问：近来多少华发[⑨]？

①东流：安徽南部的县名。

②野棠：野生的棠梨，二月开白花。

③刬（chǎn）地：宋时方言，相当于“无端地”。

④云屏：云母装饰的屏风。

⑤觞：古代一种酒具。

⑥绮陌：繁华街市，指花街柳巷。

⑦纤纤月：美人的纤足。

⑧明朝：以后，将来。

⑨华发：花白的头发。

白话译文

野棠花凋落，清明节又这样匆匆而过。东风无端地欺凌着行人，惊醒了我的梦。云屏送来阵阵春寒，让我孤枕难耐。在那幽曲的岸边，我们曾一起举杯畅饮。将马系于垂柳之下，在此地我与她曾经离别。如今人去楼空，只有往日的燕子还在这里栖息，诉说着我们当年的故事。

听说在花街柳巷的东面，有人曾在帘下见过她的纤足。旧愁如春天的江水流不尽，新恨又像乱山重叠，无际无穷。假如有一天，我们在酒宴上再次相遇，旧情也会像镜花水月一样虚无缥缈，难以再续。到那时，她应该会惊问："你最近怎么添了这么多的白发？"

西江月

辛弃疾

夜行黄沙道中[①]

明月别枝惊鹊，清风半夜鸣蝉。稻花香里说丰年，听取蛙声一片。

七八个星天外，两三点雨山前。旧时茅店社林边[②]，路转溪桥忽见[③]。

①黄沙：指黄沙岭，在江西上饶之西。

②社林：土地庙附近的树林。社，土地神庙。

③见：同“现”，显现，出现。

白话译文

明月惊飞了栖息于枝头的喜鹊，徐徐夜风送来了远处的蝉鸣。阵阵稻花香中谁在谈论丰收的年景，原来是稻田里的青蛙在为丰收齐声欢唱。

天边几颗星星时隐时现，转眼间山前洒落了几滴细雨。土地庙树丛旁过去明明有个茅店可以避雨，它现在哪儿去了？急急从小桥过溪，拐了个弯儿，它忽然出现在自己的眼前。

《名句赏析》

稻花香里说丰年，听取蛙声一片

这两句词把人们的关注点转移到稻田，词人不仅陶醉于夜间黄沙道上的景象，更关心扑面而来的阵阵稻花香，又由稻花香联想到丰收的年景，因为“民以食为天”，只有粮食才是与百姓生活最息息相关的。“稻花香里说丰年”先写出“说”的内容，“听取蛙声一片”再补出声音的来源，原来为丰收歌唱的不是人类，而是青蛙，连青蛙们都为丰收齐声歌唱，丰收的年景更加可期，词人心头的甜蜜之感不言自明，突出地表现了词人爱国爱民的高尚情怀。

祝英台近

辛弃疾

晚　春

宝钗分[①]，桃叶渡[②]，烟柳暗南浦。怕上层楼，十日九风雨。断肠片片飞红，都无人管，更谁劝、啼莺声住？

鬓边觑，试把花卜归期，才簪又重数。罗帐灯昏，哽咽梦中语："是他春带愁来，春归何处？却不解、带将愁去。"

①宝钗分：古代有分钗赠别的习俗。

②桃叶渡：渡口名，在今江苏南京秦淮河与青溪合流处。因王献之在此迎送爱妾桃叶而得名。

《白话译文》

将宝钗分为两半，各持一半作为信物，在渡口送别，水边杨柳依依，烟霭蒙蒙。我不敢登楼远望，十天里有九天风急雨骤。落花纷飞，惹人肠断，肆虐的风雨都无人来管，还有谁能劝那黄莺儿停止鸣啼？

瞧一瞧鬓发，用花卜之法占卜离人的归期，卜完之后，生怕数错，又摘下来重数一遍。昏暗的灯光映照着罗帐，在梦中哽咽着倾诉："是春天给我带来了忧愁，如今春天又归向何处？却不知道将忧愁也带走。"

丑奴儿

辛弃疾

书博山道中壁[①]

少年不识愁滋味[②]，爱上层楼。爱上层楼，为赋新词强说愁。

而今识尽愁滋味[③]，欲说还休。欲说还休，却道天凉好个秋。

①博山：山名，在今江西广丰西南，状如庐山香炉峰。辛弃疾罢职退居上饶，常过此地。

②少年：年轻的时候。

③识尽：尝够，深深懂得。

白话译文

人年轻的时候不知道忧愁的滋味，喜欢登高远望。喜欢登高远望，为写一首新词没有愁也要勉强说愁。

如今尝尽了忧愁的滋味，想说愁却说不出来。想说愁却说不出来，却说好一个凉爽的秋天啊！

名句赏析

而今识尽愁滋味，欲说还休。欲说还休，却道天凉好个秋

“识尽愁滋味”，这里的“尽”字，有极强的概括力：词人为抗金大计东奔西走，献谋献策，然而南宋政权根本无意收复中原，对他招之即来、挥之即去，他不仅报国无门，还落得个被削职闲居的境地。他的“愁”郁结心头已久，很想对人倾诉，但是一想到朝政被投降派把持，说了也于事无补，索性就不说了。“欲说还休”四字重复出现，用叠句的形式渲染了“有苦说不出”的气氛，加强了艺术效果。而“却道天凉好个秋”，实为“顾左右而言他”，意思是说词人无可奈何，只得避而不谈，说些言不由衷的话聊以应景，看似洒脱，实则非常耐人寻味。

鹧鸪天

辛弃疾

鹅湖归病起作[1]

枕簟溪堂冷欲秋[2]，断云依水晚来收[3]。红莲相倚浑如醉[4]，白鸟无言定自愁。

书咄咄[5]，且休休[6]，一丘一壑也风流[7]。不知筋力衰多少，但觉新来懒上楼。

①鹅湖：在江西铅山。

②簟（diàn）：竹席。

③收：敛收。

④浑如：非常像。

⑤咄（duō）咄：《世说新语·黜免》载，晋代殷浩被罢黜后，整天用手在空中书写“咄咄怪事”四字。

⑥休休：指算了吧。唐代司空图晚年隐居山西虞乡王官谷，建“休休亭”。

⑦一丘一壑：《世说新语·品藻》：“（晋）明帝问谢鲲：‘君自谓何如庾亮？’答曰：‘端委庙堂，使百僚准则，臣不如亮；一丘一壑，自谓过之。’”

白话译文

躺在竹席上，溪堂清冷，秋天将要来临。湖水悠悠，傍晚浮云散尽。红莲花彼此依偎，就像因醉酒而脸红的姑娘。白鸟默默无声，一定因为愁多而白了头。

与其像殷浩在空中写“咄咄怪事”那样发泄不满，还不如像司空图那样隐居在休休亭，尽享闲适之乐。即使只是一座山丘、一条溪壑，也一样充满着无尽的情趣。我不知道病起后筋力衰损了多少，只是觉得最近懒于登楼了。

清平乐

辛弃疾

村　居

茅檐低小，溪上青青草。醉里吴音相媚好[①]，白发谁家翁媪[②]。

大儿锄豆溪东[③]，中儿正织鸡笼；最喜小儿亡赖[④]，溪头卧剥莲蓬[⑤]。

①吴音：吴地方言，作者当时住在江西上饶，这一带是吴地。相媚好：互相取悦逗乐。

②翁媪（ǎo）：老年夫妇。

③锄豆：在豆地里锄草。

④亡赖：同“无赖”，这里指顽皮、淘气。

⑤莲蓬：又称莲房，莲花开过后的倒圆锥形的花托，里面有莲子。

白话译文

一所茅屋又低又小，屋旁有一条小溪，溪边绿草如茵。一对白发苍苍的老夫妻，带着微醉的语气，用吴侬软语你一句我一句地聊天逗乐。

大儿子在溪东的豆田里锄草，二儿子在家里编织鸡笼。最喜欢的是调皮的小儿子，他正躺在溪边剥莲蓬吃。

名句赏析

最喜小儿亡赖，溪头卧剥莲蓬

这两句词中“卧”字的使用非常准确，它把小儿子躺在溪边剥莲蓬吃的天真、活泼、顽皮的动作和神态刻画得栩栩如生，饶有情趣。在农村普通人家，即使是未成年的孩子也要干点力所能及的活儿，比如大儿子在豆田里锄草，二儿子在家里编织鸡笼，成年人的辛苦勤奋可想而知，只有老年人与尚无劳动能力的最小孩童才能自得其乐。

摸鱼儿

辛弃疾

淳熙己亥[①]，自湖北漕移湖南[②]，同官王正之置酒小山亭[③]，为赋。

更能消、几番风雨，匆匆春又归去。惜春长怕花开早，何况落红无数。春且住，见说道、天涯芳草无归路。怨春不语。算只有殷勤，画檐蛛网[④]，尽日惹飞絮。

长门事[⑤]，准拟佳期又误，蛾眉曾有人妒[⑥]。千金纵买相如赋，脉脉此情谁诉？君莫舞，君不见、玉环飞燕皆尘土[⑦]。闲愁最苦。休去倚危栏，斜阳正在，烟柳断肠处。

---

①淳熙己亥：宋孝宗淳熙六年（1179）。

②自湖北漕移湖南：辛弃疾由湖北转运副使调任湖南转运副使。

③同官：同僚。王正之：王正己，字正之，时任湖北转运判官。

④画檐：雕饰花纹的屋檐。

⑤长门事：司马相如《长门赋序》记载，陈皇后失宠于汉武帝后别居长门宫，非常愁苦，于是以千金请司马相如作《长门赋》，武帝读后回心转意，陈皇后复得幸。

⑥蛾眉：女子如飞蛾触须般的眉毛，代指美人。

⑦玉环飞燕：指唐玄宗的贵妃杨玉环，东汉成帝的皇后赵飞燕，皆貌美善妒。

白话译文

还能经受得起几回风雨，春天又将匆匆归去。爱惜春天所以常害怕花开太早而凋谢太快，何况此时已落花遍地。春天啊，请暂且留步，听说芳草已生遍天涯，会阻断你的归路。怨恨春不回答，还是默默归去了。只有屋檐下的蜘蛛仍在殷勤地吐丝结网，整天沾惹飞絮，只为保留春的痕迹。

长门宫里失宠的陈皇后渴望重新被召幸，约好的佳期一再被延误，她的美貌也曾经遭人嫉妒。纵然像陈皇后那样用千金买了司马相如的辞赋，这满腹的情意又向谁去倾诉？奉劝你们不要得意忘形，就连宠极一时的杨玉环、赵飞燕都最终化作了尘土。闲散无聊最是让人愁闷。不要去高楼上凭栏远眺，否则会看见斜阳坠落、烟柳迷蒙的景象，最让人断肠。

名句赏析

君莫舞，君不见、玉环飞燕皆尘土

杨玉环、赵飞燕都曾是被君王宠极一时的美女，然而一个在“安史之乱”中死在马嵬坡，一个被废为庶人后自杀，在这里被词人喻指当权误国的奸佞小人，以她们的悲惨结局向投降派提出警告：你们不要高兴得太早，你们难道不知道，杨玉环、赵飞燕那样的命运，最终也会降临到你们的头上吗？这几句词表达了词人对国家前途的忧虑以及对南宋当权者的不满。

水龙吟

辛弃疾

登建康赏心亭[①]

楚天千里清秋[②]，水随天去秋无际。遥岑远目[③]，献愁供恨，玉簪螺髻[④]。落日楼头，断鸿声里[⑤]，江南游子。把吴钩看了[⑥]，阑干拍遍，无人会、登临意。

休说鲈鱼堪脍，尽西风、季鹰归未[⑦]？求田问舍，怕应羞见，刘郎才气[⑧]。可惜流年，忧愁风雨[⑨]，树犹如此[⑩]！倩何人唤取[⑪]，红巾翠袖[⑫]，揾英雄泪[⑬]！

---

①赏心亭：《景定建康志》："赏心亭在（城西）下水门城上，下临秦淮，尽观赏之胜。"

②楚天：泛指南方的天空。

③遥岑：远山。远目：远眺。

④玉簪螺髻：玉质的簪子，海螺形状的发髻，这里比喻高矮和形状各不相同的群山。

⑤断鸿：失群的孤雁。

⑥吴钩：古代吴地制造的一种兵器。

⑦休说鲈鱼堪脍，尽西风、季鹰归未：《世说新语·识鉴》记载，西晋张翰（字季鹰）在洛阳做官，见秋风起，想到家乡吴中的鲈鱼等美味，于是弃官回家。

⑧求田问舍，怕应羞见，刘郎才气：《三国志·魏书·陈登传》

记载，许汜向刘备抱怨陈登看不起他，刘备批评许汜在国家危难之际只想着置地买房，所以陈登才看不起他。求田问舍，置地买房。刘郎，刘备。

⑨风雨：比喻飘摇的国势。

⑩树犹如此：《世说新语·言语》："桓公（即桓温，东晋名臣，曾三次北伐）北征，经金城，见前为琅邪时种柳，皆已十围，慨然曰：'木犹如此，人何以堪！'攀枝执条，泫然流泪。"词人在此抒发自己英雄无用武之地、只能虚度时光的感慨。

⑪倩（qìng）：请托。

⑫红巾翠袖：古代女子装饰，代指女子。

⑬揾（wèn）：擦拭。

白话译文

清秋之时，南方的天空显得格外辽阔，江水浩浩荡荡地向天际奔流而去，到处弥漫着浓浓的秋意。极目眺望，远处的群山有的像玉簪，有的像螺髻，都在向人们呈献忧愁和愤恨。夕阳斜照楼头，离群的孤雁发出阵阵悲鸣，我这个流落江南的游子，看着腰间佩戴的宝刀，悲愤而又无奈地拍遍了亭子上的栏杆，可是又有谁能领会我这时的心情呢？

不要说鲈鱼能烹饪成美味佳肴，西风吹遍了，张季鹰怎么还没有回故乡？如果像许汜一样只知道买房置地，恐怕会羞于面对刘备的才华和气魄。可惜时光如水一般流逝，国家仍在风雨飘摇之中，真像桓温所说的那样，树都长得这么大了，人怎么能不老呢！让谁去请那些披红着绿的歌女，来为我擦拭英雄失意的眼泪呢！

名句赏析

落日楼头，断鸿声里，江南游子。
把吴钩看了，阑干拍遍，无人会、登临意

“落日”在这里比喻南宋衰颓的国势。“断鸿”则比喻作为“江南游子”的自己此时的心境。南宋统治集团根本无北上收复失地之意，对于辛弃疾这样的有志之士采取仇视排挤的态度，致使本为北方人的辛弃疾真觉得自己成为“江南游子”了。“吴钩”本应在战场上杀敌，现在却只能闲置身旁，这让词人胸中有说不出来的郁闷之气，也只能拍打栏杆来发泄。这里词人选用“看”吴钩、“拍”栏杆这两个典型的动作，淋漓尽致地抒发了自己报国无门、壮志难酬的悲愤。“无人会、登临意”，是慨叹自己空有收复中原的抱负，而南宋统治集团中却没有人是他的知音。这几个短句一气呵成，一句比一句感情浓厚，突显出一个孤寂的爱国者的形象。

贺新郎

辛弃疾

邑中园亭，仆皆为赋此词[1]。一日，独坐停云[2]，水声山色，竞来相娱。意溪山欲援例者[3]，遂作数语，庶几仿佛渊明思亲友之意云[4]。

甚矣吾衰矣[5]。怅平生、交游零落，只今余几。白发空垂三千丈[6]，一笑人间万事。问何物、能令公喜[7]？我见青山多妩媚[8]，料青山、见我应如是。情与貌，略相似。

一尊搔首东窗里[9]。想渊明、停云诗就，此时风味。江左沉酣求名者[10]，岂识浊醪妙理[11]。回首叫、云飞风起[12]。不恨古人吾不见，恨古人、不见吾狂耳[13]。知我者，二三子[14]。

---

①仆：自我谦称。

②停云：指停云堂。

③意：料想。援例：援引前例。

④庶几：差不多。渊明思亲友之意：陶渊明有《停云》诗四首，自谓是“思亲友”之作。

⑤甚矣吾衰矣：《论语·述而》：“甚矣吾衰也，久矣吾不复梦见周公。”

⑥白发空垂三千丈：李白《秋浦歌》："白发三千丈，缘愁似个长。"

⑦问何物、能令公喜：《世说新语·宠礼》称郗超、王珣有奇才，"能令公（指桓温）喜"。

⑧妩媚：潇洒多姿。

⑨搔首东窗：化用陶潜《停云》："静寄东轩，春醪独抚。良朋悠邈，搔首延伫。"

⑩江左沉酣求名者：指东晋南朝的江左名士醉心于求名。

⑪岂识浊醪（láo）妙理：化用杜甫《晦日寻崔戢李封》"浊醪有妙理"。浊醪，浊酒。

⑫云飞风起：化用刘邦《大风歌》"大风起兮云飞扬"。

⑬不恨古人吾不见，恨古人、不见吾狂耳：《南史·张融传》："不恨我不见古人，所恨古人又不见我。"

⑭二三子：孔子对学生的称谓，这里指极少数的几个知心朋友。

白话译文

我已经很老了，平生交友之人，如今不知还剩下多少，一想到这些，就无限怅惘。如今白发空垂，功名未竟，将人间万事付诸一笑。还有什么能让我感到快乐？我看那青山潇洒多姿，想必青山也这样看我。无论情怀还是外形气质，我们都非常相似。

举杯独饮，窗前吟诗，料想当年陶渊明写成《停云》之时，也是如此闲适吧。南朝那些所谓名士的沉酣，都有追名逐利的目的，又怎能领会饮酒的真谛？回首时云飞风起，我放声吟咏刘邦的《大风歌》。我不恨不能见到古代的英豪，只恨古人不能见到我的疏狂而已。我的知己，仅仅是那几个人。

永遇乐

辛弃疾

京口北固亭怀古[①]

千古江山，英雄无觅，孙仲谋处[②]。舞榭歌台[③]，风流总被，雨打风吹去。斜阳草树，寻常巷陌[④]，人道寄奴曾住[⑤]。想当年、金戈铁马，气吞万里如虎[⑥]！

元嘉草草，封狼居胥，赢得仓皇北顾[⑦]。四十三年[⑧]，望中犹记，烽火扬州路[⑨]。可堪回首[⑩]，佛狸祠下，一片神鸦社鼓[⑪]。凭谁问、廉颇老矣，尚能饭否[⑫]？

①京口：今江苏镇江。北固亭：在镇江城北的北固山上，下临长江，亦称北固楼。

②孙仲谋：三国吴帝孙权，字仲谋，曾于丹徒县置京口镇。

③舞榭歌台：歌舞楼台，这里代指孙权故宫。榭，建在高台上的屋子。

④寻常：普通，平常。巷陌：这里指街道。

⑤寄奴：南朝宋武帝刘裕的小名，其高祖随晋渡江后即居于京口。

⑥想当年、金戈铁马，气吞万里如虎：刘裕曾两度北伐，先后灭南燕、后秦，收复洛阳、长安等地。金戈铁马，金属制成的长枪，披着铁甲的战马，这里代指精锐部队。

⑦元嘉草草，封狼居胥，赢得仓皇北顾：南朝宋元嘉二十七年

(450)，宋文帝刘义隆未做充分准备，命王玄谟率师北伐，为北魏太武帝拓跋焘所败，北魏趁机大举南侵，直抵扬州，吓得宋文帝登楼北望，懊悔不已。草草，轻率。封狼居胥，汉武帝时霍去病北击匈奴，至狼居胥（在今内蒙古自治区北）封山而还，后来把“封狼居胥”作为开疆扩土、建立战功的代称。赢得，剩得、落得。

⑧四十三年：作者于绍兴三十二年（1162）从北方抗金南归，至开禧元年（1205）在京口写这首词时，已过去了四十三年。

⑨烽火扬州路：指当年扬州到处都是宋金交兵的战火烽烟。路，宋朝时的行政区划，当时扬州属淮南东路。

⑩可堪：在此为“岂堪、哪堪”的意思。

⑪佛（bì）狸祠下，一片神鸦社鼓：如今长江对岸的佛狸祠下一片祭祀的鼓声。元嘉二十七年，拓跋焘追击宋军至长江北岸瓜步山（今江苏六合东南），后于此建设行宫，后称佛狸祠（佛狸是拓跋焘的小名）。神鸦，在庙里吃祭品的乌鸦。社鼓，社日祭祀时的鼓声。

⑫凭谁问、廉颇老矣，尚能饭否：《史记·廉颇蔺相如列传》记载，赵国名将廉颇遭人谗害出奔魏国，赵王想再用他，派使者去看他的身体情况。廉颇一饭斗米，肉十斤，但使者受贿后谎报赵王说：“廉将军虽老，尚善饭，然与臣坐，顷之三遗矢（矢，通“屎”）矣。”赵王以为廉颇已老，遂不用。

白话译文

历经千古的江山，再也找不到像孙权那样的英雄。昔日的舞榭歌台、英雄人物，都随雨打风吹化为灰尘。斜阳照着草和树，普通的街巷，人们说那是刘裕曾经住过的地方。想当年，他率军北伐、收复失地，如同猛虎一般气吞万里！

然而刘裕的儿子刘义隆好大喜功，想要效法霍去病封狼居胥山，仓促北伐却落了个大败而归，仓皇南逃，登楼北顾追至江边的北魏军队。我回到南方已经四十三年了，北望中原，仍记得扬州一带烽火连天的景象。怎堪回首，长江对岸的佛狸祠下一片祭祀的鼓声，乌鸦正啄食祭品，人们竟然对异族皇帝顶礼膜拜。谁能派人来探问，廉颇老了，饭量还好吗?

名句赏析

想当年、金戈铁马，气吞万里如虎

这几句词回忆了南朝宋武帝刘裕的功业。当年，刘裕以京口为基地，平定了内乱，取代东晋政权建立了宋。他曾两度率领军队挥戈北伐，先后灭掉了南燕和后秦两个割据政权，收复洛阳、长安，几乎收复了中原。词人对刘裕的功业是非常钦佩和景仰的，也希望自己能像他那样北伐建功。然而刘裕这样的英雄毕竟太少，这又加重了词人“英雄无觅”的失望。

南乡子

辛弃疾

登京口北固亭有怀

何处望神州[①]？满眼风光北固楼。千古兴亡多少事？悠悠。不尽长江滚滚流。

年少万兜鍪[②]，坐断东南战未休[③]。天下英雄谁敌手[④]？曹刘。生子当如孙仲谋[⑤]。

---

①神州：这里指中原地区。

②年少：孙权十九岁继父兄之业统治江东。兜鍪（móu）：古代士兵的头盔，这里指代士兵。

③坐断：坐镇，占据。

④天下英雄谁敌手：《三国志·蜀书·先主传》载，曹操曾对刘备说："今天下英雄，惟使君（指刘备）与操耳。"敌手，能力相当的对手。

⑤生子当如孙仲谋：曹操率军南下，见孙权的军队雄壮威武，不禁喟叹："生子当如孙仲谋！"

白话译文

什么地方能够望见中原呢？北固楼上满眼都是好风光。从古到今，有多少国家兴亡之事？往事悠悠，只有这无尽的长江水滚滚向东流逝。

孙权年纪轻轻就继承了父兄的基业，掌握了千军万马。他能占据东南，坚持抗战，从未停止。天下英雄有谁配当孙权的对手？只有曹操和刘备。难怪曹操说："生子当如孙仲谋!"

名句赏析

千古兴亡多少事？悠悠。不尽长江滚滚流

北固楼的"满眼风光"，不禁引起了词人千古兴亡之感。于是，词人接下来发问："千古兴亡多少事?"千百年来在这块土地上经历了多少朝代的兴亡更替？词人的回答化用了杜甫《登高》中的"不尽长江滚滚来"。古今兴亡之事数不胜数，然而再重大的历史事件也会像长江之水一样一去不返；同时，兴亡更替之事仍在不断上演，如同不尽的长江之水，只是人已不是当年的人，事已不是当年的事。介于问答之间的"悠悠"二字，兼指时间的漫长久远，以及词人思绪的无穷，耐人寻味。

鹧鸪天

辛弃疾

送　人

唱彻阳关泪未干[1]，功名余事且加餐[2]。浮天水送无穷树[3]，带雨云埋一半山。

今古恨，几千般，只应离合是悲欢[4]。江头未是风波恶[5]，别有人间行路难[6]。

①彻：完。阳关：即《阳关三叠》，为送别之曲。

②余事：次要的事。

③浮天：天空倒映在水面上，看起来好像天在水面上浮动。

④只应：只以为，此处意为“岂只”。

⑤未是：还不是

⑥别有：更有。

白话译文

唱罢《阳关三叠》，泪水仍然未干。功名不过是身外余事，暂且努力进餐。天边的流水，远送无穷的林木；挟着雨水的乌云，遮掩了一半的青山。

古往今来各种愁恨，何止千般万般，并非聚散离合，才能引起悲欢。那江头风高浪急，前路可谓十分凶险，然而人心险恶、世路坎坷，更是难上加难。

木兰花慢

辛弃疾

滁州送范倅[①]

老来情味减[②]，对别酒，怯流年。况屈指中秋，十分好月，不照人圆。无情水都不管，共西风、只管送归船。秋晚莼鲈江上，夜深儿女灯前。

征衫，便好去朝天[③]，玉殿正思贤。想夜半承明[④]，留教视草[⑤]，却遣筹边[⑥]。长安故人问我[⑦]，道愁肠殢酒只依然[⑧]。目断秋霄落雁，醉来时响空弦。

①范倅：即范昂，滁州通判。倅，副职。

②老来：此时辛弃疾仅33岁。

③朝天：朝见天子。

④夜半承明：汉代皇宫中有承明庐，为侍臣值宿所居。李商隐《贾生》诗："宣室求贤访逐臣，贾生才调更无伦。可怜夜半虚前席，不问苍生问鬼神。"

⑤视草：为皇帝起草制诏。

⑥筹边：筹划边防军务。

⑦长安：这里代指南宋都城临安。

⑧殢（tì）酒：沉溺于酒。

《白话译文》

我好像已经老了，年少时的情怀、趣味全部衰减，面对着送行之酒，忧惧时光的流逝。何况屈指算来中秋将至，那一轮完美无缺的圆月，偏偏不照人们团圆的日子。无情的流水全不顾人间的离愁，只知道与西风一起送走行人的归船。希望你在这晚秋的江面上，有幸品尝到莼菜羹、鲈鱼脍的美味，回家后与儿女团聚在夜深的灯前。

到达后趁着征衫还未更换，正好去朝见天子，现在宫殿里正思贤若渴。料想在深夜的承明庐，让你留下来检视翰林院草拟的文件，还派你去筹划边防军备。倘若你到了京城，朋友们问起我来，只说我依然是愁肠百结，借酒浇愁。我在醉中张弓如满月，空弦虚射，却惊落了云霄中的秋雁。

《名句赏析》

无情水都不管，共西风、只管送归船

词人曾在《贺新郎（绿树听鹈鴂）》中表示，啼鸟的春归之恨“算未抵、人间离别”，“啼鸟还知如许恨，料不啼清泪长啼血”，可惜流水并没有啼鸟那般多情，哪怕目睹过无数次人间的痛苦离别，它依然只顾与西风一起将行人的归船送走，而不顾离人之间的眷恋之情。“都不管”和“只管”道尽“水”与“西风”的无情，暗喻朋友的离任乃朝中局势所致，以此来表达对朋友离去的依依不舍，以及对朝政的不满之情。

西江月

辛弃疾

遣　兴[1]

醉里且贪欢笑，要愁那得工夫。近来始觉古人书，信着全无是处[2]。

昨夜松边醉倒，问松我醉何如。只疑松动要来扶，以手推松曰去！

①遣兴：排遣意兴。

②近来始觉古人书，信着全无是处：用《孟子·尽心下》“尽信书，则不如无书”之意。

白话译文

在酒醉之后尽情欢笑，哪有时间发愁呢。最近才知道古书上的话，实在没有半点可信之处。

昨天晚上在松树边喝醉，我问它：“我的醉态什么样。”迷蒙中看见松树蠢蠢欲动，好像是要来扶我，我一把将它推开说：“走开！”

青玉案

辛弃疾

元　夕[①]

东风夜放花千树[②]，更吹落，星如雨[③]。宝马雕车香满路[④]。凤箫声动[⑤]，玉壶光转[⑥]，一夜鱼龙舞[⑦]。

蛾儿雪柳黄金缕[⑧]，笑语盈盈暗香去[⑨]。众里寻他千百度[⑩]，蓦然回首[⑪]，那人却在，灯火阑珊处[⑫]。

①元夕：农历正月十五晚上，也称元宵。

②花千树：形容元宵的灯火。

③星如雨：形容夜空下的焰火。

④宝马雕车：装饰华美的车马。

⑤凤箫：对箫的美称。

⑥玉壶：比喻明月，抑或指灯。

⑦鱼龙：指各种形状的灯。

⑧蛾儿雪柳黄金缕：皆古代妇女头上佩戴的装饰品。这里指盛装的妇女。

⑨盈盈：声音轻柔悦耳，亦指仪态娇美。暗香：这里指女子身上散发出来的香气。

⑩他：泛指，包括“她”。千百度：千百遍。

⑪蓦然：猛然，不经心地。

⑫阑珊：形容灯火零落稀疏的样子。

白话译文

元宵之夜，满城的灯火，如同春风吹开了千树万树的繁花；满天的焰火，又像是春风吹落了天上的繁星，下了一场流星雨。豪车宝马撒下一路芳香，悠扬的凤箫声四处回荡，冰清的月光与各种形状的彩灯相互交错，沉浸在节日里的人们通宵达旦，载歌载舞。

女子们佩戴着华丽的首饰，笑语连连、步履轻盈地从人们身边经过，所过之处，阵阵暗香随风袭来。我在众芳里千百次地将她寻觅，正当我绝望之时，猛然一回首，那个人却孤零零地站在灯火零落之处。

名句赏析

蓦然回首，那人却在，灯火阑珊处

词人在铺开一片流光溢彩的华美景象之后，笔锋突然一转，将视线从繁华之中转到灯火阑珊之处，眼前突然一亮，原来自己苦苦寻觅的她就在那个灯火零落的角落里。至此，上阕的花灯、焰火、明月、凤箫、社舞以及下阕的一队队丽人都成了铺垫，前面所有的一切都只是为了那一个意中人而设，都只是为了反衬她的与众不同。就这样，一位不慕荣华、甘守寂寞的美人形象呼之欲出，而这个美人形象便是寄托着作者理想人格的化身。王国维将这两句词称为成大事业、大学问者必须经过的最高境界，可见他对这两句词的钟爱。

菩萨蛮

辛弃疾

金陵赏心亭为叶丞相赋[①]

青山欲共高人语，联翩万马来无数[②]。烟雨却低回[③]，望来终不来。

人言头上发，总向愁中白。拍手笑沙鸥，一身都是愁。

①叶丞相：即叶衡，著名抗金人物，与辛弃疾友善。

②联翩：接连不断，且有飞动之势。

③低回：徘徊。

《白话译文》

苍翠的群山想要与高人交谈，它们联翩而来如万马奔腾。然而它们在烟雨之中迷了路，徘徊不前，眼看着就要临近了，却始终没能到达身边。

人们总是说头发是因为发愁而变白的。看到那通体皆白的沙鸥，我不禁拊掌大笑，原来沙鸥全身都是愁啊！

菩萨蛮

辛弃疾

书江西造口壁[①]

郁孤台下清江水[②]，中间多少行人泪[③]。西北望长安[④]，可怜无数山[⑤]。

青山遮不住，毕竟东流去。江晚正愁余[⑥]，山深闻鹧鸪。

①造口：即皂口，在今江西万安县西南，有皂口溪，溪水汇入赣江。

②郁孤台：在今江西赣州西南。

③行人：指在金兵侵扰下流离失所的人。

④长安：这里指北宋都城汴京。

⑤可怜：可惜。

⑥愁余：使我感到忧愁。

《白话译文》

郁孤台下这条清清的江水中，究竟有多少逃难人的眼泪。我眺望西北的故都，可惜只能看到无数的青山。

但青山怎能把江水挡住，江水毕竟还会向东流去。夜晚我在江边正满怀愁绪，突然听到深山里传来了鹧鸪的叫声。

《名句赏析》

青山遮不住，毕竟东流去

词人登台遥望那承载了国人无限深情的故都汴京，却因被“无数山”阻隔而不见踪影。这无数阻隔在词人眼前的“青山”明显是有寓意的，它既喻指侵占大宋河山的金人，又喻指阻挠收复中原的投降派势力。东去的“流水”也是有寓意的，它既可以理解为南宋人民不可阻挠的收复中原的决心，又可以理解为南宋难以收拾的衰颓的国势。总之这几句词中，词人既表达了自己百折不回的意志，又含有对收复中原的壮志因种种阻碍而无法实现的感叹。

破阵子

辛弃疾

为陈同甫赋壮词以寄之[①]

醉里挑灯看剑[②]，梦回吹角连营。八百里分麾下炙[③]，五十弦翻塞外声[④]。沙场秋点兵[⑤]。

马作的卢飞快[⑥]，弓如霹雳弦惊[⑦]。了却君王天下事[⑧]，赢得生前身后名。可怜白发生。

①陈同甫：即陈亮，字同甫，辛弃疾挚友，其词风格与辛词相似。

②挑灯：拨动灯火，点灯。

③八百里：指牛。《世说新语·汰侈》载，西晋王恺有良牛，名“八百里驳”。后以“八百里”指牛。分麾下炙：把烤牛肉分赏给部下。麾下，部下。炙，烤肉。

④五十弦：本指瑟，这里泛指军中乐器。翻：演奏。塞外声：以边塞为题材的军乐。

⑤点兵：检阅军队。

⑥马作的（dí）卢飞快：战马像的卢马那样跑得飞快。作，像……一样。的卢，马名，一种额部有白色斑点的烈性马，相传刘备曾乘的卢马从襄阳城西的檀溪中一跃三丈，脱离险境。

⑦霹雳：原指雷，这里比喻弓弦响声之大。

⑧了却：了结。天下事：此指恢复中原之事。

白话译文

醉意中拨亮油灯，仔细观看宝剑，恍惚中听见营房里号角声响成一片。把烤牛肉分给部下，乐队演奏塞外的军乐。秋天弓劲马肥，战场上正在阅兵。

战马飞驰快如的卢，弓弦响处声若霹雳。一心想替君王完成收复失地的大业，博得生前死后的美名。可惜我已等到白发斑斑，仍不能报效朝廷。

名句赏析

了却君王天下事，赢得生前身后名。可怜白发生

在词中的大半部分，词人展开了一系列丰富的想象，如作为将军率领士兵奋勇杀敌，所向披靡，为君王完成了收复中原、统一天下的大业，为生前和死后都赢得了好名声。但现实是冷酷的，“可怜白发生”，词人醒悟，前文的壮举原来只是南柯一梦，醒来时自己依然是手握宝剑，空对残烛，不但壮志未酬，而且慢慢老去，头发花白。词人此时的心情之沉重和悲凉，可想而知。

贺新郎

辛弃疾

陈同父自东阳来过余①，留十日，与之同游鹅湖②，且会朱晦庵于紫溪③，不至，飘然东归。既别之明日④，余意中殊恋恋，复欲追路⑤。至鹭鹚林⑥，则雪深泥滑，不得前矣。独饮方村，怅然久之，颇恨挽留之不遂也⑦。夜半投宿吴氏泉湖四望楼，闻邻笛悲甚，为赋《乳燕飞》以见意⑧。又五日，同父书来索词，心所同然者如此⑨，可发千里一笑。

把酒长亭说。看渊明、风流酷似，卧龙诸葛。何处飞来林间鹊，蹙踏松梢微雪⑩。要破帽多添华发。剩水残山无态度⑪，被疏梅、料理成风月⑫。两三雁，也萧瑟。

佳人重约还轻别[13]。怅清江、天寒不渡，水深冰合[14]。路断车轮生四角[15]，此地行人销骨[16]。问谁使、君来愁绝？铸就而今相思错，料当初、费尽人间铁[17]。长夜笛，莫吹裂[18]。

①陈同父：即陈亮。来：访问，探望。

②鹅湖：在今江西铅山东北，原名荷湖，因晋末龚氏居山养鹅，更名鹅湖。

③朱晦庵：即朱熹，字元晦，号晦庵，早年主战，晚年主和。紫溪：在铅山县南四十里，为今福建建阳去江西上饶的必经之地。

④既别之明日：别后的第二天。

⑤追路：追赶。

⑥鹭鹚（cí）林：古驿道所经之地，因多有鹭鹚栖息而得名。

⑦不遂：没有成功。

⑧《乳燕飞》：词牌《贺新郎》的别名。见意：表达意见。

⑨心所同然：两人内心所共同想到的。

⑩蹙（cù）踏：踩踏。

⑪剩水残山：凋敝的山水。无态度：没有生气。

⑫料理：点缀，装点。风月：泛指风光、景色。

⑬佳人：这里指陈亮。重约：重视约定。五年前，陈亮约访辛弃疾，因被诬下狱未能践约，此次为践行旧约。

⑭冰合：冰封住了江面。

⑮车轮生四角：指因道路泥泞，车轮像生出四角一样无法前进。

⑯销骨：极度伤心。

⑰铸就而今相思错，料当初、费尽人间铁：《资治通鉴》卷二六

五："合六州四十三县铁，不能为此错也。"意思是没留住陈亮是个错误。

⑱长夜笛，莫吹裂：《太平广记》卷二〇四载，独孤生笛艺高超，曲至"入破"，笛子被吹裂。

白话译文

手持酒杯与你在长亭话别，你安贫乐道、自由自在的品性就像陶渊明，你的潇洒飘逸、政治才干可比诸葛武侯。不知从何处飞来几只喜鹊，把松树上的积雪踩落下来，落在我们的破帽上，好像故意要给我们增添一些白发。冬天的山水了无生趣，一切都死气沉沉的，全靠那稀疏的梅花装点，才算有点看头。时而飞过两三只大雁，也显得萧瑟凄凉。

你重视约定来到鹅湖与我相会，却又轻易地匆匆离别。让人怅恨的是，天寒地冻，江面冰封，舟船难渡。道路泥泞，车轮像生出四角一样无法前行，此地实在让人痛彻心扉。是谁让我如此烦恼愁绝？放你东归后我后悔莫及，即使用尽了人间铁，也铸不成如此大的错。长夜漫漫，难以入眠，又听到邻人吹起悲凄的笛声。不要吹了，不要吹了，别把长笛吹裂，我此时已经肝肠寸断。

水调歌头

陈　亮

送章德茂大卿使虏[①]

不见南师久，谩说北群空[②]。当场只手[③]，毕竟还我万夫雄。自笑堂堂汉使，得似洋洋河水，依旧只流东？且复穹庐拜，会向藁街逢[④]。

尧之都，舜之壤，禹之封。于中应有，一个半个耻臣戎。万里腥膻如许，千古英灵安在，磅礴几时通？胡运何须问，赫日自当中！

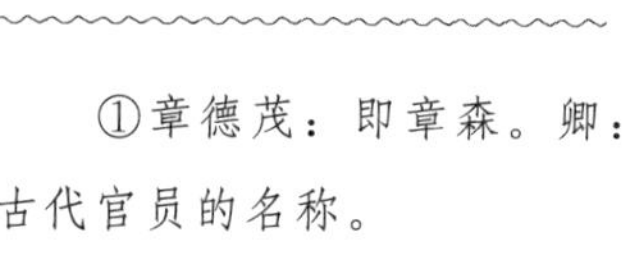

①章德茂：即章森。卿：古代官员的名称。

②北群空：韩愈《送温处士赴河阳军序》：“伯乐一过冀北之野，而马群遂空。”意思是经过伯乐挑选，冀北已无良马，马群为之一空。后常以“北群空”或“冀群空”比喻缺乏良才。

③当场只手：犹言独当一面。

④藁（gǎo）街：汉时街名，在长安城内，外国使臣居住的地方。

陈亮（1143—1194），字同甫，号龙川。婺州永康（今属浙江）人。光宗绍熙年间举进士，授建康府判官公事，未行而卒。其词充满忧国愤世之情，语言慷慨激昂，气势磅礴，风格与辛弃疾相近。

白话译文

请告诉金人，不要以为很久不见南宋的北伐军，便以为大宋没有人才了。希望您这次出使金国能大显身手，一定要展现出万夫不当的英雄气概。我堂堂的大汉使节，如果像只会东流的滔滔河水那样，年年向金人乞和，岂不可笑？这次暂且再向金廷走一遭，将来一定会征服他们，下次与金主再见就要在我大宋的属国使馆了。

在这个尧、舜、禹代代相传的国度里，总该有一个半个耻于向金人称臣的志士吧。如今万里河山充斥着金人的腥膻之气，千古以来的爱国志士的英灵何在，浩然的正气什么时候才能畅通？金人的气数已无须再问，大宋就像光辉灿烂的太阳在空中照耀，必将获得最后的胜利！

水龙吟

陈　亮

春　恨

闹花深处层楼[①]，画帘半卷东风软[②]。春归翠陌，平莎茸嫩[③]，垂杨金浅[④]。迟日催花[⑤]，淡云阁雨[⑥]，轻寒轻暖。恨芳菲世界，游人未赏，都付与、莺和燕。

寂寞凭高念远，向南楼、一声归雁。金钗斗草[⑦]，青丝勒马[⑧]，风流云散。罗绶分香[⑨]，翠绡封泪[⑩]，几多幽怨。正消魂又是，疏烟淡月，子规声断。

①闹花：形容繁花似闹。

②东风软：指春风和暖使人感觉酥软。

③平莎（suō）：平原上的莎草。茸：纤细柔软的样子。

④金浅：指嫩柳的浅淡的金黄色。

⑤迟日：春日。催花：催促百花开放。

⑥阁雨：停雨。阁，犹“搁”，停止。

⑦金钗斗草：古代女子拔金钗作斗草的一种游戏。

⑧青丝勒马：用青丝绳做马笼头。

⑨罗绶分香：以香罗带赠别留念。罗绶，罗带。

⑩翠绡（xiāo）封泪：翠巾裹着眼泪寄给对方。翠绡，翠绿的丝巾。

白话译文

百花深处，高楼耸立，和暖的东风从半卷的画帘吹入，使人浑身酥软。翠绿的田野，平铺的嫩草，浅黄的垂柳，都在宣告春天的回归。春日渐长，催促百花开放；云层淡薄，促使微雨暂收；微寒微暖，气候宜人。可恨这繁花似锦的大好春光，游人还未曾欣赏，全交给了黄莺和飞燕。

因寂寞而登高远望，向南楼的归雁打探消息。回想当初拔下金钗斗草，用青丝笼头勒紧征马，别后已如风收云散。以香罗带赠别留念，翠巾裹着眼泪寄给对方，包含着数不尽的幽愁怨恨。正在伤感之际，又见稀薄的烟雾中透出淡淡的月光，听到杜鹃一声声凄厉的鸣叫。

名句赏析

恨芳菲世界，游人未赏，都付与、莺和燕

一开始，词人倾力烘托春景的无比美好：春回大地，百花竞放，嫩草平铺，垂柳滴翠，气候宜人。这样的春光本是引人入胜，使人目不暇接的。然而词人却来了一个大转折，指出这繁花似锦的大好春光，游人还未曾欣赏，却全都交给了黄莺和飞燕。明代沈际飞在《草堂诗余正集》中指出，莺燕是“能赏而不知者”，游人则为“欲赏而不得者”。这样，春景越美好就越令人惆怅，春恨也就更加强烈。鉴于词人一贯的文风，及其反偏安、复故土的抗金思想，有人认为词人所表达的实际意思是大好河山尽陷于敌手。为此，刘熙载在《艺概》中评价道：“言近旨远，直有宗留守（宗泽）大呼渡河之意。”

贺新郎

陈　亮

寄辛幼安[①]，和见怀韵。

老去凭谁说[②]。看几番、神奇臭腐[③]，夏裘冬葛[④]。父老长安今余几，后死无仇可雪。犹未燥、当时生发[⑤]。二十五弦多少恨[⑥]，算世间、那有平分月[⑦]。胡妇弄，汉宫瑟。

树犹如此堪重别[⑧]。只使君、从来与我，话头多合。行矣置之无足问，谁换妍皮痴骨[⑨]。但莫使、伯牙弦绝[⑩]。九转丹砂牢拾取[⑪]，管精金、只是寻常铁。龙共虎，应声裂。

①辛幼安：辛弃疾，字幼安，淳熙十五年（1188）末，寄《贺新郎（把酒长亭说）》与陈亮，陈亮作此词相和。

②凭谁说：向谁诉说。

③神奇臭腐：《庄子·知北游》："是其所美者为神奇，其所恶者为臭腐。臭腐复化为神奇，神奇复化为臭腐。"言天下之事变化甚多。

④夏裘冬葛：《淮南子·精神训》："知冬日之箑，夏日之裘，无用于己。"喻指世事颠倒。

⑤犹未燥、当时生发：胎毛未干的样子，指婴儿时。生发，胎毛。

⑥二十五弦：《史记·封禅书》："太帝使素女鼓五十弦瑟，悲，

帝禁不止，故破其瑟为二十五弦。”应上片末句之“汉宫瑟”。用“乌孙公主、王昭君和番”事，喻指“宋金议和”。

⑦月：喻指疆土。

⑧树犹如此：《世说新语・言语》：“桓公北征，经金城，见前为琅邪时种柳，皆已十围。慨然曰：‘木犹如此，人何以堪！’攀枝执条，泫然流泪。”

⑨妍皮痴骨：《晋书・慕容超载记》：“兴大鄙之，谓绍曰：‘谚云：妍皮不裹痴骨，妄语耳！’”此处指己才不为人识，遭鄙弃而被埋没。妍皮，外表俊美。痴骨，内心愚笨。

⑩伯牙弦绝：用伯牙、钟子期“高山流水”典故，指知音零落。

⑪九转丹砂：道家称炼制九次的仙丹为九转丹，再经加工，可成九转还丹，据说可以点铁成金。

白话译文

年华老去我能向谁诉说？看惯了世事变幻，黑白颠倒。当年留在中原的父老，如今还剩下几人？后辈人孩童时代就已习惯于南北分立的现状，没有了复仇雪耻的意识。议和的政策让人痛恨，世间哪有南北政权平分疆土的道理？如今胡女在汉人的土地上拨弄着汉人的琴瑟，实在让人感到羞耻。

时光似水，树木转眼十围，人生能有几次重逢？只有你与我一见如故，志趣相投。我们虽然天各一方，无论世人怎样看待，只要不变初衷，就无须彼此牵挂。希望我们能珍惜这段友谊。只要我们经得起考验，就能使寻常之铁炼成精金，为国家效力。到那时，我们必能取得抗金大业的胜利。

念奴娇

陈　亮

登多景楼[①]

危楼还望，叹此意、今古几人曾会？鬼设神施，浑认作、天限南疆北界。一水横陈，连岗三面，做出争雄势。六朝何事，只成门户私计[②]？

因笑王谢诸人，登高怀远，也学英雄涕。凭却江山，管不到、河洛腥膻无际[③]。正好长驱，不须反顾，寻取中流誓[④]。小儿破贼[⑤]，势成宁问强对[⑥]！

①多景楼：在今江苏镇江市北固山上甘露寺内，北临长江。

②私计：私利，个人的计划或打算。

③河洛：黄河、洛河。泛指中原。腥膻：外敌入侵，这里代指金人。

④中流誓：《晋书·祖逖传》载，祖逖北伐渡江时，“中流击楫而誓曰：‘祖逖不能清中原而复济者，有如大江！’辞色壮烈，众皆慨叹”。

⑤小儿破贼：晋军在淝水之战中大败苻坚，捷报传来，谢安置书一旁，了无喜色。客问之，谢安答曰：“小儿辈遂已破贼。”“小儿辈”指谢安的弟弟谢石、谢安的侄子谢玄。

⑥强对：此指强敌。

《白话译文》

登上高楼环望四方，可叹自己的心意，古往今来有几人能够领会？镇江一带的地形极其险要，可谓鬼斧神工，却没有当成进取的凭仗，而是都看成了天然的疆界。镇江北面横贯着波涛汹涌的长江，峥嵘的山冈环绕三面。这样的地形进可以攻，退可以守，足以与金国争雄。重演六朝旧事，只依靠天然的险阻作为一时苟安的自私之计？

故而嘲笑王谢等人，他们徒然洒泪，却无收复中原的实际行动。他们依仗着长江天险，只想自保，而不管广大的中原地区，长久为异族势力所践踏。目前时机已经成熟，正可长驱北伐，无须徘徊反顾，坐失良机。应该效法祖逖，中流击楫，一往无前。谢玄曾在淝水大破前秦，胜利的局势已经形成，何须顾虑对手的强大！

《名句赏析》

小儿破贼，势成宁问强对

淝水之战，谢安之侄谢玄率军击败前秦军，捷报送达，谢安正与客人对弈，读罢书信，了无喜色，依旧对局。客人问前军情况，谢安静静地答道："小儿辈大破贼。"词人认为，南宋并不缺少运筹帷幄、决胜千里的统帅，也不缺少披坚执锐、冲锋陷阵的猛将，应该像谢安一样，对打败北方强敌有充分的信心。如今有利的态势已经形成，应当长驱北伐，收复中原，何须顾虑对手的强大呢？不论词人的主张是否具有可行性，但这几句豪言壮语，还是可以起到振奋人心的作用的。

唐多令

刘 过

安远楼小集[①]，侑觞歌板之姬黄其姓者[②]，乞词于龙洲道人[③]，为赋此《唐多令》。同柳阜之、刘去非、石民瞻、周嘉仲、陈孟参、孟容。时八月五日也。

芦叶满汀洲，寒沙带浅流。二十年、重过南楼[④]。柳下系船犹未稳，能几日，又中秋。

黄鹤断矶头[⑤]，故人今在否？旧江山、浑是新愁。欲买桂花同载酒，终不似，少年游。

①安远楼：在今湖北武昌黄鹄山上，又称南楼。当时武昌是南宋和金人交战的前方。小集：小型宴会。

②侑（yòu）觞：劝酒。歌板：执板奏歌。

③龙洲道人：刘过自号。

④二十年、重过南楼：南楼建成后不久，词人曾在这里过了一段豪纵不羁的生活。

⑤黄鹤断矶头：黄鹤矶，在武昌城西，上有黄鹤楼。断，形容残破荒凉的景象。

刘过（1154—1206），字改之，自号龙洲道人。吉州太和（今江西泰和）人。终身未仕。尚气节，好酒，善于谈兵，出语豪纵。陆游、辛弃疾、陈亮皆与之交往。以词闻名，其词慷慨激昂，气势豪壮，风格与辛弃疾相近。

《白话译文》

已至深秋，枯黄的芦叶落满沙洲，浅浅的寒水在沙滩上静静地流过。一晃二十年过去，如今我重新登上南楼。柳树下的小舟尚未系稳，我就要匆匆离去，因为几日后就是中秋。

破烂不堪的黄鹤矶头，我的老朋友是否曾经来过？江山依旧，却让人平添了无尽的新愁。想要买上桂花，带着美酒去水上泛舟游乐，却早没有了少年时那种风发的意气。

《名句赏析》

旧江山、浑是新愁

这句词感慨极深，应结合当时的历史背景来理解。当时，韩侂胄当国，他轻浮冒进，急于向金人开战，但并未做好开战的准备工作，局面让人非常担忧。看到旧日的壮丽江山再次面临战火，而对于这场可能到来的巨大灾难竟然无能为力，让有拳拳爱国之心的词人如何不愁呢？这句中的“浑”字，非常形象地突出了词人为国家社稷安危而愁的深广。

西江月

刘　过

堂上谋臣尊俎[①]，边头将士干戈。天时地利与人和，“燕可伐与？”曰“可”[②]。

今日楼台鼎鼐[③]，明年带砺山河[④]。大家齐唱《大风歌》，不日四方来贺。

①尊俎：酒器，代指酒宴。

②“燕可伐与？”曰“可”：《孟子·公孙丑下》：“沈同以其私问曰：‘燕可伐与？’孟子曰：‘可。’”孟子的原意是燕国的国政败坏，人民生活困苦，因此是可以去讨伐的，但讨伐者必须施行优于燕的政策，否则伐燕是没有意义的，也得不到民众的支持。

③楼台：指相府。鼎鼐：炊器，古时把宰相治国比作鼎鼐调味。

④带砺山河：黄河细得像条衣带，泰山小得像块磨刀石。比喻时间久远，任何动荡也决不变心。

白话译文

朝堂内有在酒宴中就能战胜敌人的智谋之士，边疆上有骁勇善战的将领和士兵。大宋占据天时、地利与人和，“金国可以讨伐吗？”曰“可以”。

今天您在相府里操劳国事，将来一定能世代荣华。只要君臣同心，休戚与共，用不了多久，四方诸国都会前来朝贺。

长亭怨慢

姜　夔

予颇喜自制曲。初率意为长短句，然后协以律，故前后阕多不同。桓大司马云[①]："昔年种柳，依依汉南。今看摇落，凄怆江潭。树犹如此，人何以堪？"此语予深爱之。

渐吹尽，枝头香絮。是处人家，绿深门户。远浦萦回，暮帆零乱向何许。阅人多矣，谁得似、长亭树？树若有情时，不会得、青青如此。

日暮。望高城不见，只见乱山无数。韦郎去也，怎忘得、玉环分付[②]。第一是、早早归来，怕红萼、无人为主。算空有并刀，难剪离愁千缕。

①桓大司马：即桓温，东晋名臣，官至大司马。

②韦郎去也，怎忘得、玉环分付：据说，唐人韦皋游江夏时与玉箫女相恋，别时留一玉指环为信物，约以少则五年，多则七载来娶玉箫。八年过后韦皋不至，玉箫绝食而死。

姜夔（1155—1209），字尧章，号白石道人。鄱阳（今属江西）人。早岁孤贫，屡试不第，终生未仕，一生转徙江湖，靠卖字和朋友接济为生。他多才多艺，对诗词、散文、书法、音乐等无不精通，曾自度曲《扬州慢》。其词格律严谨，素以空灵含蓄著称，对婉约词的表现艺术进行改造，迎合了南宋后期贵族雅士们弃俗尚雅的审美情趣，被奉为“雅词”的典范，在辛弃疾之外别立一宗，自成一派。“浙西派”词人把姜夔奉为宋代词人之首，比为“词中老杜”。

白话译文

春风渐渐吹尽了枝头上淡香的柳絮，家家户户都掩映在一片苍翠之中。伸向远处的河道蜿蜒曲折。暮色里数只帆船零乱地排列着，它们将要漂向何处？谁能像长亭边的柳树那样，见证过那么多次的人间离别？柳树如果懂得人世间的情感，一定不会长得如此青翠。

夕阳西下，高高的城楼已经看不见了，只能看见一重又一重的山峦。我永远忘不了我交付给她的玉环信物，更忘不了临别时她对我的叮咛：“最要紧的是早早归来，我怕像红萼一样无人作主。”就算有并州的剪刀也是枉然，也难以剪断这千丝万缕的愁绪。

鹧鸪天

姜　夔

元夕有所梦

肥水东流无尽期[①]，当初不合种相思[②]。梦中未比丹青见[③]，暗里忽惊山鸟啼。

春未绿，鬓先丝，人间别久不成悲。谁教岁岁红莲夜[④]，两处沉吟各自知。

①肥水：源出安徽合肥西北，分为东流和西流，这里指东流。

②不合：不该。

③丹青：图画，此处指画像。

④红莲夜：指元夕。红莲，指花灯。

《白话译文》

肥水永无休止地向东流淌，早知有今日这同样无休止的伤痛，当初真不该播下相思的苦种。梦里的人总是恍惚迷离，还不如平时观看的画像清晰，然而就连这种依稀的梦境还常常会被山鸟的叫声惊醒。

春寒料峭，绿草尚未生发；岁月蹉跎，双鬓已如秋霜。分别久了，人的情感会变得麻木，再也感觉不到刚刚离别时的悲痛。在年年的元宵之夜，你是否会想起我，而我对你的思念你是否能感应得到，只有你和我心里知道。

《名句赏析》

春未绿，鬓先丝，人间别久不成悲

“春未绿”暗合元夕，此时仍是春寒料峭，绿草未发；“鬓先丝”是说离别太久，岁月蹉跎，双鬓已斑斑如霜。这两句对仗工整，渲染了非常悲凉的意境。“人间别久不成悲”是全词感情的凝聚点，饱含着深刻的人生体验。分别久了，一次又一次的相思和伤痛会使人变得麻木不堪，沉淀于心中的情感被一层坚硬的冷漠外壳包裹起来，就连自己也仿佛从这段情感中解脱了一般。然而“多情却似总无情”，这种“不成悲”的淡漠与迟钝，实际上是一种更深藏、更沉郁的悲愁。

踏莎行

姜　夔

自沔东来[1]，丁未元日，至金陵江上，感梦而作。

燕燕轻盈，莺莺娇软[2]，分明又向华胥见[3]。夜长争得薄情知[4]？春初早被相思染。

别后书辞[5]，别时针线，离魂暗逐郎行远[6]。淮南皓月冷千山，冥冥归去无人管[7]。

①沔（miǎn）：沔州，唐、宋时州名，治所位于今湖北汉阳。

②燕燕、莺莺：借指伊人。

③华胥（xū）：梦境。典出《列子·黄帝》："（黄帝）昼寝而梦，游于华胥氏之国。"

④争得：怎得。

⑤书辞：书信。

⑥郎行：情郎那边。

⑦冥冥：暗沉沉。

白话译文

像燕子一样轻盈的体态，像黄莺一样娇软的声音，我在梦境中又一次见到你真切的音容。你嗔怪我太薄情，不理解你长夜难眠的孤寂，也不理解你在初春时便被相思折磨的苦痛。

我千百遍读你别后的来信，依旧穿着你分别时亲手缝制的衣衫，你的离魂不顾路途遥远，追逐着来到我的身边。淮南寒月孤照，千山冷寂，可怜你的离魂独自归去，也没有人伴随和关照。

名句赏析

淮南皓月冷千山，冥冥归去无人管

词人幻想恋人的“离魂”不远千里追随自己，又担心“离魂”独自归去无人关照。“冷千山”着一“冷”字，渲染出极清寂冷清的意境，“无人管”则表现出词人对恋人孤苦无依处境的怜爱和关切。这两句词以清绮幽峭之笔，抒发了词人无限的爱怜与体贴之情，以及深切的负疚之感，读来非常感人，就连对姜夔词多贬语的王国维在其《人间词话》中，也给予很高的评价：“白石（姜夔）之词，余所最爱者，亦仅二语，曰‘淮南皓月冷千山，冥冥归去无人管’。”

淡黄柳

姜　夔

客居合肥南城赤阑桥之西[①]，巷陌凄凉，与江左异。惟柳色夹道，依依可怜。因度此曲，以纾客怀[②]。

空城晓角[③]，吹入垂杨陌。马上单衣寒恻恻。看尽鹅黄嫩绿，都是江南旧相识。

正岑寂，明朝又寒食。强携酒、小桥宅[④]，怕梨花落尽成秋色。燕燕飞来，问春何在，惟有池塘自碧。

①赤阑桥：有红色栏杆的桥。

②纾：消除，宽解。

③晓角：早晨的号角声。

④小桥：即“小乔”，这里指恋人。

白话译文

拂晓，穿行在冷清的城中，在杨柳依依的小路上，听着凄清的号角声。穿着单衣骑在马上，感到阵阵寒意。路旁的垂柳有的鹅黄未脱，有的换上新绿，都与在江南时见过的一样。

正感到孤寂冷清，明天偏偏又是寒食节。带上一壶酒，来到恋人的住处，害怕梨花落尽便成秋色。燕子飞来，打听春的消息，无人应答，只有一片池水默默倾吐着碧绿的颜色。

扬州慢

姜　夔

淳熙丙申至日[1]，予过维扬[2]。夜雪初霁，荠麦弥望。入其城，则四顾萧条，寒水自碧，暮色渐起，戍角悲吟。予怀怆然，感慨今昔，因自度此曲。千岩老人以为有黍离之悲也[3]。

淮左名都[4]，竹西佳处，解鞍少驻初程[5]。过春风十里[6]，尽荠麦青青。自胡马窥江去后[7]，废池乔木[8]，犹厌言兵。渐黄昏、清角吹寒[9]，都在空城。

杜郎俊赏[10]，算而今、重到须惊。纵豆蔻词工，青楼梦好，难赋深情。二十四桥仍在[11]，波心荡、冷月无声。念桥边红药，年年知为谁生？

---

①淳熙丙申至日：即淳熙三年（1176）冬至。

②维扬：即扬州。

③千岩老人：南宋诗人萧德藻的号，姜夔曾跟他学诗。黍离：《诗经·王风》中的篇名。据说周平王东迁后，周大夫经过西周故都，看见宗庙毁坏，遍地禾黍，彷徨不忍离去，就作了这首诗。后以“黍离”表示故国之思。

④淮左名都：指扬州。宋朝设淮南东路和淮南西路，扬州是淮南东路的治所，故称淮左名都。

⑤解（xiè）鞍：解下马鞍。少驻：稍作停留。初程：初段行程。

⑥春风十里：杜牧《赠别》："春风十里扬州路，卷上珠帘总不如。"这里用以借指扬州。

⑦胡马窥江：指 1161 年金主完颜亮南侵，攻破并洗劫了扬州一事。

⑧废池：被破毁的池台。乔木：残存的古树。

⑨渐：向，到。

⑩俊赏：俊逸清赏。

⑪二十四桥：扬州城内古桥，即吴家砖桥，也叫红药桥。

白话译文

扬州是淮河东边著名的大都市，在竹西亭这样的胜地，我解下马鞍稍作停留，这是最开始的一段路程。曾经繁华的扬州城，如今满目都是青青的荠麦。自从金兵渡江南侵回去以后，废毁的池台，残存的古树，好像仍然不愿提起与战争有关的事情。夕阳西下，凄厉的号角声回荡在扬州城的上空，让人不禁感到阵阵寒栗。

杜牧是个俊才情种，料想他如果今天重来此地也会大吃一惊。即使他能写出"豆蔻"诗一样精妙的诗句，抒发出"青楼"诗一样的诗意，面对这样的扬州，也难以表达出昔日的深情。二十四桥仍然还在，桥下水波荡漾，月光冷峻，四周寂静无声。想想那桥边的芍药，还是一年一度地盛开着，可它们是为谁生长为谁盛放，又有谁去欣赏它们呢？

名句赏析

二十四桥仍在，波心荡、冷月无声

“波心荡、冷月无声”是词人精心安排的特写镜头，以桥下“波心荡”的动来映衬“冷月无声”的静，从而创造出一种悲凉凄怆的氛围。词人以杜牧《寄扬州韩绰判官》中“二十四桥明月夜，玉人何处教吹箫”的盛景与今日的萧条景象进行了鲜明对比，控诉了战争给国家和人民带来的深重灾难，同时对南宋王朝的偏安政策进行了谴责。

永遇乐

姜　夔

次稼轩北固楼词韵[①]

云鬲迷楼[②]，苔封很石[③]，人向何处[④]？数骑秋烟，一篙寒汐[⑤]，千古空来去。使君心在[⑥]，苍厓绿嶂[⑦]，苦被北门留住[⑧]。有尊中酒差可饮[⑨]，大旗尽绣熊虎[⑩]。

前身诸葛[⑪]，来游此地，数语便酬三顾[⑫]。楼外冥冥，江皋隐隐[⑬]，认得征西路[⑭]。中原生聚[⑮]，神京耆老[⑯]，南望长淮金鼓[⑰]。问当时依依种柳[⑱]，至今在否？

①稼轩北固楼词：即辛弃疾《永遇乐·京口北固亭怀古》。

②鬲：同“隔”。迷楼：楼名，隋炀帝建于扬州，与北固亭隔江相望。

③很石：镇江北固山甘露寺有一块石，形似伏羊，人称“很石”。相传孙权、刘备曾经在石头上论事。

④人：指隋炀帝、孙权、刘备等人。

⑤汐：夜潮。

⑥使君：汉代对州郡刺史的称谓，这里指辛弃疾。

⑦苍厓绿嶂：苍翠碧绿的山峦。厓，同“崖”。

⑧北门：指南宋北疆门户京口。《旧唐书·裴度传》载，唐开成二年（837），裴度以本官兼任太原尹、北都留守、河东节度使，文宗遣使宣旨曰：“卿虽多病，年未甚老，为朕卧镇北门可也。”

⑨有尊中酒差可饮：《晋书·郄超传》载桓温云：“京口酒可饮，

兵可用。”差，略微。

⑩尽绣熊虎：形容军士勇猛过人。

⑪前身诸葛：将辛弃疾比作诸葛亮。

⑫酬：答谢。三顾：用“三顾茅庐”故事。

⑬皋（gāo）：水边高地。

⑭征西：桓温曾拜征西大将军。

⑮生聚：繁衍人口，积聚物力。

⑯神京：指北宋都城汴京。耆（qí）老：老人。耆，六十岁曰耆。

⑰长淮：淮河，为南宋与金对峙前线。

⑱依依种柳：《世说新语·言语》：“桓公（桓温）北征，经金城，见前为琅邪时种柳，皆已十围，慨然曰：‘木犹如此，人何以堪！’攀枝执条，泫然流泪。”庾信《枯树赋》：“昔年种柳，依依汉南。今看摇落，凄怆江潭。树犹如此，人何以堪？”

白话译文

扬州城外云雾弥漫，很石上苔藓斑斑，当年的英雄人物如今在何处？只有秋烟中的铁骑、寒潮中的船只，仍然年复一年地来来去去。你本已醉心于青山绿水的田园生活，却为了国家大业来到京口这个前沿阵地。此地有浊酒尚可饮用，更有虎狼之兵可供驱遣。

犹如前世诸葛，你来到此地，寥寥数语便得到“三顾茅庐”般的赏识。而今扬州城外昏暗不明，茫茫江水隐约不清，但你认得东晋桓温北伐之路。中原地区民多财足，故都的百姓正日夜翘首盼望着宋廷的军队。你曾经亲手种下的依依垂柳，如今它们是否还在？

点绛唇

姜　夔

丁未冬过吴松作[①]

燕雁无心[②]，太湖西畔随云去[③]。数峰清苦，商略黄昏雨[④]。

第四桥边[⑤]，拟共天随住[⑥]。今何许[⑦]，凭阑怀古，残柳参差舞。

①丁未：宋孝宗淳熙十四年(1187)。

②燕（yān）雁：指北方幽燕一带的鸿雁。

③太湖：江南水网的中心，位于今江苏南部。

④商略：商量，酝酿。

⑤第四桥：即吴松城外的甘泉桥。

⑥天随：晚唐诗人陆龟蒙的号。陆龟蒙，号天随子，苏州人，隐居松江。

⑦何许：何处，何时。

白话译文

北方的鸿雁没有心机，在太湖西畔随着天上的白云来去自如。几座孤峰凄清寂寥，好像在商量黄昏时下一场大雨。

真想在第四桥边与陆龟蒙一起隐居。可他如今身在何处？我独倚栏杆凭吊怀古，只见参差不齐的衰柳正迎风飘舞。

名句赏析

数峰清苦，商略黄昏雨

词人写完大雁，将目光转向远处的几座山峰。远远望去，那几座山峰凄清寂寥，仿佛在商量下一场黄昏雨。山峰本无情，怎会觉得“清苦”？那是因为看山的人此时心里清苦；山峰本无言，又怎么会“商略黄昏雨”？那是因为词人内心凄凉，所以感觉所观看的景物也含愁带恨。正如王国维在《人间词话》中所说“有我之境，以我观物，故物皆著我之色彩”，这句词与辛弃疾《贺新郎》中的“我见青山多妩媚，料青山、见我应如是”，可谓况味迥异。

小重山

章良能

柳暗花明春事深[①]。小阑红芍药[②]，已抽簪[③]。雨余风软碎鸣禽。迟迟日[④]，犹带一分阴。

往事莫沉吟。身闲时序好，且登临。旧游无处不堪寻。无寻处，惟有少年心。

①春事：春色，春意。

②阑：同“栏”。

③簪：这里形容纤细的花芽。

④迟迟：阳光温暖、光线充足的样子。

章良能（？—1214），字达之。丽水（今属浙江）人。历任著作佐郎、礼部侍郎、吏部侍郎等职。间作小词，极有思致。

白话译文

柳色沉沉，花姿明丽，春意已深。小小的栏杆边，红芍药抽出了尖尖的花蕾。春雨过后，和风轻柔，鸟儿叽叽喳喳地欢叫。太阳缓缓升起，天空中尚有一点阴云。

不要沉溺于对往事的回忆中。趁着悠闲无事、春光正好，姑且登临游览。往事留下的痕迹处处都可以找到，而无可找寻的，是那意气风发的少年情怀。

木兰花

严　仁

春风只在园西畔，荠菜花繁蝴蝶乱。冰池晴绿照还空①，香径落红吹已断。

意长翻恨游丝短，尽日相思罗带缓②。宝奁如月不欺人③，明日归来君试看。

①冰池晴绿：指池水碧绿。

②罗带缓：指因身体消瘦而衣带松。

③奁（lián）：镜匣，这里指镜子。

严仁（生卒年不详），字次山，号樵溪。邵武（今属福建）人。与严羽、严参并称“邵武三严”。其词多写闺情，缠绵婉约。

白话译文

春风只青睐庭园的西边，荠菜花开得遍地都是，蝴蝶飞来飞去一片忙乱。池水澄澈碧绿，在阳光下晶莹剔透。被风吹落的花瓣铺满小路，传来了阵阵芳香。

绵绵的情意，比空中飘荡的游丝还长，整日里为相思煎熬，以致身体消瘦衣带渐松。梳妆匣内明净如月的镜子不会骗人，等明日郎君归来，就可以看到我憔悴的容颜。

名句赏析

意长翻恨游丝短，尽日相思罗带缓

游丝是飘荡于空中的昆虫吐的丝，“恨游丝短”用以反衬自己的情思之长。由于相思而日益消瘦，却不直接说出，而是用“罗带缓”来暗示。古诗中有“离家日趋远，衣带日趋缓”之句，词人化用前人诗句，间接地刻画出由于离别日久深受相思之苦而渐趋消瘦的思妇形象，使词意婉转深致，独有韵味。

风入松

俞国宝

一春长费买花钱，日日醉湖边。玉骢惯识西湖路[①]，骄嘶过、沽酒垆前[②]。红杏香中箫鼓，绿杨影里秋千。

暖风十里丽人天，花压鬓云偏[③]。画船载取春归去，余情寄、湖水湖烟。明日重扶残醉，来寻陌上花钿[④]。

①玉骢（cōng）：毛色青白相间的马。

②垆（lú）：旧时酒店里安放酒瓮的土台子，亦指酒店。

③鬓云：形容发髻浓黑如云。

④花钿：用金翠珠宝制成的花形首饰。

俞国宝（生卒年不详），字不详，号醒庵。临川（今属江西）人。孝宗淳熙间为太学生。性豪放，嗜诗酒，为“江西诗派”著名诗人之一。

白话译文

入春以来花了很多钱买花，天天在鲜花旁沉醉。玉骢马熟悉到西湖的路，迈着稳健的步伐嘶鸣着在酒楼前走过。红杏芳香飘逸，箫鼓声音震天，浓密的杨柳荫下有人在荡秋千。

春风十里，丽人翩翩，头上的花朵把云鬓压偏。画船载着春天归去，只好把未尽的游兴托付给湖水与烟霭。明天还要带着残存的醉意，到小路上寻找遗落的花钿。

双双燕

史达祖

咏　燕

过春社了[①]，度帘幕中间，去年尘冷。差池欲住[②]，试入旧巢相并。还相雕梁藻井[③]。又软语、商量不定。飘然快拂花梢，翠尾分开红影。

芳径，芹泥雨润[④]。爱贴地争飞，竞夸轻俊。红楼归晚，看足柳昏花暝[⑤]。应自栖香正稳[⑥]，便忘了、天涯芳信[⑦]。愁损翠黛双蛾，日日画阑独凭。

①春社：古人在立春后第五个戊日祭祀土神。

②差（cī）池：燕子飞行时，参差不齐、尾翼舒张的样子。

③相（xiàng）：端详、仔细看。

④芹泥：燕子筑巢用的草泥。

⑤柳昏花暝：形容柳色昏暗、花影迷离的样子。

⑥栖香：睡得很香甜。

⑦天涯芳信：给闺中人传递从远方带来的书信。

史达祖（1163？—1220?），字邦卿，号梅溪。汴（今河南开封）人。屡试不第，宁宗庆元中为权相韩侂胄堂吏，负责撰拟文书，颇有权势。开禧北伐失败，韩侂胄被杀，坐罪受黥刑，穷困而死。其词多是咏物词，描摹物态能尽态极妍，清丽俊逸。

《白话译文》

春社刚刚过去，燕子穿梭于帘幕之间，屋梁上落满了去年的灰尘，显得冷冷清清。一前一后，试着钻进旧巢双栖双宿。又仔细端详那雕梁藻井，呢喃软语商量个不停。飘然而起掠过花梢，如剪的翠尾划开了红色花影。

长满鲜花的小路芳香弥漫，春雨将筑巢用的草泥融融浸润。争先恐后地贴着地面飞，竞相夸耀自身的俊美轻灵。回到红楼时天色已晚，尽情欣赏昏暝中的柳枝花影。只顾在巢里相偎相依甜甜安睡，却忘了捎回天涯游子的书信。这可愁坏了红楼里的憔悴佳人，天天画栏独凭，望穿秋水。

《名句赏析》

差池欲住，试入旧巢相并。还相雕梁藻井。又软语、商量不定

燕子仔细看一看旧巢的环境，发觉“去年尘冷”，居住条件变差了。但燕子恋旧巢，于是“差池欲住，试入旧巢相并”，想试试看能不能住。由于心存犹豫，所以还把“雕梁藻井”仔细审视了一番，相中了那里的环境。“又软语、商量不定”，是凑合使用旧巢，还是费些力气再建新巢，“小两口”你一言我一语，商量个不停。这几句词把燕子的小小情事，写得生动曲折，像一对小两口居家度日一般，颇有情趣，尤其“软语、商量不定”，形容燕语呢喃，极为传神。

水龙吟

程　垓

夜来风雨匆匆，故园定是花无几。愁多怨极，等闲孤负，一年芳意。柳困桃慵，杏青梅小，对人容易。算好春长在，好花长见，原只是、人憔悴。

回首池南旧事，恨星星、不堪重记。如今但有，看花老眼，伤时清泪。不怕逢花瘦，只愁怕、老来风味。待繁红乱处，留云借月，也须拚醉。

程垓（生卒年不详），字正伯，号书舟。眉山（今属四川）人。其词多写羁旅行役、男女恋情，风格凄婉绵丽。

白话译文

昨夜来了一场疾风骤雨，故园中的花肯定所剩无几了。我被太多太深的愁怨所困，轻易辜负了一年中最美好的春光。柳树倦怠，桃树慵懒，杏子青青，梅实尚小，春色对人真是太草率了。仔细想来，好春永远存在，好花永远能见，其实只是人变得憔悴罢了。

在家乡池南的往事至今仍历历在目，真恨自己白发如霜，过去的事情不堪追忆。如今只有一双看花的老眼，却要为感伤时事而流下两行清泪。我不怕遇见花儿凋零的景象，只是怕尝到人生衰老的滋味。想要在落红零乱之时，留住行云，借得明月，那也得不惜喝醉才行啊！

宴清都

卢祖皋

初　春

春讯飞琼管，风日薄，度墙啼鸟声乱。江城次第[①]，笙歌翠合，绮罗香暖。溶溶涧渌冰泮[②]，醉梦里、年华暗换。料黛眉、重锁隋堤，芳心还动梁苑[③]。

新来雁阔云音[④]，鸾分鉴影[⑤]，无计重见。啼春细雨，笼愁淡月，恁时庭院。离肠未语先断，算犹有、凭高望眼。更那堪、芳草连天，飞梅弄晚。

①次第：顷刻，转眼。

②溶溶：水盛貌。渌（lù）：清澈。泮（pàn）：溶解，分离。

③梁苑：又称梁园，为西汉梁孝王刘武游赏与筵宴之所。此处泛指园林。

④阔：稀缺。

⑤鸾分鉴影：传说鸾鸟见了同类会叫个不停，有人就悬一面镜子让它照，鸾看见自己的身影，悲鸣冲天而死。此处借指妇女失偶。

卢祖皋（1174？—1224），字申之，号蒲江。永嘉（今浙江温州）人。累官至权直学士院。与同里赵师秀、翁卷等为诗友。

白话译文

琼管音飞传来了春天的讯息，料峭的春风变得日益和缓，小鸟叽叽喳喳地在墙头飞来飞去。江城转眼已是笙歌喧天，翠碧笼罩，人们穿上绮罗春衫，花香四溢，天气开始和暖。山涧里的残冰已融成涓涓清水，年华在醉梦中悄然转换。料想黛眉似的柳叶又把隋堤重锁，百花在园中盛开。

最近没有看到云中的鸿雁，无法把音信传递，我就像鸾凤对着镜中孤影悲鸣，却无法与她再次相见。绵绵的春雨在幽幽呜咽，迷蒙的淡月满面愁云，此时我独守着清寂的庭院。离别的愁肠未曾倾诉先已寸断，就算还能登高望远，又怎忍心去看连天的衰草，黄昏中梅花飘坠一片接着一片呢。

木兰花

刘克庄

戏林推[①]

年年跃马长安市[②]，客舍似家家似寄[③]。青钱换酒日无何[④]，红烛呼卢宵不寐[⑤]。

易挑锦妇机中字[⑥]，难得玉人心下事[⑦]。男儿西北有神州，莫滴水西桥畔泪[⑧]。

①林推：姓林的推官，词人的同乡。

②长安：这里借指南宋都城临安。

③寄：客居。

④青钱：古铜钱根据成色不同，分青钱、黄钱两种。无何：不过问其他的事情。

⑤红烛呼卢：夜晚点上蜡烛赌博。呼卢，古代一种赌博。

⑥锦妇机中字：织锦中的文字。这里化用前秦苏蕙织锦为回文诗以寄其夫的典故。

⑦玉人：美人，这里指歌伎。

⑧水西桥：当时名桥之一，此处泛指歌伎所居之地。

刘克庄（1187—1269），字潜夫，号后村居士。莆田（今福建莆田）人。以荫入仕，以龙图阁学士致仕。其词豪迈奔放，在辛派词人“三刘”（刘克庄、刘过、刘辰翁）中成就最大，甚至被认为与陆游、辛弃疾并驾齐驱。

白话译文

年年骑着高头大马在京城里东游西逛，把旅馆当成了家，家反而成了借宿的地方。整日里拿钱买醉，什么事都不过问，一到晚上就点起红烛赌博，一玩就到天亮。

你要知道，妻子的真情容易得到，歌伎的心思难以捉摸。收复西北故土是男人的责任，千万不要为了青楼中的佳人而轻易掉眼泪。

名句赏析

男儿西北有神州，莫滴水西桥畔泪

这两句词表现出词人的爱国主义豪情，以及对糜烂生活的不屑。“男儿西北有神州”是全词的中心，词人慨然指出，正当国难之时，大丈夫应当以收复中原为己任。“水西桥”是当时的“红灯区”，“莫滴水西桥畔泪”即不要同那些歌伎们鬼混，抛洒那种无聊的离别之泪。词人心中慷慨激昂，下笔温和委婉，既要规劝好友，又能让其平和接受，可谓用心良苦。

卜算子

刘克庄

片片蝶衣轻，点点猩红小[①]。道是天公不惜花，百种千般巧。

朝见树头繁，暮见枝头少。道是天公果惜花，雨洗风吹了[②]。

①猩红：鲜红。

②了：尽。

白话译文

片片花瓣立在枝头上，宛如蝴蝶轻盈的翅膀，猩红如染，鲜艳娇美。如果说天公不爱花，为何把它们设计得这么精巧？

早上看见树上花儿繁茂，傍晚却发现枝上花儿凋残。如果说天公爱花，为何又用疾风骤雨来摧残它们？

减字木兰花

淮上女

淮山隐隐[1]，千里云峰千里恨[2]。淮水悠悠[3]，万顷烟波万顷愁。

山长水远，遮住行人东望眼[4]。恨旧愁新，有泪无言对晚春。

①淮山：淮河两岸的山峰。隐隐：不明显，不清晰。

②云峰：高耸入云的山峰。

③淮水：指淮河。悠悠：遥远。

④东望：词人被掳北上，所以向东眺望故乡。

淮上女（生卒年不详），淮水边良家女子。姓名和生平事迹均不详。南宋嘉定年间，金人南侵，被掳去。

《白话译文》

淮山高耸，绵延不绝，千里的峰峦承载着我千里的幽恨。淮水浩渺，烟霭茫茫，万顷波涛寄托了我万顷的悲愁。

山太长，水太阔，遮住了行人向东凝望的双眼。恨过去，忧未来。默默无语泪水潸然地面对着暮春。

水调歌头

方　岳

平山堂用东坡韵[①]

秋雨一何碧，山色倚晴空[②]。江南江北愁思，分付酒螺红[③]。芦叶蓬舟千重，菰菜莼羹一梦[④]，无语寄归鸿。醉眼渺河洛[⑤]，遗恨夕阳中。

蘋州外，山欲暝，敛眉峰[⑥]。人间俯仰陈迹[⑦]，叹息两仙翁[⑧]。不见当时杨柳[⑨]，只是从前烟雨[⑩]，磨灭几英雄。天地一孤啸，匹马又西风。

---

①平山堂：在今扬州西北蜀冈上，为欧阳修所建。用东坡韵：用苏轼《水调歌头·黄州快哉亭赠张偓佺》一词的韵脚。

②秋雨一何碧，山色倚晴空：语出欧阳修《朝中措》："平山阑槛倚晴空，山色有无中。"

③分付：托付。酒螺红：用红螺壳做成的酒杯，也泛指酒杯或酒。

④菰（gū）菜莼（chún）羹：《世说新语·识鉴》记载，西晋张翰（字季鹰）在洛阳做官，见秋风起，想起了家乡的菰菜、莼羹和鲈鱼脍，于是弃官回家。

⑤河洛：黄河、洛水的并称。此处泛指沦陷于金兵之手的故土。

⑥敛眉峰：指山峰如眉峰皱起。

⑦俯仰陈迹：语出晋王羲之《兰亭集序》："向之所欣，俯仰之

间，已为陈迹。”指时光急逝。

⑧两仙翁：指欧阳修和苏轼。

⑨当时杨柳：欧阳修曾在平山堂前手植柳树一株，时人谓之“欧公柳”。

⑩从前烟雨：语出苏轼《水调歌头·黄州快哉亭赠张偓佺》：“长记平山堂上，攲枕江南烟雨。”

方岳（1199—1262）字巨山，号秋崖，祁门（今属安徽）人。官至吏部侍郎，历知饶、抚、袁三州。因得罪权贵，终生仕途失意。其词多抒发爱国忧时之情，风格清健。

《白话译文》

秋雨过后，碧空如洗，山色青青。走遍大江南北，愁思不绝如缕，却只能付之一醉。乘一叶风帆，沿芦苇岸边漂流千里，张翰因想起家乡美味而弃官回家，对我来说回家却是一场梦，只能默默无语地把乡愁寄托给鸿雁。醉眼惺忪中回望故土，黄河、洛水更加渺茫，夕阳西下，无数遗憾和愤恨难以言说。

暮色之中，蘋草萋萋的洲渚之外，远山朦胧昏暗，就像女人收敛了眉峰。时光如水，俯仰之间万事成空，欧、苏两位仙翁已然远逝，令人无限叹息。那株欧公柳如今已无处寻觅，只是年复一年的烟雨，磨灭了多少英雄。在苍茫的天地间，我发出一声长啸，然后又将匹马起程，迎着凄紧的西风前行。

谒金门

李好古

花过雨，又是一番红素[①]。燕子归来愁不语，旧巢无觅处。

谁在玉关劳苦[②]，谁在玉楼歌舞[③]。若使胡尘吹得去[④]，东风侯万户[⑤]。

①红素：指花色红、白相间。

②玉关：玉门关。这里借指南宋抗战前线。

③玉楼：豪华的高楼。

④胡尘：指蒙人发动的战争。

⑤侯万户：万户侯。

李好古（生卒年不详），高安（今属江西）人。自署乡贡免解进士。词多呼吁北伐，言情激切。

白话译文

春雨过后，百花盛开，又到了五彩缤纷的季节。春色依旧，可燕子归来后却愁闷无语，因为找不到当年的爱巢了。

在山河破碎、百姓流离之际，是谁在前线舍生忘死，又是谁在玉楼内醉生梦死。如果能将胡尘吹去，东风也应该被封为万户侯了。

祝英台近

吴文英

春日客龟溪游废园[1]

采幽香，巡古苑[2]，竹冷翠微路[3]。斗草溪根[4]，沙印小莲步[5]。自怜两鬓清霜，一年寒食，又身在、云山深处。

昼闲度。因甚天也悭春[6]，轻阴便成雨。绿暗长亭，归梦趁飞絮。有情花影阑干[7]，莺声门径，解留我、霎时凝伫。

①龟溪：水名，在今浙江德清。

②古苑：即废园。

③翠微路：指山间苍翠的小路。

④斗草溪根：在小溪边做斗草游戏。

⑤莲步：指女子的脚步。

⑥因甚：为什么。悭（qiān）春：吝惜春光。

⑦阑干：栏杆。

吴文英（1200？—1260?），字君特，号梦窗，晚号觉翁。四明（今浙江宁波）人。终生未仕，游幕终身，以居苏、杭为最久，晚年困顿，客居越州。

吴文英上承温庭筠，近承周邦彦，被称为“词中李商隐”。其词幽隐密丽，注重音律，长于炼字，于南宋词坛自成一家，与辛弃疾、姜夔三足鼎立。宋人称“求词于吾宋者，前有清真，后有梦窗”，可见其声誉之高。

白话译文

采摘散发幽香的野花，寻访废弃的古园。丛竹掩映的苍翠小径，显得那样冷清。少女们曾在溪边斗草嬉戏，沙地上还印着她们的小脚印。我忽然感到自己有些可怜，一年一度的寒食节又来临了，而两鬓苍苍的我却只能孤零零地停留在这云山深处。

白天在外面闲逛。不知为何老天爷也这样吝啬春光，方才只是轻阴，不久就开始下雨。长亭路上绿荫满地，我的归思犹如随风轻扬的花絮。栏杆上摇曳着多情的花影，门口又传来婉转的莺啼。它们仿佛理解我的心情，在安慰挽留我。于是我伫立凝思，久久不忍离去。

风入松

吴文英

听风听雨过清明，愁草瘗花铭[①]。楼前绿暗分携路[②]，一丝柳、一寸柔情。料峭春寒中酒[③]，交加晓梦啼莺[④]。

西园日日扫林亭，依旧赏新晴。黄蜂频扑秋千索[⑤]，有当时、纤手香凝。惆怅双鸳不到[⑥]，幽阶一夜苔生。

①愁草：没有心情写。草，起草、拟写。瘗（yì）：埋葬。铭：文体的一种。庾信有《瘗花铭》。

②绿暗：形容绿柳成荫。分携：分手，别离。

③中（zhòng）酒：醉酒。

④交加：错杂，交集。

⑤黄蜂：这里指蜜蜂。

⑥双鸳：女子的绣花鞋，这里兼指女子本人。

白话译文

听着风雨之声送走了清明，埋好落花，我满怀忧郁地草写了《葬花铭》。楼前曾经的惜别之处，如今已是一片浓密的绿荫。每一条柳枝，都寄托着一分柔情。在春寒料峭中饮酒御寒，拂晓迷离的梦境中间杂着窗外黄莺的啼鸣，让我时梦时醒。

西园树林中的亭子，我每天都去打扫，依然去那里欣赏雨后初晴时的美景。蜜蜂频频扑向你荡过的秋千，只因绳索上还有你纤手曾经留下的芳馨。我惆怅万分，只因你的双足再也没有踏过此地，幽怨的台阶一夜间苔藓丛生。

《名句赏析》

黄蜂频扑秋千索，有当时、纤手香凝

双方分别已久，词人依然天天去他们过去经常游赏的林亭，在林亭中看到“黄蜂频扑秋千索”，蜜蜂频频扑向佳人荡过的秋千，词人认为蜜蜂为的是佳人的纤手留在秋千索上的香味，从而表达了自己的一往情深。陈洵说：“见秋千而思纤手，因蜂扑而念香凝，纯是痴望神理。”词人怀人之情至深，即使与佳人早已天各一方，还是痴痴盼着她来，即使不能来，也要将生活中的一切事物都与她扯上关系，以慰相思之苦。

唐多令

吴文英

惜　别

何处合成愁？离人心上秋。纵芭蕉、不雨也飕飕。都道晚凉天气好，有明月、怕登楼。

年事梦中休[1]，花空烟水流。燕辞归、客尚淹留[2]。垂柳不萦裙带住，漫长是、系行舟。

①年事：指岁月。

②淹留：停留。

白话译文

“愁”字是怎样组成的？它是离别之人心上之秋。纵然天晴无雨，秋风吹打芭蕉的叶片，也让人萧瑟生悲。人们都说晚上清凉天气好，由于明月高悬，我却害怕登上高楼。

往昔的岁月如同梦境一般消逝，繁花凋谢，滚滚的烟波向东奔流。燕子都已经辞归南方的故乡，只有我这天涯游子还在此地滞留。垂柳的柔枝不能系住她的裙带，却牢牢地拴住了我的小舟。

名句赏析

何处合成愁？离人心上秋

这首词开篇设问，什么情况下最使人忧愁呢？是离人的心上秋意正浓，为下文写别情蓄势。“心上秋”三字有着特殊的意境，因为秋思本是寻常之事，而心灵上的悲凉与秋深之时的凄冷相互交织，才使人更加愁苦，这就比单纯自然界的秋天使人愁闷要深入一层。此外，这两句词很巧妙地运用了拆字游戏，可谓信手拈来，涉笔成趣，毫无造作之嫌，且紧扣主题。清代王士祯《花草蒙拾》评价道：“‘何处合成愁，离人心上秋。’滑稽之隽。”

夜游宫

吴文英

人去西楼雁杳。叙别梦、扬州一觉。云淡星疏楚山晓。听啼乌，立河桥，话未了。

雨外蛩声早。细织就、霜丝多少①。说与萧娘未知道②。向长安，对秋灯，几人老。

①霜丝：指白发。

②萧娘：女子泛称。

白话译文

人去楼空，鸿雁远飞，杳无踪迹。想与你诉说离愁别绪，也只能付于梦境。在梦里，我和你站在桥上，绵绵情话尚未说完，就被窗外的鸟啼声惊醒。此时云淡星稀，楚山迷蒙，刚刚拂晓。

窗外淅淅沥沥地下着雨，蟋蟀的鸣声凄厉，可叹我如今头上白发如织。即使我告诉伊人我此时的心境，恐怕她也难以理解。遥望京城，独自面对秋灯，此情此景，谁能不老？

贺新郎

吴文英

陪履斋先生沧浪看梅[1]

乔木生云气。访中兴、英雄陈迹，暗追前事。战舰东风悭借便[2]，梦断神州故里。旋小筑、吴宫闲地[3]。华表月明归夜鹤[4]，叹当时、花竹今如此。枝上露，溅清泪。

遨头小簇行春队[5]，步苍苔、寻幽别坞[6]，问梅开未。重唱梅边新度曲，催发寒梢冻蕊。此心与、东君同意[7]。后不如今今非昔，两无言、相对沧浪水。怀此恨，寄残醉。

①履斋先生：吴潜，字毅夫，号履斋。理宗淳祐间任观文殿大学士，封庆国公。主张加强战备，以御元兵。后受贾似道迫害，被毒死于循州。沧浪：沧浪亭，曾为韩世忠别墅。

②战舰东风悭（qiān）借便：指韩世忠黄天荡之捷，金兀术掘新河逃走。悭，吝惜。

③旋：返回，归来。小筑：环境幽雅的小型建筑物。吴宫：春秋时吴王的宫殿。这里指沧浪亭。

④华表月明归夜鹤：晋陶潜《搜神后记》："丁令威，本辽东人，学道于灵虚山。后化鹤归辽，集城门华表柱。时有少年，举弓欲射之。鹤乃飞，徘徊空中而言曰：'有鸟有鸟丁令威，去家千年今始归。

城郭如故人民非，何不学仙冢垒垒。’遂高上冲天。”

⑤遨头：即太守。小簇：小队。

⑥别坞：别墅。

⑦东君：传说中司春之神。这里暗指吴潜。

白话译文

高大的树木上云气苍茫，我们来到沧浪亭，寻访中兴名将韩世忠的遗迹，缅怀当年的故事。东风不肯给韩将军以方便，黄天荡一战未能生擒活捉金兀术，恢复神州的梦想被迫中断，后被夺权，退于沧浪亭闲居。如果他能化成仙鹤在月朗之夜回到这里，一定会感叹曾经繁茂的花竹，如今已萧条冷寂。枝头上清露点点，那是英雄清冷的泪滴。

吴太守领着游春的小队，踏着青苔，来到将军的别墅寻幽探春，看一看梅花开了没有。在梅花边我们反复吟唱新创的词曲，想催促春寒未绽的梅花早日开放。我们此刻的心意，与司春之神相同。今天的景况不如往昔，以后的岁月恐怕连今天也比不上了。对着沧浪亭下的流水，我们俩默默无言，只能满怀无穷的悲愤，把酒杯频频举起。

浣溪沙

吴文英

门隔花深梦旧游[1]，夕阳无语燕归愁。玉纤香动小帘钩[2]。

落絮无声春堕泪，行云有影月含羞。东风临夜冷于秋[3]。

①门隔花深：即旧游之地。

②玉纤：指女子的纤纤玉手。

③临夜：夜间来临时。

《白话译文》

我的梦魂总是飞回到旧时到过的庭院，繁茂的花丛把院门深深遮掩，斜阳默默无言地向西沉落，归来的燕子仿佛愁绪万端。那双带有香味的纤纤玉手，轻轻地拉开了宝帘。

柳絮无声飘落，那是春天洒于人间的离愁之泪；地上云影悠悠，那是明月因为含羞躲在了云后。夜晚春风阵阵袭来，萧瑟凄冷的氛围盖过了寒秋。

名句赏析

落絮无声春堕泪，行云有影月含羞

这两句词表面是写自然，其实都是在写情：“落絮无声春堕泪”写柳絮从空中飘落，好像是春天在替人无声落泪，其实是离人正在落泪；“行云有影月含羞”写地上有云影，好像是因为月亮含羞躲在了云后，其实是说女子别时以手掩面，主要不是含羞，而是为了掩泪，怕增加对方的悲伤。刘熙载《艺概》：“词之妙，莫妙于以不言言之，非不言也，寄言也。”这两句运用的正是“寄言”的写法。

湘春夜月

黄孝迈

近清明，翠禽枝上消魂[①]。可惜一片清歌，都付与黄昏。欲共柳花低诉[②]，怕柳花轻薄，不解伤春。念楚乡旅宿，柔情别绪，谁与温存？

空樽夜泣，青山不语，残照当门。翠玉楼前[③]，惟是有、一波湘水，摇荡湘云。天长梦短，问甚时、重见桃根[④]？这次第、算人间没个并刀[⑤]，剪断心上愁痕。

①翠禽：翠鸟。

②柳花：指柳絮。

③翠玉楼：华丽的楼阁。

④桃根：东晋王献之《桃叶歌》："桃叶复桃叶，桃树连桃根。相怜两乐事，独使我殷勤。"后多用桃根指代意中人。

⑤这次第：如此种种。并刀：并州（今山西太原）的剪刀，以锋利著称。

黄孝迈（生卒年不详），字德文，号雪舟。闽清（今属福建）人。生平事迹不详。有人评其"词采溢出，天设神授"，以"能词"称，词风清丽婉秀。

白话译文

临近清明，翠鸟在枝头上发出哀婉的叫声。可惜这一片清歌，都交给了黄昏。想要对柳花低诉心事，又怕柳花轻浮，不懂得人的伤春之情。感叹我独自投宿在楚地的旅舍，满腹柔情别绪，谁能给我一点儿温存？

夜里，空空的酒杯为我哭泣，青山默默无语，残月映照院门。华丽的楼前，只有那一池湘水，倒映着天上的湘云。春天白昼渐长，黑夜渐短，梦境也越来越短，请问苍天，我什么时候才能与她重逢？如此种种，就算找遍整个世界，也没有任何一个并州的刀剪，能够剪断我心中的万缕愁丝。

名句赏析

这次第、算人间没个并刀，剪断心上愁痕

词人因不能“重见桃根”而满腔愁怨，难以排解，于是词人说想要将其剪除。然而，正所谓“剪不断，理还乱”，这种愁绪是无法剪断的，词人也深知这一点，于是最后不得不慨叹“算人间没个并刀，剪断心上愁痕”，遍寻人间也找不到能够剪断这种愁绪的剪刀，借并刀的锋利尖快的特征，来表现自己心中的无限愁绪，在写愁的方式上有了自己的独创。

醉蓬莱

王沂孙

归故山[1]

扫西风门径，黄叶凋零，白云萧散。柳换枯阴，赋归来何晚。爽气霏霏，翠蛾眉妩[2]，聊慰登临眼。故国如尘，故人如梦，登高还懒。

数点寒英[3]，为谁零落，楚魄难招，暮寒堪揽。步屧荒篱[4]，谁念幽芳远。一室秋灯，一庭秋雨，更一声秋雁。试引芳尊，不知消得，几多依黯[5]。

---

①故山：指词人故里会稽。

②翠蛾眉妩：形容远山如蛾眉。

③寒英：耐寒的花，这里指菊花。

④步屧（xiè）：漫步。屧，原指木制的鞋底，后指木屐。

⑤依黯：离愁别绪。

王沂孙（生卒年不详），字圣与，号碧山。会稽（今浙江绍兴）人，曾任庆元路学正。踪迹主要在吴越一带，交游者多为宋末遗民，如周密、李彭老、仇远等。其词章法缜密，含蓄深婉，尤以咏物为工。与周密、张炎、蒋捷并称“宋末四大家”。清代陈廷焯《白雨斋词话》评：“碧山词观其全体，固自高绝，即于一字一句间求之，亦无不工雅。”又云：“词法之密，无过清真。词格

之高，无过白石。词味之厚，无过碧山。词坛三绝也。”

白话译文

西风将门前的小路打扫干净，黄叶凋零，白云缥缈，正是暮秋时节。杨柳将绿荫换成枯荫，我回到故园的时令太晚。登高望远，秋高气爽，云气氤氲，远山青翠，犹如黛蛾，总算给人一丝安慰。故国已是前尘往事，故人也只在梦中相见，物是人非，意兴萧索，虽美景在前，也懒于一瞥。

那点点的菊花，究竟因谁而凋落，当年的楚魂已经难以招回，傍晚的秋寒尚可以揽取。走回到荒芜的篱笆之下暗自沉吟，有谁会在意菊花的幽远芬芳。但见陋室里灯光摇曳，庭院里秋雨潇潇，远处传来一声孤雁的哀鸣。试着借酒消愁，但心中的愁苦绵绵难尽，不知能消得了几分。

水龙吟

王沂孙

落　叶

晓霜初著青林[①]，望中故国凄凉早。萧萧渐积[②]，纷纷犹坠，门荒径悄。渭水风生[③]，洞庭波起[④]，几番秋杪[⑤]。想重厓半没[⑥]，千峰尽出[⑦]，山中路、无人到。

前度题红杳杳[⑧]。溯宫沟、暗流空绕[⑨]。啼螿未歇[⑩]，飞鸿欲过，此时怀抱。乱影翻窗[⑪]，碎声敲砌[⑫]，愁人多少。望吾庐甚处[⑬]，只应今夜[⑭]，满庭谁扫。

---

①著：附着。

②萧萧：草木摇落之声。

③渭水风生：化用贾岛《忆江上吴处士》："秋风生渭水，落叶满长安。"

④洞庭波起：化用屈原《湘夫人》："洞庭波兮木叶下。"

⑤秋杪（miǎo）：暮秋，深秋，秋末。杪，树梢，这里引申为秋天的末端。

⑥厓：通"涯"，水边。

⑦尽出：全是。

⑧题红：指红叶题诗事。杳杳：遥远而不见踪迹。

⑨宫沟：皇宫的御沟。

⑩螿（jiāng）：蝉的一种。

⑪乱影翻窗：树叶乱落于窗前。

⑫碎声：这里指落叶之声。砌：台阶。

⑬甚：何。

⑭只应：只是。

白话译文

暮秋清晨，严霜始降，附着在尚存绿意的林木上，视野中的故国早已是一片凄凉之景。地上的落叶层层堆积，树上的叶子纷纷坠落，柴门前一片荒芜，小路上悄然无人。北方渭水秋风萧瑟，南方洞庭秋波翻涌，到处都是深深的秋意。想来重重叠叠的山海之间，无处不是飞舞的落叶，掩埋了山上的小路，阻挡了行人的行程。

曾经的题红佳话已成往事，被丢弃的红叶在宫沟里随波逐流。寒蝉的哀鸣还没有停歇，大雁将要从天际飞过，此时心中的悲苦难以名状。黄叶杂乱地落在窗前，落叶落在台阶上发出细碎的声响，此时不知愁坏了多少人。遥望北方的故园现在何处，今夜里满庭的落叶由谁来打扫。

齐天乐

王沂孙

蝉

一襟余恨宫魂断①，年年翠阴庭树。乍咽凉柯②，还移暗叶③，重把离愁深诉。西窗过雨。怪瑶珮流空④，玉筝调柱⑤。镜暗妆残，为谁娇鬓尚如许⑥。

铜仙铅泪似洗，叹携盘去远，难贮零露⑦。病翼惊秋⑧，枯形阅世⑨，消得斜阳几度⑩？余音更苦。甚独抱清商⑪，顿成凄楚？谩想薰风⑫，柳丝千万缕。

①一襟：满腔。宫魂断：用齐后化蝉典。晋崔豹《古今注》："齐王后忿而死，尸变为蝉，登庭树，嘒唳而鸣，王悔恨。故世名蝉曰齐女也。"宫魂，即齐后之魂。

②凉柯：秋天的树枝。

③暗叶：浓暗的树叶。

④瑶珮：玉佩，这里喻蝉鸣声美妙，与下文"玉筝"同。

⑤调柱：弹奏。

⑥娇鬓：娇美的鬓发，喻蝉翼的美丽。

⑦铜仙铅泪似洗，叹携盘去远，难贮零露：用汉武帝金铜仙人典。史载汉武帝铸手捧承露盘的金铜仙人于建章宫。魏明帝时诏令拆迁，"宫官既拆盘，仙人临载，乃潸然泪下"。李贺《金铜仙人辞汉歌》："空将汉月出宫门，忆君清泪如铅水。"以餐风饮露为生的蝉，

在承露盘拆走后无以为生。

⑧病翼：残病的羽翼。

⑨枯形：指形态枯槁的身体。

⑩消得：经受得住。

⑪甚：正。清商：古乐府之一种，曲调凄楚。

⑫薰风：暖风，此指夏天。

白话译文

齐女因一腔怨恨而化蝉之后，年年栖息于庭树翠阴之间。它刚才还在枝头上呜咽，又飞到密叶丛中哀鸣，一遍又一遍地将离愁别恨倾诉。西窗外秋雨初歇，将至生命尽头的寒蝉叫声却异常悦耳，犹如空中流过的玉佩声，又像轻轻弹奏的玉筝声，令闻者极为惊讶。妆镜蒙尘，容颜憔悴，此时的蝉儿究竟为谁而刻意打扮？

金铜仙人铅泪如水，承盘拆却，不能再贮清露以供寒蝉。蝉翼衰残，仿佛一夜老去，如何面对瑟瑟秋风；形容枯槁沧桑，又能经得住几次黄昏？处于生命末端的蝉儿叫声更加凄苦。然而它为何仍然将哀怨的曲调吟唱，顿时变得分外凄楚？而此时，它只能徒然追忆自己在温暖的夏风中，看千万条柳丝轻轻摇曳的时光。

玉京秋

周　密

长安独客[①]，又见西风，素月丹枫，凄然其为秋也，因调夹钟羽一解[②]。

烟水阔。高林弄残照，晚蜩凄切[③]。碧砧度韵[④]，银床飘叶[⑤]。衣湿桐阴露冷，采凉花、时赋秋雪[⑥]。叹轻别。一襟幽事，砌蛩能说[⑦]。

客思吟商还怯[⑧]。怨歌长、琼壶暗缺[⑨]。翠扇恩疏[⑩]，红衣香褪，翻成消歇。玉骨西风，恨最恨、闲却新凉时节。楚箫咽，谁倚西楼淡月。

①长安：此处借指南宋都城临安。

②夹钟羽：一种律调。一解：一阕。

③蜩（tiáo）：蝉。

④碧砧度韵：长有青苔的石砧上传来有节奏的捣衣声。

⑤银床：井栏。

⑥凉花：菊花等秋日开放的花，这里指芦花。秋雪：指芦花。

⑦砌蛩（qióng）：台阶下的蟋蟀。

⑧吟商：吟咏秋天。商，五音之一。

⑨琼壶暗缺：敲玉壶为节拍，使壶口损缺。

⑩翠扇恩疏：由于天凉，扇子被弃用。

周密（1232—1298），字公谨，号草窗。祖籍济南（今属山东），寓居吴兴（今属浙江）。曾为临安府幕僚、两浙运司掾、义乌令等。宋亡，入元不仕。著有笔记《武林旧事》《齐东野语》《癸辛杂识》等，对保存宋代杭州京师风情及文艺、社会等史料贡献很大。擅于选词，编有《绝妙好词》。能诗词，擅书画。与吴文英（号梦窗）并称“二窗”。其词典雅秾丽，格律严谨，深受清代浙西词派推崇。

白话译文

秋意弥漫，烟水寥廓。夕阳残照，高树摇曳，寒蝉凄鸣。捣衣石砧上敲出闺妇的相思，石井栏边飘下梧桐的枯叶。站在梧桐树下，寒露打湿了衣服，采来一枝芦花，不时吟咏这似雪之物。悔当初轻率的分别，如今已再难相见。这满怀的幽怨，阶下的蟋蟀仿佛在替人诉说。

客居中吟叹着秋声商调，又觉太过寒怯而不能自胜。我久久把怨歌吟唱，玉壶竟被我敲得边沿全缺。天气转凉后团扇被弃如敝帚，鲜艳的荷花也已枯萎凋谢，一切美好的事物都已成空。我在萧瑟的秋风中伫立，心中无比怨恨韶华已经空度，如今还要虚度这清凉时节。远处传来箫声的悲咽，是谁在淡淡的月光中独自倚楼伤怀。

曲游春

周　密

禁烟湖上薄游[①]，施中山赋词甚佳[②]，余因次其韵。盖平时游舫，至午后则尽入里湖[③]，抵暮始出断桥，小驻而归，非习于游者不知也。故中山极击节余“闲却半湖春色”之句[④]，谓能道人之所未云。

禁苑东风外[⑤]，飏暖丝晴絮[⑥]，春思如织。燕约莺期，恼芳情偏在[⑦]，翠深红隙。漠漠香尘隔[⑧]，沸十里、乱弦丛笛。看画船、尽入西泠[⑨]，闲却半湖春色。

柳陌[⑩]，新烟凝碧，映帘底宫眉[⑪]，堤上游勒[⑫]。轻暝笼寒，怕梨云梦冷[⑬]，杏香愁幂[⑭]。歌管酬寒食[⑮]，奈蝶怨、良宵岑寂。正满湖、碎月摇花，怎生去得[⑯]？

①禁烟：禁火，即寒食节。薄游：漫游，随意游览。

②施中山：施岳，字中山。

③里湖：杭州里西湖或西里湖的省称。

④击节：赞赏之意。

⑤禁苑：帝王的园林。

⑥飏（yáng）：同“扬”，飘扬。

⑦恼：撩拨。

⑧漠漠：烟尘弥漫的样子。

⑨西泠（líng）：桥名，在西湖白堤上。

⑩柳陌：植柳之路。

⑪宫眉：代指女子。

⑫游勒：骑马的游客。

⑬梨云梦：指梦境。

⑭幂：覆盖。

⑮歌管：唱歌奏乐。

⑯怎生：怎样，如何。

白话译文

东风吹过宫苑，拂过湖面，和煦的春日下，柳丝飞扬，柳絮纷飞，各种春天的情思交织在一起，不可名状。花繁树茂，莺歌燕舞，撩起人的游兴。丽人如云，香尘弥漫；十里西湖，弦管交鸣，笙歌鼎沸。午后，画船尽入里湖，竟让西湖一半的春色闲置。

堤上杨柳成荫，烟霭笼罩，青青柳色如碧玉凝结。车里佳人，撩帘观景；骑马少年，缓缓而行。夕阳西下，天渐昏暝，轻寒袭人。游人渐散，西湖寂寞，只恐梨花之美如梦一般消逝，杏花之香被春愁笼罩。节日在歌管声中渐渐消逝，怎奈蝴蝶还埋怨如此良宵太过冷清寂寞。整个西湖，波光粼粼，月影荡碎，花影婆娑，怎能在这样美丽的时刻离去呢？

齐天乐

周　密

丁卯七月既望[①]，余偕同志放舟邀凉于三汇之交[②]，远修太白采石、坡仙赤壁数百年故事[③]，游兴甚逸。余尝赋诗三百言以纪清适[④]。坐客和篇交属[⑤]，意殊快也。越明年秋[⑥]，复寻前盟于白荷凉月间。风露浩然，毛发森爽，遂命苍头奴横小笛于舵尾[⑦]，作悠扬杳渺之声，使人真有乘查飞举想也[⑧]。举白尽醉[⑨]，继以浩歌。

清溪数点芙蓉雨，蘋飙泛凉吟艥[⑩]。洗玉空明[⑪]，浮珠沆瀣[⑫]，人静籁沉波息。仙潢咫尺[⑬]。想翠宇琼楼[⑭]，有人相忆。天上人间，未知今夕是何夕。

此生此夜此景，自仙翁去后[⑮]，清致谁识？散发吟商[⑯]，簪花弄水，谁伴凉宵横笛？流年暗惜。怕一夕西风，井梧吹碧。底事闲愁，醉歌浮大白[⑰]。

---

①既望：农历十五日叫望，十六日叫既望。

②同志：朋友。放舟：划船。邀凉：遨游。三汇之交：三水汇合处。

③采石：即采石矶，相传为李白醉酒捉月溺死之处。坡仙赤壁：指苏轼漫游赤壁。

④纪清适：记录此时的清闲与悠适。

⑤交属（zhǔ）：相连。

⑥越明年：到了第二年。

⑦苍头奴：奴仆。

⑧乘查：即乘槎，指上天。

⑨白：酒杯。

⑩蘋飙（biāo）：吹过水草的秋风。艤（yì）：小舟。

⑪洗玉空明：形容月光倒映水中，如水洗的玉石般空灵明净。

⑫沆瀣（hàngxiè）：夜间的水汽。

⑬仙潢（huáng）：喻指银河。

⑭翠宇琼楼：隐括苏轼《水调歌头》："我欲乘风归去，又恐琼楼玉宇，高处不胜寒。"

⑮仙翁：指苏轼。

⑯吟商：吟诗放歌。

⑰浮大白：饮酒。大白，大酒杯。

白话译文

溪水清澈，点点细雨洒在荷花丛中，习习清风从白蘋洲上吹来，画舫在湖中荡漾。晶莹如玉的月亮倒映在澄澈的溪水中，水汽扑来，荷叶上的水珠随风滚动。游客沉默，万籁俱寂，水波无声。银河仿佛近在咫尺。遥想天上的牛郎织女，此刻正两地相思，在天上世界里，今夕是何夕呢？

自苏东坡之后，有谁懂得欣赏这清秀的夜景？披散头发吟诗放歌，掬水玩月，弄湿了发簪，是谁在船尾吹起悠扬的笛曲？流年似水，害怕一夜秋风之后，梧叶飘零。人生苦短，何必为琐事闲愁，不如斟满酒杯，醉歌一曲吧！

柳梢青

刘辰翁

春　感

铁马蒙毡，银花洒泪，春入愁城[1]。笛里番腔，街头戏鼓，不是歌声。

那堪独坐青灯。想故国、高台月明。辇下风光[2]，山中岁月，海上心情。

①愁城：本指人愁苦的心境，此处借指临安。

②辇下：皇帝辇毂之下，京城的代称。

刘辰翁（1232—1297），字会孟，号须溪。庐陵（今江西吉安）人。曾入文天祥江西幕府，参与抗元。宋亡后隐居不仕。其词清空疏越，多涉时事，为辛弃疾豪放词一派继承者。

《白话译文》

披着毛毡的蒙古铁骑耀武扬威，就连元宵节的花灯好像也在流泪。春天不管世事沉浮，仍然如期来到这座哀愁的城市。元军在临安街头鼓吹弹唱，横笛吹出蒙古人的腔调，这种呕哑之声哪里算得上是真正的音乐！

夜里独自面对青灯，料想故国旧都、高台宫殿，如今都笼罩在冷清的月光之下。想起过去临安的繁华，而如今我却不得不在山中隐居避难，那逃往海滨的小朝廷又将何去何从？

忆秦娥

刘辰翁

中斋上元客散感旧[①]，赋《忆秦娥》见属，一读凄然，随韵寄情，不觉悲甚。

烧灯节[②]，朝京道上风和雪。风和雪，江山如旧，朝京人绝。

百年短短兴亡别，与君犹对当时月。当时月，照人烛泪，照人梅发[③]。

①中斋：邓剡，号中斋，南宋末爱国诗人。上元：正月十五。

②烧灯节：即元宵节。

③梅发：白发。梅有红白两种，这里以白梅喻发。

白话译文

元宵节，进京朝见帝王的道路如今狂风肆虐，暴雪纷纷。狂风肆虐，暴雪纷纷，江山依旧，故都易主，进京朝见帝王的人已经没有了。

不过百年的人生，竟然被划分为兴亡两个时段，我和你都经受了亡国的苦痛，面对着与当年相同的明月。当年的明月，也是永恒的明月，映照着今人伤心的眼泪，映照着人生过客的苍苍白发。

虞美人

蒋　捷

听　雨

少年听雨歌楼上，红烛昏罗帐。壮年听雨客舟中，江阔云低，断雁叫西风①。

而今听雨僧庐下，鬓已星星也②。悲欢离合总无情，一任阶前、点滴到天明。

①断雁：失群孤雁。

②星星：白发点点如星，形容白发很多。

蒋捷（生卒年不详），字胜欲，号竹山。阳羡（今江苏宜兴）人。南宋亡，隐居不仕。其词悲慨清峻，音律谐畅，多抒发故国之思，在宋季词坛上独树一帜，与周密、王沂孙、张炎并称“宋末四大家”。

白话译文

年少时在歌楼上听雨，红烛摇曳，罗帐内歌舞轻扬。中年时在客船上听雨，浓云低黯，江水茫茫；西风中，一只孤雁叫声凄凉。

如今在僧庐下听雨，人到暮年，两鬓如霜。兴衰成败、悲欢离合，早已难动心肠，任凭台阶前的小雨，点点滴滴，直到天亮。

名句赏析

悲欢离合总无情，一任阶前、点滴到天明

词人在经历了漫长的漂泊苦难之后，到了人生的暮年，看惯了江山更易，看惯了悲欢离合，他的神经已经麻木，不再容易动感情，似乎已经达到心如止水、波澜不惊的境界了。于是“悲欢离合总无情，一任阶前、点滴到天明”，在万般无奈、万念俱灰中，全词戛然而止。然而这仍然掩饰不住词人内心的不平静，因为彻夜听雨本身就表明他并没有真正进入大彻大悟之境，只不过饱经风霜，已具有“欲说还休”的情感控制能力。

一剪梅

蒋　捷

舟过吴江

一片春愁待酒浇。江上舟摇，楼上帘招。秋娘渡与泰娘桥[1]，风又飘飘，雨又萧萧。

何日归家洗客袍[2]？银字笙调[3]，心字香烧。流光容易把人抛，红了樱桃，绿了芭蕉。

①秋娘渡、泰娘桥：均为苏州地名。

②客袍：外出穿的衣服。

③银字笙：笙管上标有表示音调高低的银字。

白话译文

心中有连绵不断的春愁急需借酒排遣。我乘坐的小船在吴江上飘荡，向岸边望去，发现有酒旗在招摇。小船继续前行，经过了秋娘渡与泰娘桥，突然风雨交加，寒意彻骨，让人无比烦闷。

什么时候才能回家洗洗旅途穿的衣服，结束在外漂泊的生活？什么时候才能回家听听妻子吹奏笙箫抚弄琴弦，点燃熏炉里心形的盘香，享受温馨的家庭生活？时光走得太快，让人跟不上它的脚步，刚刚将樱桃催红，又将芭蕉染绿。

声声慢

蒋　捷

秋　声

黄花深巷，红叶低窗，凄凉一片秋声。豆雨声来[①]，中间夹带风声。疏疏二十五点，丽谯门、不锁更声[②]。故人远，问谁摇玉佩，檐底铃声。

彩角声吹月堕，渐连营马动，四起笳声。闪烁邻灯，灯前尚有砧声。知他诉愁到晓，碎哝哝、多少蛩声。诉未了，把一半、分与雁声。

①豆雨：阴历八月，黄豆开花时节所下的雨。

②丽谯：华丽的城门瞭望楼。

白话译文

深巷里菊花盛开，小窗前红叶掩映，连绵不断的秋声让人倍感凄凉。豆花雨至，风声雨声交杂。一更一更，一点一点，打更的声音冲破城门、传入深巷。突然传来玉佩轻摇的声音，老朋友不在身边，这是谁？原来是屋檐下的风铃声。

月亮西沉，号角凄鸣，军营中人马骚动，胡笳之声四起。邻家灯火闪烁，传来了女子在孤灯前为家人捣衣的声音。蟋蟀倾诉愁苦，一声接着一声，一直叫到天亮。蟋蟀把未诉完的秋愁分一半给大雁，于是又传来了大雁的哀鸣。

梅花引

蒋　捷

荆溪阻雪

白鸥问我泊孤舟，是身留，是心留。心若留时，何事锁眉头。风拍小帘灯晕舞，对闲影，冷清清，忆旧游。

旧游旧游今在不？花外楼，柳下舟。梦也梦也，梦不到，寒水空流。漠漠黄云，湿透木棉裘。都道无人愁似我，今夜雪，有梅花，似我愁。

白话译文

白鸥飞到停泊的孤舟前问我，夜泊溪畔是因被风雪所阻，还是自愿留在这里。如果是自愿，又为了何事而眉头紧锁。一股寒风拍打舱帘，帘内灯焰闪烁。独处江舟，闲对孤影，不禁想起与旧友欢聚时的情景。

旧友啊，旧友啊，如今你们在哪里？我们曾在花红柳绿之中，楼台观景，乘舟游荡。梦啊，梦啊，让我在梦里重温一下当年的快乐时光，可却怎么也梦不到，只有眼前的寒水空自流淌。来到舱外，但见浓云密布，大雪纷纷，任凭飞雪落在身上，湿透棉衣。都说没有人愁深似我，今夜的白雪，雪中的梅花，就像我一样忧愁。

念奴娇

文天祥

和友驿中言别[①]

乾坤能大[②]，算蛟龙、元不是池中物。风雨牢愁无著处，那更寒虫四壁[③]。横槊题诗[④]，登楼作赋[⑤]，万事空中雪。江流如此，方来还有英杰。

堪笑一叶漂零，重来淮水[⑥]，正凉风新发。镜里朱颜都变尽，只有丹心难灭。去去龙沙，江山回首，一线青如发。故人应念，杜鹃枝上残月。

①友：指邓剡，文天祥的同乡好友。

②能：同"恁"，如此，这样。

③寒虫：一作"寒蛩"。

④横槊题诗：用曹操在长

江边横槊赋诗典故。

⑤登楼作赋：东汉末年王粲长期客居他乡，写《登楼赋》寄托乡思及乱离之感。

⑥淮水：这里指秦淮河。

文天祥（1236—1283），字宋瑞，一字履善，号文山。庐陵（今江西吉安）人。德祐二年（1276）拜右丞相兼枢密使，时元军逼近临安，文天祥辞相印不拜，至元营请和被扣留北遣，南宋奉表投降。文天祥至镇江得脱后来到福建，与陆秀夫、张世杰等坚持抗元。后兵败被俘，宁死不降，从容就义。其词悲壮豪放，风骨甚高。

《白话译文》

乾坤沉浮，天地广阔，你我都胸怀大志，就像一时受困的蛟龙，终非池中之物。风雨交加让人心烦意乱，牢中的蟋蟀叫个没完，更是让人愁肠百结。曹操横槊赋诗的气概，王粲登楼作赋的风流，都如纷扬飞雪，融化湮灭。抗元复国如奔流不息的江水，将来必有英雄豪杰继续完成。

可笑如今你我如同飘零的落叶，在冷风初起之时又来到秦淮河畔。镜中的你我朱颜已换，但赤诚之心永不会变。我即将离开这里，北往荒凉的元廷，回望故国一片青色。如果我以身殉国，老朋友怀念我时，就听听残月下树枝上杜鹃的悲啼吧！那是我的灵魂归来，为故国的灭亡啼血。

沁园春

文天祥

题潮阳张许二公庙[1]

为子死孝，为臣死忠，死又何妨。自光岳气分[2]，士无全节；君臣义缺，谁负刚肠。骂贼睢阳[3]，爱君许远，留得声名万古香。后来者，无二公之操，百炼之钢。

人生翕欻云亡[4]。好烈烈轰轰做一场。使当时卖国[5]，甘心降虏，受人唾骂，安得流芳。古庙幽沉，仪容俨雅[6]，枯木寒鸦几夕阳。邮亭下[7]，有奸雄过此，仔细思量！

①潮阳：今广东潮阳。

张许二公：安史之乱时，名将张巡与许远共守睢阳（今河南商丘）达十月之久，歼敌十二万人，终因实力悬殊，粮尽城破，二人先后遇害。

②光岳气分：指国土分裂。光岳，日月星辰，天地山河。

③睢（suī）阳：借指张巡。

④翕欻（xīxū）：即倏忽，如电光石火。云亡：逝去。“云”字无义。

⑤使：假使。

⑥俨雅：庄严典雅。

⑦邮亭：驿馆。

白话译文

为人子者能为尽孝而死，做人臣者能为尽忠而死，就是死得其所，死又何妨。自安史之乱起，天崩地陷，文臣武将不能保全节操，君臣之间摒弃大义，纷纷屈膝投降。只有大骂逆贼的张公、忠君报国的许公宁死不屈，终得流芳千古。后来的人却没有了他们那样的操守，那种百炼精钢的志节。

人生短暂，如白驹过隙，大丈夫应当轰轰烈烈地干一番事业，才不枉在这世上走一遭。如果他们当时卖国，甘心投降叛军，必将遭到千年唾骂，怎能流芳百世？二公之庙幽邃深沉，寒鸦枯木见证万物荣衰，而二公塑像庄严典雅始终不改。邮亭下，如有卖国求荣者经过这里，面对二公塑像，请扪心自问，你们愧也不愧！

解连环

张　炎

孤　雁

楚江空晚[①]。怅离群万里，恍然惊散[②]。自顾影、欲下寒塘，正沙净草枯，水平天远。写不成书，只寄得、相思一点[③]。料因循误了[④]，残毡拥雪[⑤]，故人心眼。

谁怜旅愁荏苒[⑥]。谩长门夜悄[⑦]，锦筝弹怨[⑧]。想伴侣、犹宿芦花，也曾念春前，去程应转。暮雨相呼，怕蓦地、玉关重见[⑨]。未羞他、双燕归来，画帘半卷。

①楚：泛指南方。

②恍然：失意的样子。

③写不成书，只寄得、相思一点：群雁飞行时行列整齐如字，孤雁独飞，写不成字，只像笔画中的“一点”。

④因循：沿用旧习。这里指孤雁因为离群而耽搁。

⑤残毡拥雪：苏武被匈奴强留，毡毛合雪而吞食，幸免于死。后苏武借助雁足传书，得以生还。

⑥荏苒（rěnrǎn）：时间渐渐流逝。

⑦长门：汉武帝时，陈皇后被打入长门冷宫。

⑧锦筝：筝的美称。古筝有十二或十三弦，斜列如雁行，又称“雁筝”，声音凄清哀怨。

⑨玉关：玉门关，这里泛指北方。

张炎（1248—1320?），字叔夏，号玉田。祖籍成纪（今甘肃天水），寓居临安。南宋初年名将张俊六世孙，早年为承平公子。德祐二年（1276），元兵攻破临安，家破人亡，浪迹天涯，曾北游燕京，失意而归。精通音律，其词师法周邦彦、姜夔，主张“清空”“骚雅”。多写个人哀怨，长于咏物。为两宋最后一位重要词人，与蒋捷、王沂孙、周密合称“宋末四大家”。

白话译文

夜晚在空阔的楚江之上，吃惊地发现自己已经失散，脱离雁群已有万里之远，心中怅惘无限。顾影自怜，想要飞下寒塘，只见荒沙漠漠，衰草萋萋，茫茫寒水与暮天相连。身只影单无法排成字形，只能寄去一点相思情意。料想这样下去会耽误北地受困的故人，传达他们眷念故园的心愿。

有谁可怜我旅途劳顿，愁恨绵绵？那独居长门宫的陈皇后，夜里默默弹着雁筝，传达着心中的幽怨。料想自己的同伴还栖宿在芦花丛中，它们一定正惦念着自己在春前会转程从旧路飞回北边。遥想它们在暮雨中声声呼唤，又怕在边塞之地突然相见。不管相逢与否，面对寄人于画帘画栋之内的双双归燕，孤高自傲的自己也不会感到羞惭。

清平乐

张　炎

采芳人杳[1]，顿觉游情少。客里看春多草草[2]，总被诗愁分了。

去年燕子天涯，今年燕子谁家？三月休听夜雨，如今不是催花。

①采芳人：指踏春采花的游人。

②草草：草率。

白话译文

踏春采花的游人稀少，我也顿觉意兴阑珊。出门在外心里难以安定，又总是写些伤春的诗词，没有心思好好欣赏春天的风景。

去年的燕子如今已在天涯，今年的燕子又会栖息谁家？暮春三月时不要听那夜间的雨声，此时的风雨不是催促花开，而是催花凋零。

满江红

王清惠

太液芙蓉[1]，浑不似、旧时颜色[2]。曾记得、春风雨露[3]，玉楼金阙。名播兰馨妃后里[4]，晕潮莲脸君王侧[5]。忽一声、鼙鼓揭天来[6]，繁华歇。

龙虎散[7]，风云灭[8]。千古恨，凭谁说。对山河百二[9]，泪盈襟血。客馆夜惊尘土梦，宫车晓碾关山月。问嫦娥、于我肯从容，同圆缺？

---

①太液：唐代长安城东大明宫内有太液池。芙蓉：荷花。

②浑不似：全不像。

③春风雨露：比喻帝王的宠爱。

④兰馨：一作“兰簪”，女子首饰，这里借喻后妃。

⑤晕潮：女子脸上泛起的红润光彩。

⑥鼙（pí）鼓：指战鼓。

⑦龙虎：比喻南宋的君臣。

⑧风云：形容国威。

⑨山河百二：此处借指宋代江山。

王清惠（生卒年不详），宋度宗昭仪。德祐二年（1276），临安沦陷，随三宫一同被掳入元，后自请为女道士，号冲华。

白话译文

皇宫内太液池的荷花，再也不像过去那样娇艳。还记得，在玉楼金阁里蒙受浩荡皇恩，如同鲜花承受春风雨露的滋润。在后妃之中颇负美名，时常陪在君王之侧，脸庞如莲花般红润灿烂。忽然传来一声惊天动地的战鼓声，宫廷的富贵繁华顿时烟消云歇。

国破家亡，君臣离散。这千古的遗恨，让我向谁诉说？面对破碎的河山，我泣血涟涟，血染衣襟。北行的驿馆中，夜晚常被战乱的噩梦惊醒；天刚破晓，又要披着残月的余晖继续翻山越岭，一路颠簸。仰望寒月，询问嫦娥，能否让我追随你，去过同圆缺、共患难的生活？